陈应松中篇小说集

望粮山

陈应松 著

江苏凤凰文艺出版社
JIANGSU PHOENIX LITERATURE AND ART PUBLISHING, LTD

目　录

望粮山

这年春季的天气非常奇怪，到了五月，山上的冰还没有融化，麦子甭说成熟了，就是从冰原里露出几棵绿色的脑袋来也是难事。这一天，就听说一个从陕西来的采药人在山上，说他在望粮山上看到了天边有一片麦子。情况本就让人十分紧张，这人又说出令人如此胆战心惊的话来，于是金贵的爹余大滚子顾不得年老体衰，挺身而出，率领十来个村人上得山去，捉住陕西来的采药人痛打了一顿，打断了他几根肋骨，赶出了望粮峡谷。余大滚子用他的鹰爪手指着西南方向，对十多个刚刚施过暴的乡亲说："你们看好了，哪儿有什么麦子？没有，是不是没有呀？"那些人分明听见余大滚子的声音都变了，一双被冬日的火塘熏得如鸡屁眼的眼睛压根儿就没敢往自己手指的天边看。大家就只好借坡下驴说："没有没有，确实没有。"

这事是不能说的。苟家老五在很早以前说他望见了那片麦子，后来就失踪了，那一年，雷劈死了村里的两头牛两个人；王家屋场的二丫，割猪草上山也说看见了那片麦子，金灿灿的，还香气扑鼻呢。三天后人们在一个山洞里发现了她，不知道被什么野物奸了（有说是大青猴），端坐在那儿，眼睛闪闪发光，下身流血，可惜已经死了。那一年，下黑雪，黑豆大一颗一颗的冰子儿，把庄稼全糟蹋了；二十世纪七十年代，一个叫黄春的看见那片麦子后，拿着镰刀就出发了，几年以后回来，已是疯疯癫癫，挥舞着镰刀到处割人的头，后被乱棍打死。那一年最惨，泥石流一夜之间埋了七八户人家。今年若有人说看见了那片麦子，我的天，还不知会出什么怪事儿呢！

五月还不化冰，已经够邪乎了，陕西人被打跑后没几天，就是小满。这天晚上，一个惊天炸雷，天河就决口了，且是温暖的、滚烫发热的雨水，把山上的冰盔冲得七零八落，大块大块的冰锥儿从山顶上冲下来，推倒了房屋，砸死了牲畜，把凡是生长着的东西都踩碾了一遍，就连粗壮的柿子树也被一棵棵剐了皮。事情就这么来了。

村里的人从冰块里爬出来，看着这个可怕的世界，就知道今年的日子又难了。陕西人说的那番话，不过是想讽刺一顿他们。麦子是“六月黄”和“泥麦”，很适合当地严重不足的光照和高寒，可是老天爷发了怒，再怎样的品种也没用。

那个早晨金贵就被一群人呼唤着上山去砍树，因为公路不通了，林区的护林巡视员不能赶来。要抢在他们到来之前下手。一群灾后的村民瞪着血红的眼珠子，挥舞着斧头，向羊岩尖进发，那儿有几百亩原始芝麻栎林，棵棵都是百年老树。金贵的姐夫王起山总是做这种事情的头领，他过去在伐木队待过。后来他染上了赌瘾，不靠盗伐国家的树木几乎无法支撑他时常瘪下去的口袋。这样的一个人，现在在村里却是一呼百应的英雄。王起山一张皱巴巴的筲箕脸，说话嘶声哑气，可他站在村头振臂一呼的时候浑身的每一块肌肉都是亢奋的，连指甲盖儿都亢奋得一跳一跳。他对护林员们的行踪几乎有天生的灵眼，知道他们何时不在，似乎根本不需要去盯梢和观察，有时候蹲在茅厕里，一提裤子就跑到村头的大石头上大喊开了：“同志们，上呀，今日没人！”跟着他进山的老乡基本没有空手而归的，总能背上一两根砍好的门方下来，有时七根八根。但也有失误的时候，被赶得鸡飞狗跳的时候，那就要跳岩断脖子断胯了，也可能会罚个一百两百块的，或者关到乡派出所唐所长那里。但是成与不成，王起山都是村里的红人，大家都夸他不吃独食，有发财的机会大家分享。如果他要和谁赌，没有谁敢不跟他赌的，驳不下他的面子，他是大家的财神嘛。

金贵跟在他的姐夫后头。他是被他爹余大滚子一脚踢下床来的，他爹说：“你这个浑蛋，懒鬼，看老子不一斧头剁了你。”立马就有一把早已磨得闪闪发光的斧头粗暴地丢到了他面前，他睁开眼还没分清东南西北，就被推拥进了泥泞中的盗伐队伍。

寂静的刚遭受过凌洪蹂躏的山林还没喘过气来，迎头又被一顿斧头砍杀。木屑一块一块地在飞溅，树木一根一根地在呜咽。站立不住的、面相光鲜的“壮汉子们”一个个地倒了，剩下的是些老弱病残的无用的灌木和虫眼树。山外的木材商人可以说是如蝇逐臭，也可以说是里应外合，金贵他们砍伐的树木，立马就被解成门方，一根根以现金交易，悄悄地背过荒无人迹的大山，到了四川那边，然后顺水路一溜影无踪。

这天金贵只砍了二十块钱的树木。第二天，看着天晴了，挂在墙上的一排腊肉都生出了几寸长的绿霉，他就背上了几刀腊肉，想去县城一趟，把它们卖掉。金贵步行出峡谷，再翻过一个山冈，到公路上搭了个班车，赶到县城想赶快卖掉这几刀腊肉。

从地狱般被摧残的望粮峡谷到了县城，城里百无禁忌，欢乐祥和，街上一尘不染，人们行色匆匆。金贵赶紧脱掉他的棉袄，因为县城里的人早已开始穿 T 恤和裙子了。如何会有这么大的差距？他来不及细想，刚在菜市场门口的一个斜坡上放下背篓，就有一个戴大盖帽的递给他一张条子，说：“收两块钱。”“这是什么钱？”“工商管理费。”金贵本能地往口袋里掏，也许他根本没听清楚这是啥费，他就是这么个温顺的甚至有点羞怯的山里娃子。还没掏出钱来（钱总是藏得很深很深），又甩过来一个人的另一张条子。“什么钱？”“城管费。”后面跟着卫生费一元、治安费一元、税费一元、检疫费一元。

“我的天，我不卖了。”

金贵只掏了一个两块，他不想再掏了，他背起背篓来就走。他昨天累死累活换回的二十元钱还被爹缴去了十元，他的口袋里估计也就是三五块钱了。多乎哉？不多也。他想起了在初中念过的一篇课文中的一句话。他沮丧地、赌气地、怒气冲冲地往街上走，冲出了收费的包围圈。一个穿着灰不灰蓝不蓝的制服的人跟着他，是一个收城管费的。

“你老跟着我干什么？”

“老子要你滚蛋，滚回你的村里去！”

那个人怒发冲冠，果然帽子掉了，要过来打人的样子，手上还是那张撕掉了却没有换成钱的什么票。金贵撒腿就跑，同时抱着臃肿的棉衣。

“多乎哉不多也，多乎哉不多也！”这样金贵念着跑着，一直跑到城郊，转过头，才发觉早已甩掉了那个骂人的家伙。

哪是甩别人，是被别人撵了出来。金贵很伤心。他休息了片刻，把棉袄拾掇好了，就在城郊稀稀落落的小餐馆和小卖部挨户叫卖他的腊肉。

没有谁要，人们说新鲜的都吃不完，六月了哪个还吃腊肉。吃多了生痰，有人说是生癌，不一而足。见天色已晚，金贵只好又拦了一辆个体户的破客车，赶回家去。

一上了车他就突然一改他的羞怯，变得涎皮赖脸了。司机要他买票，他从背篓里抠出了一刀沉甸甸的腊肉，丢到司机的脚前，差一点儿让司机刹不了车还吓了人家一跳。他下了狠心，不管怎么样非得卖一刀腊肉出去。

“我抵车票，再找我十块钱好不好？”

“你坐我的车，我还要倒找你十块钱？”司机的一双眼睛就鼓起了，像两颗慢慢从鸡屁眼挤出来的鸡蛋。

“我只到油桐拐。”

“下去下去。”司机气急败坏，狠狠地踢了腊肉一脚。

“那你说腊肉多少钱一斤？”金贵不下车，“你说啦，五块钱一斤没有？”

“你这是什么肉？”那司机问。

“麂子肉。”

“这么大的麂子？天下第一大！被你打着了。下去下去下去，老子不带你。”

金贵提着那刀沾了些机油味的腊肉一个人在路上走，他发誓他今天一定要卖一刀肉出去。他又拦了一辆车，是个年轻司机。他又说了相同的话，这次只要人家找八块钱。那个司机说：“这是不是腊肉，我很喜欢吃腊肉的，你这都生蛆了。”金贵说：“生蛆也是盐蛆。”他于是给司机算账，大约只合三块钱一斤。两个乘客都说他是吃横的，问他是哪儿来的。他说是望粮山的。司机忽然说：“你认不认识那儿的余大滚子？”金贵说：“余大滚子是我爹。”

“哈！”那个司机像看见了明星一样地从座位上跳起来，差点甩了方向盘，“是你爹！你爹在县城可有名了。”

金贵感到莫名其妙，一个足不出户的山里老头子何以在县城出了名，搞没搞错?

那司机就说出了原委:“打老婆呗,把老婆打跑呗,让老婆高高兴兴地被别人拐卖呗。你爹打老婆听说很有技法,叫一抓二揪三拧——头发一抓,满头一揪,头就拧过来了,叭叭!”司机腾过一只手拍了拍大腿:“头就搁在这上面来了,女人把头发一抓,人就软了,就像蛇的七寸。这都是望粮峡谷余大滚子发明的,如今县城打老婆都是这个打法,叫‘驴打滚’,就是用你爹的名字滚出来的,不晓得打跑了多少女人,跑到广州卖去了,你爹的……”

“放屁!完全是瞎放屁!”金贵涨红了脸,大叫。可是车拐了个弯,差点把他给颠摔倒了,他抓住了车座的后靠背,看到的却是满车的景仰的目光。嘿,名人的儿子!

他摸黑回到村里的时候根本不知道村里和家里发生了大事。

话还得从这天上午说起。这天上午他的姐夫王起山又在村头高呼,邀了几个惯盗的狐朋狗友,继续上山砍树。这一天因为与护林队打上了游击,收获不大,其中有一个叫康保的二流子拿着斧头手痒,看见一条扁头的竹叶青。那蛇也怪,头白身青,也没招惹谁,挺着个大肚子在石头上晒太阳,康保就走过去一斧头将其剁了脑袋。脑袋是纯白的,还透明,里面筋骨毕现,康保就觉好奇,众人也觉甚奇,康保就将那蛇脑袋放到手里,准备细细把玩。哪知那死蛇脑袋此时却张大了嘴,一口咬住了康保的手指头,眼看着康保的手就肿了,接着脸肿了,头肿了,身子肿了,脚也肿了。常言说,男怕穿靴(脚肿),女怕戴帽(头肿)。尽管大家赶紧给他找了些大金刀、鸭趾草来嚼了敷上,但是全身都肿,敷不胜敷。康保那时躺在望粮山顶上,自知死期已到,说:“再过一把瘾吧。”

他说的是赌博。

金贵的姐夫王起山排开众人,他要单独跟康保赌一把了。他看着肿得像个水桶的康保,康保过去是小个子,手膀像一些青桐的枝子,光溜是光溜,可细得过了头。他砍树不是王起山的对手,但玩牌却高他几个档次。王起山十有八九都输在康保手上,这一次,看着自己强大的对手已经奄奄一息,为了维护他一贯在村里呼风唤雨的尊严，此时正是回击的大好时机。你看，那家伙双眼恍惚了，眉目恐惧了，双手颤抖了，面色青紫了，面对这样一个不太清醒的人，王起山感到机会来了。于是，他让人把康保抬到阳光处。康保先押了第一根山毛榉，他正指挥着人抬木时，木头一不小心就骨碌碌地滚下了山去，后来把五保户老叶的屋子压塌了半边，狗胯压断了一只。

康保仅剩下一根芝麻栎。可是他说："我屋里还有五根，加上我老婆。"

"那你要什么？"王起山内心骇然而口气却故作平静地问。他没有这么多码子与他押注。

康保艰难一笑，说话了："我想睡你老丈人的柏木棺材。"

余大滚子的香柏棺材？！

"伙计，你都快见马克思了，还有心开玩笑。"

"全是真的。"康保说。

"赌就赌吧。"王起山说。他的心是虚的，他在想如果他输了，他怎么才能弄出余大滚子的棺材。这一闪而过的念头让他心紧了那么一下，只一下，有人就发牌了。发了第一张，再发第二张，再发第三张。只有三张，叫"诈金花"。牌现在都扣在石头上，大家都望着那六张牌。开始看牌了。王起山拿起一张是个 4 点，再拿起一张，又是个 4 点。他的心开始狂跳，老天爷这回要成全我了，我有两个老婆了！康保的老婆属于我了！

"康保，你替我翻开。"他指着最后一张。

眼睛肿得只剩下一条缝的康保就替王起山翻开了。

4 点！金花，真正的金花！

"你翻呀！"他对康保说，康保的牌还一张未翻。

康保就去翻自己面前的那三张牌。一个老 K，又一个老 K，还是一个老 K！翻三张牌康保一点儿都没有停顿，就像平时打牌一样，随随便便地给信手翻来，可他的是更大的"金花"。

"444，死死死！"王起山一声大呼，吐出一口血来，就听见康保哈哈大笑起来，康保笑得浑身乱颤，在地上打滚，最后一口气没接上来，四肢蹬直了……

金贵回去他的爹早就躺在床上了，他姐在给爹喂水喝。爹的头上缠着毛巾。听说爹一头撞在了自己的棺材上。那时候，爹已经被几个人骗到别人家喝了半斤酒。那些人灌他酒，王起山就指挥人去金贵家抬棺。等金贵爹得知棺材没了，赶到康保家，康保已经安安稳稳地睡在那棺材里了。

金贵还没有足以对抗他那个恶姐夫的力量。他的姐呢？他的姐更惨。姐夫“批判”地继承了岳父余大滚子的打法，他“创造性”地发明了“下膀子”的新式酷刑。就是让其双膀脱臼，双膀咔嚓咔嚓地脱了臼，无论多烈的女人，也就缴械投降了。你若服了，不闹了，就给你上膀子，咔嚓咔嚓地就上上去了，然后，又是一个能洗衣，能做饭，能剁猪草喂牛的老婆。金贵的姐自第一次脱臼后，脱顺了，臼窝子与双膀上上下下已经是很随便的事，你若不服，你告到村主任那里，告到派出所去，那又怎样！

这一次，金贵决定告到派出所去，如果唐所长过问一下，兴许还能够要得回这口棺材的损失。但是，精神损失似乎是无法要回了，金贵看到他爹遽然之间老去了，脸上皮吊吊的，蜡黄蜡黄，眼珠子像两颗生霉的核桃。要知道，这香柏棺材是他的命根子，所有的希望。他的晚年靠什么支撑，就是这口香气扑鼻的香柏棺材。

十年前的一天，那时候的余大滚子五十出头，正当壮年，可那时候就已经失掉了阳气，打不起精神，使你根本想象不出他当年打老婆的威风。有一天他进山采药，遇到雷暴，躲进一个山洞。山洞中黑咕隆咚的，可异香阵阵，直撞他的鼻扇，好像有菩萨经过了一般。余大滚子其实明白这是过路人在此烧过香柏的香味，可是那一天特有的浓香让他突然明白了什么，仿佛有神仙向他暗示，在深黑的岩洞里，告诉他：“你必须睡在这样的香味里才是归宿。”他忽然就想到了死。他才五十出头，他说：“我得为自己准备一口棺材了。”人生还有什么想头呢，这就是想头。

于是，他把十几把锄头交给了肩膀尚嫩弱的金贵，让他去麦田里薅草，他背着一把斧头、一块好磨刀石、一口袋火烧粑粑，一头钻进了大山。金贵并不知道他爹是去干什么的，有一阵子，他还以为爹是去找妈呢。对生活他不担心，姐姐还在身边，而地里的活儿，得中断了学业干。他开始认识那十几把锄头了。一共有十一把，有象牙形的羊角锄，有蛇头形的扁锄，有大薅锄、小薅锄、大挖锄、小挖锄、耙子锄、抓锄，还有别在腰里的手锄。它们的柄金贵和他爹都煞费苦心配置：枸骨过冬青安在羊角锄上，老榉子木安在挖锄上，土榔木配大薅锄，腊子木配中锄、苦楝配耙子锄。这些精心挑选的锄柄儿，粗细适中，无瘢无疖，无虫眼，经过汗水与唾液加上手心年复一年地打磨后，像上了火漆一样的，发出一种浑圆的、深沉的、藏而不露的光来，加上锄板全是好钢火，一把把锄头在一堆暗淡的、各种质地的农具中散发出卓尔不群的、矜持的气质来。它们依次挂在一根很结实并香馥的还香木上。金贵走近它们逐一使用后，发现劳动并不是一桩容易的事，尤其是薅草，它如此单调，漫长，无尽头的田垄似乎全是茂盛的杂草，而麦苗却很稀疏，这世界哪有麦苗的生存空间呀，为什么需要保护的总是十分弱小，而除掉的却又无比强大。有些草，如回头青、野丁香甚至野草莓，你前头一锄锄了，回过头来一看，又蹿出来了，过了两天，锄掉的野草莓又会挂果。草不需肥料，它们强壮无匹，生机勃勃，以石头为肥，就像1960年啃棉籽饼长大的孩子。在这个神农架，人们的农活主要是薅草，只要播下种子，你也就开始了紧张持久的与杂草搏斗的历程。干薅干变，湿薅湿变，不薅不变；荒了头道不见面，荒了二道去一半；想喝苞谷酒，要薅鸦鹊口。说的全是在荒草中夺粮的经验。农谚也是一种祖先的提醒，死去的祖先以一种轻松的韵白年复一年不厌其烦地告诫你："过日子可别走神啊，去田里好好拾掇吧。"

二十多天过去了，金贵的爹余大滚子从深山里回来了，他背回了两筒香柏木，还找了个农民帮他背了另外两根。在屋里打香柏棺材的那几天里，余大滚子死鱼般的眼珠活了，在深山里熬得黄皮寡瘦的脸又出现了一种光彩，从未有见过的光彩，手脚有力了，沙哑的喉咙出现了深沉的共鸣音，随着棺材成形，屋里香柏砍出的香味刺激得他一天打几十个喷嚏，啊嚏！啊嚏！啊嚏！我的个妈呀！他揩着鼻子，鼻子因为长时间处于痉挛发酸，又牵动了泪腺，打一场喷嚏泪水巴挲的，可那是幸福的泪水！

十年里，每到农历的六月初六，他都要金贵跟他一起抬出那口棺材在太阳底下晒，那香柏木一经太阳晒就冒出一层油来，油也芳香。奇怪的是，在最初的亢奋之后，余大滚子活蹦乱跳的身子却慢慢地起了变化，整个身躯像棺材一样臃肿，凝滞，脸上有了棺材的颜色，这种老态正一步一步地接近他每天凝视着的那个庞然大物，直到有一天被那个东西收走。

可是这一天还没有等来，他的女婿就将他的棺材输掉了。

乡派出所唐所长是一个长得像个螳螂的年轻人，可是他极有杀气，说一不二。那身让乡下人惧怕的制服助长了他说话的霸道。他把康保的老婆找来说："这赌债不算数，哪个睡了棺材哪个付钱，坐车还要付钱呢，睡棺材不付钱？那么我问你，嫂子，康保若是输了，你真跟王起山睡？你睡吗？"康保的可怜的女人就摇头。

"这就对了，你不会跟王起山睡，因此赌债不算数。"因为是连夜赶来的，唐所长打了个深深的哈欠，露出久久不能闭合的喉咙，还打出了些眼泪。他抹了泪继续说："遭了这么大的灾，你们不想办法补种，还有闲心思赌博。再赌，我不罚王起山——罚你（指王起山）是在虱子身上剐皮；再与你赌的，我第一次罚一百、二次二百、三次三百，绝不食言。"康保的女人和康保父亲说："那我们到哪儿找香柏去？"唐所长说："那我就管不着了，我哪知道香柏的出处，去偷呀，上山盗伐呀。听说你们已经盗伐了，等着挨抓吧。这一次我不抓人，王起山，我不抓你，我放你一马，下次，我再来，手铐、电警棍、皮带，一个都不能少。"

唐所长匆匆处理了这事，到村主任家吃了早饭，就离开了望粮峡谷，翻山走了。

这天本来是村主任要大家都到四川那边挖独活苗，补栽独活。但没有一个人约金贵去。唐所长来的时候，那些参与盗伐的人一个个都躲起来了，他们在暗处看见是金贵把唐所长给带来的，虽然他们明知道金贵是为他爹那口寿木的事，但与派出所的人过分亲密，这等于是站到了全村人的对立面。人们有理由怀疑金贵是个内奸，叛徒。

"他要出卖我们了。"

"这小子不跟我们一条心。"

"到时候我们合伙打死他。"

在去四川的山路上，王起山依然前呼后拥，他与刚才在唐所长面前孙子似的样子判若两人。他说：“你们打死我小舅子时，我给你们放哨。”

望粮峡谷的风气看来很不正了，众人正在诅咒一个年轻人，而这时候的金贵还一无所知。小满来叫他了，他终于与他的同学小满一起溯羊圈河往上游走去，寻一些本地的独活苗。

在往河沿道攀行和涉水时金贵与小满发生了一些冲突，金贵认为应该种一季荞麦，而不是独活。不管怎么说，荞麦也是麦子，虽然有些苦，但磨出的面掺蜂糖很好吃，小满对金贵的想法极其不屑，他说：“你只知道薅麦子，当你没有麦子薅的时候，你竟然想薅荞麦，荞麦是猪吃的！”

小满一路数落着金贵，说：“我约你来那是瞧得起你，他们都不喊你，走过你的门口时一声不吭，故意喊你姐夫，你知道这是为什么吗？我就想，金贵是个好人，他是我的同学，这样我就跟他们分了伴儿，我一定要跟你在一起。哪知道你根本就不想挖独活，你只想种荞麦。你这个人怪呀，难怪你不合群。”

小满还背着一杆枪。因为两人不志同道合，小满挖独活也没了劲儿，加上那天羊圈河上游雨雾笼罩，四野昏暗，还有许多在草上的山蚂蟥，直朝他们裤腿里爬，吸他们的血，腿上血流成溪，奇痒难耐，不用打火机烧，你还真弄不掉。

金贵没有了说话和申辩的机会，小满与他在一起，是天大的恩赐，那他还有什么可说的呢，就去挖独活呗，挖呗。在河流对岸不远的悬崖上，金贵发现了一些独活，他就爬石头过去。可是，远处小满的嘴巴却闭住了，他突然不说话了。他在干什么呢？一个一路不停地说话的人霎时缄口不语了，还真让人觉得有些怪异呢。

小满端着枪在瞄准他！

金贵还没来得及张口，就见那一道道辛辣的火线挟带着呛人的浓烟，齐刷刷地向他奔来，眼前一阵金亮，又一阵模糊，他就被无数颗铁砂子击中了。

“小满！”金贵一个倒栽葱从悬崖上滚下来，跌进河里。

“我打中了！我打中了！”小满高举着枪向河中大踏步而来，跳过一块又一块的石头，跳得老高。

"我是金贵……"金贵呻吟道。他的半个身子湿了，另半个身子在河滩的卵石堆上。

"你不是獐子吗？"

"我是……金贵。"

"我打的是獐子，我没有打你。"小满护着枪，生怕别人把它夺走似的。他弯下腰看着躺在地上流血的金贵。"我打的是獐子！"他说。他哭了起来，将金贵翻过来看了看，便赶紧从自己裤裆里寻东西，寻出了那"乌龟"，就朝金贵劈头盖脸地浇，"金贵，我给你止血。"

金贵疼得晕头转向，无法阻止小满的尿水。然后，小满又寻了些断血流，嚼成一团又丝丝拉开，往金贵流血的地方摁。他不停地扯草，不停地嚼，不停地摁。他说："你怎么就是金贵啊，我明明看见是一头獐子，你怎么变成了金贵呢？獐子，告诉我，金贵哪儿去了？"

金贵必须把他抓住，他想跑。金贵喊："还不快背我上医院！"

小满哭哭啼啼地就来拉金贵，把背篓丢了，把他往背上抄。小满背着金贵先回了村里喊人，金贵的爹不在，到镇上金贵的叔叔家去了，好歹叫上了他姐姐，小满喊上他弟弟和爹。他们扎滑竿时金贵有些窟窿的血还在往外冒，小满的爹又掏出"乌龟"来往金贵身上尿，小满的弟弟也尿。金贵整个身子都泡在小满一家的骚尿里。好歹他们给他换了件干净的衣服，又弄来了些止血药，连敷带绑，终于把血给止住了，然后就用滑竿把他往山外抬。

到了县医院，没交够的钱小满就用他弟弟背来的一背篓上好雨前茶给抵了。因为在肉里找子弹的时间太长，许多没找出来的子弹就缝进肉里了，脑袋里的子弹和肺部的子弹也是。总共取出了二十多颗子弹。第二天金贵醒来的下午，他爹余大滚子才赶到医院。听了小满讲的故事，余大滚子一点儿也不生气，还附和说："确有此事，确有此事，人在某个时辰就是牲口，是这样的，是这样的。"于是他还说了一个自己的故事呢。他说他年轻的时候，有一次上山采箭竹米回来煮酒，在迷魂岭碰上了一只老虎。他是去沟边喝水的，老虎就在沟边等他。老虎把嘴嗒了三下，坐在那里，尾巴垂着，这表示要吃他。他就对老虎说："老虎啊老虎，你要吃我，我还是个饿的呢。这样好不好，你让我吃点儿东西，让我成个饱死鬼。你若同意，请把头点三下。”嘿，老虎果然点了三下头。他就从布袋子里拿出熟苞谷来吃，吃了几口，就到沟里去喝水。他一看水里，喝水的哪是他余大滚子呀，是一只羊子，脸上是白的，两个大弯角。难怪老虎要吃他，他在老虎眼里原来是一只岩羊子。他就边喝边想着怎么脱身，不让老虎下口。他慢慢吞吞地吃着苞谷，吃了足足两个小时，那老虎也有耐性，就蹲在那里看他吃。他吃完苞谷，再去水里一照，嗬，又是余大滚子啦，又变回来啦。他一抬头，老虎就离开了。余大滚子对满病房的病人、家属和小护士唾沫乱飞地说："亏得我找水喝，不然哪晓得我变成了一头牲口，人一天中有两个时辰是牲口，其余时辰是人。在山里被野物吃掉的，都刚好那时是个牲口，让野物瞧见了。你躲过两个时辰就没事。所以野兽一般是怕人的，它非要吃你，你就是牲口……"

他还说："今年有人在咱山上看到了天边的麦子，没有不出事的，"并对小满说，"这事不能全怪你，医疗费咱一半，你一半。"

大度的爹说了，金贵还有啥好说的呢。自己的一半到哪儿拿去？小满的一半用茶叶抵了，那个县医院整天飘着望粮山雨前茶的芬芳。这终不是长久之计，医院就赶人了，金贵只好又被抬回村里。

他的腿上的肌肉全萎缩了，医院要他不停地走动才能恢复肌肉，他疼痛未消，头晕脑涨，枪眼还能见肉呢，却不得不背上薅锄上了山。

苦荞是姐帮忙种上的。

天气越来越暖和了，离开了半个月的土地又试探着恢复了生机，从里面拱出很柔嫩的通红的荞麦苗来，那种需要人呵护的、娇羞的苗子让人柔情顿生，百感交集。可那些苗子藏在粗鲁的、大大咧咧的杂草中，就像藏在一群大人中一样。那些杂草全是些蛮横的大人，犁头草、白酒草、仙茅，它们昂首挺胸，仿佛是这块田地的主人。金贵一锄一锄地下去，只听见刃口切割草根的嚓嚓声，声音当然干脆，也沉闷。时间久了就沉闷，接着出现的就是疲乏，困顿。生命总是不甘沉寂的，它要爆发，在这对付连天荒草的战斗中，多年以前，每当在这个时节，田坡间就会响起此起彼伏的薅草扬歌。

早晨来时雾沉沉，
只见锣鼓不见人，
双手拨开云和雾，
遍山都是种田人……

他忽然听见了一阵极尖锐悠长的女人的歌声，从山那边传来。这歌声是从石缝中间冲出来的，从地底下，从雾气弥漫的山腰。他看到云彩和旋转的树冠。他知道这又是一次幻听，跟他每次梦中听见的歌，在寒夜里北风吹拂的间隙听到的一样，是他母亲的歌，在很久以前。它已经不真实了，没有人的热气了，被时间慢慢改变着，成为一种山里游魂似的东西。但是，母亲却在执着歌唱，在他想或者不想的时候，这歌声总会出现。这歌声如今依然游荡在望粮山上。别人肯定是听不到的，只有他金贵才听得分明。

他让歌声离开了现场。草就是草。他要让草就是草，而不是什么别的，别的妖魔鬼怪。他要实在地流汗，朝手心里吐唾沫，一锄一锄地前进，薅出荞麦来。

锄头两只角，
薅草要过脚，
吃的猪狗食，
做的牛马活……

这可是实实在在的一个人唱的，歌声很浪，由远而近，很有几分自得其乐的醉意。

金贵总算看到了从山坡上下来的唱歌人，他是小满。前面用一根藤子牵着他的妮子。

“快活呀，你。”

小满低头自顾哼唱，哪知道荒草中有金贵，一见到他，脸就变了，“我快活什么呀，我是穷快活。金贵，我对不住你。”

“噢。”

“我该死。”

“别说了，说了也没用了。你把你妮子捆着是做什么？”

“嘿嘿。”他拉着藤子，把他女儿护到了背后。

“你像牵什么的。”

“我就实话告诉你吧，金贵，我担心……你害她。”

“你说什么哪！”

“你恨我，我晓得的，我怕你把气发到她身上，趁她在山上割草不注意，一把把她推到崖下去了。”

“放你娘的屁！我跟你有仇，我推你女儿干什么！”

“你断我的后啦。金贵，我媳妇这次又怀了，一定是个儿子，你可不要投毒呀。”

“我投毒？我投毒害你媳妇？唉！”金贵拿起手上的那根榉子木锄柄就往膝盖上捌，想把它折断。他太冤屈了，他不知怎么出这个气。锄柄没折断，倒碰上了腿上没痊愈的枪伤，疼得他钻心。

“小满你不是个东西。”

“可村里的人都是这么说的。”

“他们说我要报复你？”

金贵一个人绝望至极地坐在田坡上，坐到夕阳隐去，群山成了慢慢模糊的黛青色的剪影。坐在山岚升起的寒冷中，他是如此地觉得浑身没有滋味，连炊烟和狗吠都唤不回他去；过去，人在愉悦的时候，真的是每一个毛孔都伸出一个舌头，品味着每一刻的日子和生活，连最简单的酸菜都是美的，舔着自己身上的盐晶儿也是美味。而现在，我是不是被这个不明不白的村庄抛弃了呢？

在最后一抹西天像溪流一样的红云里，他恍恍惚惚地看到了一片麦子，是麦子的景色。他不愿那么想，是麦子，可有什么东西在他后面强迫着暗示他，是一片成熟的麦子。他拄着锄头站起来时，浑身冰凉的汗水贴着了衣服，小路被云烟湮没，而星星还没有出来，森林变成了山腹的黑暗。他忽然听见自己对自己说："你看见了麦子。"另一个自己就走了，另一个自己在给他交代后，走进了山里。

他拼命地摇头，在心里，眼神却惶然四顾，没有实处。

最后的红光消失了。他在心里说："我没有看见它们！"他在心里高喊。他要回去，回家去，他薅了一天的草，旧伤未愈，浑身疼痛。他从来就没想报复谁。"为什么要说报复呢？"他在田里薅着草，为什么要说报复？

真正想报复的是王起山，他的姐夫。这几天，风声小了，王起山又胆大了，对余大滚子家的报复当然得从余大滚子的女儿开始，那女的反正是他屋里的人，他的老婆，关了门楼，谁管得着。不就是输了一口棺材吗，把派出所的都叫来了，还以后不准他赌博，最恶毒的是罚他的赌友，那不断了他的赌路。只有到外村去赌，到四川去赌，为赌一次博，要出村出省，好呀，金菊，你这婆娘，老子打不死你！

王起山下女人的膀子前也还是要抓上女人的头发的，抓下一把头发来，抽几耳光，抽的全是骨头，这女人脸上没肉了，害一种望粮山女人共有的干瘦病，身上也没肉了，女人的骨头硌了他的手，更让他生气。

"憨娃子，你爹打我呀！憨娃子，帮帮妈吧。"

憨娃是他们的儿子，憨娃早死了，有一年照庄稼，被熊啃了。有一年王起山要赌博，就让十二岁的儿子憨娃去代班，憨娃就去了，晚上睡得太死，被熊啃吃了。后来金菊就再也没生育，身上没肉了，就像这坡田，一场水一洗，啥都不长了。她每在挨打时就喊她的儿子，死去的儿子。她喊谁呢？喊爹，爹不管，喊弟弟金贵，金贵怕这个凶姐夫。她只好喊她的儿子。喊她的儿子，拳头就更加雨点般地上了身。

"你不提憨娃还强些，别的女人，十个憨娃也生出来了！"王起山说。便下她的膀子，"咔嚓"一声，膀子垂下来了。

"金贵，快给我上膀子！"

金贵的姐冲进爹的屋来，像得了软骨病一样，两个膀子晃荡着。余大滚子插上门，就对金贵喊道："把你姐箍住。"

金贵就去箍姐，让她不能动弹。余大滚子拿起女儿的膀子，探着肩上的部位，很有经验似的，说了声："金菊，忍着点儿。""咔"的一声，把骨头接上去了。然后再接另一只。

金菊的膀接好了，坐下来，缓过一口气，终于说："王起山这王八日的怎么还不死呀！"

"瞎说，"余大滚子说，"他是你男人。"

"天底下有他这样的男人？"金贵愤怒了，"他害我姐的命。"

"他就是死期到了。"金菊抹着泪说。

余大滚子却在火塘里找火点烟，余大滚子的情绪一点儿都没坏，都没激起来，仿佛被下膀子被打的不是他的女儿，是别人家的。在神农架，女儿嫁出去，就是别人家的人了，媳妇却是自家的人，骂女儿可以，骂媳妇不可，因为媳妇是家里人。这是什么样的规矩？金贵对爹的无动于衷，其实是心知肚明的，他爹每每在女儿挨打时处于一种难堪的境地——他能说什么呢？说不起话啊，他自己的老婆不是被他打跑的吗？

"姐，告诉我，你是不是真想让王起山死？"金贵昂起头来，郑重地、声音洪亮地问他姐。

"想。"他姐说。

"那你提一把斧头，我提一把斧头，把他杀了。"

他不知道从哪个角落里早操起了一把斧头，还把另一把斧头递给他姐。

他姐在黑暗中接过了斧头。

"都放下！"

余大滚子大吼。他为自己及时制止了一场凶杀而满面肃穆，像一个称职的长者。

"他又没把咱家的人打死。"他说。

"非得要出人命了，再去杀他？"

"不能剁人，康保剁了蛇头，蛇头还把他咬死了，这就是报应。"

"你要谁报应？"

"欠账的还钱，杀人的才抵命。"

"我把他砍成重伤，让他卧床不起。"金贵说。

“你这不是害了你姐，畜生！放下斧头。你好狠，你好狠，你是王起山的对手？”

这后一句话终于刺到了金贵的痛处。原来余大滚子并不看好自己的儿子，这些年来，儿子生活在一种他极不信任的怜悯中。儿子这身子骨不是争强斗狠的料，除了能薅好一块麦田外。

“你是说我不敢？”金贵真的很伤心，但嘴不示弱。

“好啊，敢啊，还不放下斧头睡觉。”

最后是金贵乖乖地放下了斧头，他进了房里，他睡了，他爹后来也睡了。他姐呢？他听见他姐坐在堂屋的火塘边，不停地给火塘加柴，并且不停地抽着鼻子。姐在哭，坐了一夜。第二天早上，他起来给牛喝水时，看见一夜未睡的姐，又踩着白雾背着背篓，手拿镰刀上山割猪草去了。

他望着姐那几根骨头支撑的背影，他真想哭一场，可他是个男人，虽然被自己的爹也瞧不起，他还是不能哭。他站在牛栏前，那一阵子，他感到全身骨头疼痛得像有人拿板子敲。许多未摘净的铁子儿在肉里提醒他：要变天了。

中午，乌云蓦然间从别处的山谷里翻过来，急剧地膨胀，接着带来了大风，首先切断了几棵正在灿烂开花的青桐，那是在小满的屋后。再听见山石吧嗒吧嗒地乱响，石头滚滚，青光历历，树叶漫天飞舞。

金贵开始收拾锄头和背篓往山下跑。他得抓住石头，有一会儿风把他的衣裳吹翻过来包住了头，很容易他就会被风吹下悬崖。已经有人吹下悬崖了，还有一张犁和一头牛，哀哀叫着坠下崖去。这风叫“白毛风”，吹得地皮一下就干透了，呼呼地往外长白毛，白毛又吹到天上去。地皮刹那间长出一根根白净净的茸毛来，这是哪门子事儿呀，哀哀的叫声不绝于耳，羊也吹下崖了。一些人补栽的独活摇摇晃晃地变成了蒲公英，四处飞散。这山上农民种的粮食没一样是木本的，全是草本，经不起风吹雨打乱石砸霜雪压。为什么粮食是草本的呢？为什么没有洋芋树、麦子树呢？金贵扶着石头小心翼翼地下山，他回过头看到自己的荞麦全被吹折断了，伏地了。早知如此还不如不薅，让它们埋在荒草丛中，兴许能躲过一劫。

这是不可能的。风吹了三天，地刮干了，背阴的水洼重又结冰，田里的庄稼都枯萎了，村里连喝的水都没有了，只有朝每个窗口扑进来的乌云。在半夜里，还突然下了一场雪，霎时又被吹得无影无踪。被人和牲畜的脚踩得泥泞不堪坑坑洼洼的村路与山路，现在坚硬似铁。

第三天一大早，金贵他爹余大滚子突然要进山去了。他用罐头瓶子装了满满一瓶腌蕹白，还带了不少的粑粑。他对金贵说："我进山砍香柏。"

他说了这句话就头也不回地走了。这几个晚上他可能又想到了死亡，十年前为自己的死亡进行了盛大准备的他，现在那口棺材没了，他一定心慌了。康保家赔他八十元钱加两根芝麻栎，他看都没看那两根栎木一眼，他瞧不上。钱呢，还给了他在镇郊的弟弟，那是为金贵的医疗费借的，还远远不够。他没与儿子商量着怎么还那笔医疗费，却一个人背着斧头进了山。这一次他可是有点蹒蹒跚跚了，风把他吹得歪歪欲倒，像喝醉了酒一样。

"没有香柏了。"金贵对他的爹说。远远的，他向那个人喊。

他的爹根本没有听见，风还在刮。他觉得爹可能一去不复返了，那个影子将消失在群山中。

在身上疼得不行时，金贵就背上一把扁锄到坡上去。他出坡，这儿的人把下地干活叫出坡。

不知又要改种什么。金贵一路走一路想着这扰人的问题。他一个人背一把锄头上山来干啥啦？他能锄动石头一样的地，锄松了，地就飞起粉尘，像烟雾一样的。他后来找到了锄松它们的办法，他挥舞着锄头，他是在薅草呢，还是在薅苗？他想出点儿汗，他想把这坡地挖翻。他发疯了。

有人一把抓住他的锄头。他转头一看，是小满。就像过去画片上画的那个拦惊马的欧阳海。小满手扬着拽紧金贵的锄头，一个大弓步，叱喝道："住手！"

"这是我的地！"

"胡搞！胡搞！胡鸡巴搞！"小满不松手，小满骂他，小满像教训自己的兄弟一样。

金贵到底掐不住了，泄气了，一屁股坐到地上。金贵没哭，小满却假模假样地哭起来：

“金贵，是不是你脑子被我打坏了？”

“没有，呔！”

“咱们过的是啥日子呀，金贵，风也不怕咱们，雨也不怕咱们，就钱怕咱们……峡谷口那三层楼你晓得是哪个的吧？是人家县里一个副局长的，就一个老娘，三层楼，玻璃红墙，咱们有啥，鸡巴一个，还小人家尺寸。我当年在房县给加工厂锯木板，那老板有四五个女人陪他睡觉。咱村里有好多男人一辈子没闻见过女人的腥。咱舅舅你不是不晓得，让一条老母狗咬死了，他要奸那狗，狗还不咬他！没钱讨老婆呗！他假若是条公狗，也不至于如此下场呀！所以说，这里的人狗都不如。你爹说人有两个时辰是牲口，我看咱们啥时辰都是……”

“别提牲口的事了！”金贵说。

“那就商量挣钱的事吧，咱们要挣钱，兄弟！”

“出去打工。”

“打工有几个挣钱回来了？有的把命送了，有的关进了监狱，除非是个女的，那倒是可以，卖×。”

“你让你姨妹子去。”

“金贵，你说这个话？你好狠毒！我那姨妹就是个卖的料儿？我还准备把她说给你的，我跟我老婆商议了，觉得欠你的，把姨妹给你，咱们结个亲戚，俩姨老，一担挑……”

“你说你把你姨妹给我？”

“她配不上你？你这么不讨人喜欢，又妮子似的脾性，你娶她还亏了？我看你就一点儿小聪明外，啥都没得，钱无一分，金无一两……”

金贵不知道小满后来说了些什么，他突然就有了一个女人？而且跟小满成了俩姨老，一担挑？他还很难相信这是真的，是人话是鬼话，可他想着那个也不怎么高大的女人，小满的姨妹子，一个小脸红红的，走路猴腰的女人。他最后看见小满站起来，说：“明早我到你家捆猪。”

他捆猪做什么？捆猪给他姨妹，作为聘礼？村里可没这个规矩呀。

有了女人，他就不想西天云上的麦子的事了，那个耳畔强迫他的声音，替他说话的声音："我看见了麦子，我看见了麦子……"他没听见。他说。他坐起来，拍打着身上和裤腿上的灰土，他想女人。女人是什么？就是笑？就是做针线活？剁猪菜？晚上睡在一起，关了门，假装让谁都不知道？女人在家里进进出出，然后，生娃子，头上包个大红的围巾，掏出不大不小的奶来给娃儿吃，然后就……"我是不会揍她的。"他说。他心里漾着一股幸福的溪流，这可是从未流经他心头的一股水，这水怎么这甜呀？它流淌着，流了一夜，把干涸的金贵遍身都浸润透了。

接着，圈里的猪开始叫了。

金贵竟然一句话都说不出来，他打开门，看到晨雾里的小满正在捉他的猪，下绳子。

"你来帮一把啦！"小满命令他。

他跳进猪圈，就帮着捆。猪站在粪水里，他们把它拽到干草角上，用腿跪着，小满就麻利地下绳子了。金贵懵里懵懂地帮小满捆猪，像捆别人的猪一样。幸福让他手足无措，大权旁落。

"然后，"小满对他说，"你在背篓上垫板子呀！"

金贵又去拿背篓，拿来板子，板子与背篓连在一起了，横在背篓上了，再将猪捆在板子上，就这么，猪捆好了，猪叫着，另一头猪在圈外叫着，是小满的猪，也捆在板子上。两头猪呼应着，越叫越凶。他捆两头猪干啥去？他这才回忆起他昨天好像说过的买锅，煮黄包刺熬黄连素粉，难道是指我们自己？

金贵揉着眼屎背上猪上了路。事情就是真的了，小满要与他合伙，卖猪，买锅，熬黄连素粉。小满说现在五十块钱一斤了，是粗粉，细粉就更值钱，我们做不来，不过，就粗粉一斤便能抵一亩麦子的钱。

"我们并不比城里人蠢，可是我们为什么就是没有钱呢？钱啊，钱。钱一定在黄包刺里。"

"我想再补种一季苦荞，到时收割了就可以再种泥麦。"

"种个什么苦荞，那么苦的粑粑你还能吃，现在是什么时代了，你还吃八百年的苦荞，现在人家城里吃啥？吃麦当劳，吃脑白金，把金子吃到脑壳里面去，就成金脑壳啦。人家是金脑壳了，咱连颗金牙也镶不起，你看咱穷的。

金贵，咱们也要挣票子，然后吃脑白金，你脑壳就不疼了，咱们都吃成个金脑壳，晚上一走出去，闪闪发光……”

小满自以为见过了许多世面，不过他想办的事是一定要办成的，他说他想通了，人应该拼了，与其穷死，不如拼死。他说他总觉亏欠金贵的，所以别人不选，只选金贵，他说：“等我富了，让那些人看看。”

小满因想富想花了眼，见人也当作能取麝香的獐子杀。金贵不知，他熬黄包刺的想法已经遭到了许多人的拒绝，他一家人家的猪都没能捆成。他也是将自己的姨妹作为诱饵，可没一个上当——没一个瞧得起他那十八九岁还未见发育的姨妹，可金贵糊里糊涂地就被小满捆了猪。

他们在房县县城，卖了猪，买了一口两米宽的海锅。这锅怎么背回去啊，路又窄又陡又险。金贵说不能买个小点儿的锅吗？小满说这算大啊，还有更大的，不大你能熬出什么黄连素粉来，真是开玩笑。金贵说那你背吧，小满说当然我背，你那个身子骨我好意思要你背。我就背这个黑锅啰。他们让卖锅的给了他们两块木板，做成了个高高的背叉子，放上海锅，小满的人就不平衡了，锅的下部分只能到膝弯，否则腿迈不动，但上面太高，小满一走一翘，一不踏稳就会罩进锅里去。小满像踏云一样地在街上走了一段，慢慢就找到了感觉，加上有金贵在旁边扶着，就进山了。

进山后事情越来越难。路真是太窄了，那路只走背背篓的人，一脚板宽的路，贴悬崖，你得横着走，你不可能把悬崖撬掉。头上是密密匝匝横陈的树枝，你走不过，只好砍，还有两边的刺棵葛藤，你也得砍，挂不住锅，它挂裤腿和背叉子。

看着看着天就黑了。金贵坐下来歇息时，喉咙里呼啦呼啦地漏气，肺里的弹孔好像没长平一样，枪伤都在疼，头疼，钉子钻得疼一样。他在那儿大口地喘气，小满问他怎么了，他自言自语地说：“我算废了，我真的废了。”

“瞎说，走吧，有钱了把枪子儿从脑壳里拈出来。”

他以为小满会说“你废了我姨妹养你一辈子”的，那话听到了他会恢复点儿体力，小满这家伙根本不提他姨妹了，这让金贵彻底地气馁了。他们好歹扎了两个松明子，点火照路，再继续走。

背着锅的小满不吭声地走。到了险处，就等挪在后头的金贵。走到观音岩，路被春上的冰汛砸断了，根本不能过，小满就放下锅，想两个人抬过去。断路处放了两根嘎嘎作响的细木头，又滑，底下就是百丈深渊。小满先走过去，一只脚放在木头中间，去抓那边的锅沿。锅的重心在悬崖下，锅时刻想往崖底下跳。两个人抓着，想用肩抵住，那也很危险。金贵一憋气，吐出一口腥咸的痰来，不用看也知是血。两人慢慢地移动，把锅抬过了断路，金贵的腰就弯了，直不起来，胸前疼得一阵阵痉挛。

“伙计，直不起腰了？”小满背上锅，手举松明说。他自己的汗也像水一样淌。他看着金贵，无能为力。

“走吧。”金贵缓缓站起来，捂着胸。

“等有钱了……”

“什么钱！”金贵打断那个背锅人的话，他对着那口锅大骂；他只看得见那口锅，和锅底下一双移动的脚，“什么钱，小满，你说话像玩儿似的，总是不能兑现。”

“还没有。”

“你不能兑现。”

“不兑现天打五雷劈。”

“我鞋都走穿了。”他想让小满明白他的意思。让小满把过去的事想起来，让他的姨妹……金贵也等得不要脸了，干脆挑明：“没有人给老子做一双鞋。”

“等咱们有钱了买旅游鞋。”

有几次小满差一点儿摔到崖下，几次都被金贵拉住了，金贵想，他人下去了没什么，砸了锅，锅上面有我两只猪腿呢。

走到鸡叫二遍，两个人才进了村。锅就放在了小满的猪圈里，金贵回家，门上依然一把锁，爹还没有从山里回来。

因金贵枪伤复发，小满只好一个人去四川请师傅。三天以后，请来了三个人，一师二徒。三个四川人都长得短小精干。其中穿一件灰色西服上衣的师傅嘴甜，把小满和金贵都叫“老板”。他们成了老板，就那么一口锅他们就成了老板？老板就是有钱人，有票子周转，抽好烟，喝大杯子茶，眼角都时常滋润得冒眼屎。两个“老板”就赶快砌灶了，放锅了，派人去山上挖黄包刺了。首先上山挖刺的没有外人，是小满一家，加上金贵的姐姐，金贵的姐夫王起山直好笑，从塌鼻子里发出毛猴一般地哽鸣声。“倒找我几个看。”他说。

山上的黄包刺还不少，刨来的根两个四川徒弟就用斧头剁成块块片片，师傅就加水，升火。噼噼啪啪的大火烧起来之后，村里有了些骚动。大家是来看锅的，也来看人。村里很少有外人进入，几个四川矮先生也让大伙瞧得有滋有味。大伙说小满要成万元户了，金贵也要成万元户了，但都不知道他们熬什么，“是熬盐啦还是熬炸药”他们全不知道。知道的背后说，某某村也熬过这东西，几年前的事啦，那赚个卵的钱，还不如偷树。而且把山全挖坏了，寸草不生。金贵看小满，无论怎么看，也不像即将成为有钱的人，自己看自己，一副苦相，瘦弱不堪，穿一件破毛衣，里面秋衫的衣领已经坏掉了，竖在外面，像荷叶边。

可是三个四川请来的师傅却十分尽职尽责地劳作着，那四川师傅揉着被烟熏得流泪的眼睛，观察着火色，用青筋暴暴的手伸进锅里去捞那煮得咕咕响的树根，拿起来，舔舔，又放进去，盖上盖子，说：“猛火！猛火！”好一阵猛火，炊烟升得有几丈高，火把添柴的徒弟的眉毛烧干净了，一根一根的杂木棒子往灶膛里塞，两个添火的徒弟轮换着跪地吹火，满脸通红，黑汗直下，噗，噗——噗——那师傅只管坐在一块大石头上，撩起二郎胯子，抽着烟，用一个大罐头瓶子喝浓茶，同时吐痰：“嘿——呸！”在小满屋场的岩坡上，在那棵有了些年头的大柿子树下，几个外地来帮着发家致富的人显得高深莫测而又风度翩翩。一些小媳妇走近后，那穿西服的师傅就会搔首弄姿、挤眉弄眼，还要表演一番：掐熄烟头，揭开锅盖，舀一些热气腾腾的黄汤，用手砺了砺，故意不怕烫的样子，又指挥道：“猛火！猛火！”然后，又复坐于石头上，又掏出一支烟来，点燃。有男人在场，就将烟分赠予他们，还送上火，很和蔼可亲的见过世面的样子。叼着烟的四川师傅就这么很有人气了。在人越聚越多的时候，他就动手了，让大家让开一下，“免得烫着你们了。”他手拿木瓢，把锅里的黄汤舀进一个大脚盆里，对小满说：“老板，盐味。”小满就递上盐，四川师傅就抓盐放入脚盆。风一吹，那脚盆的黄汤就满满凝固了，就成了豆腐花啦，这真是神奇，这个师傅不愧是师傅。大家再伸长鸡脖子往下看。两个徒弟已将大锅掏空了，这脚盆的豆腐花已倒入一个大布袋子中，吊在树丫上，让其滴出水来。沥干了，再把布袋子中的豆腐花抬着倒入锅中，用一把铁锹代锅铲抄来抄去，慢慢地，哈，成粉状啦，黄黄的，那师傅笑着说："成啦！"

"成啦！"就这样，成了黄连素粗粉，就能卖钱了，钱就这么变戏法似的，由一堆埋在土石中的不中用的根，到了小满和金贵手上。

钱就是这么变的吗？这可是新鲜的法儿，不是偷树、种泥麦和荞麦、挖药、打猪草得来的，是请几个师傅做出来的。谁都不敢相信，两个穷得叮当响的人，竟然请了三个雇工，这在旧社会是地主的做派。人变富真是太容易了。虽然金贵家听不见猪叫了，堂屋里的猪菜铡了就堆在那里，他躺下来时，一个人冷清清地望着屋顶，有点不敢相信地问自己："我还请了雇工？"有一个半是他的，用卖猪的钱请的。请他们喝酒时，金贵说："肉账酒账都记着吧。"他喝了些酒，感谢三个四川人，说："有钱大家一起赚。"这话是小满先说的，小满还唱了一句《水浒传》里的歌："你有我有全都有。"初定的是四川人以人力和技术入股，占三股之一。

事情就像真的一样了。这三个师徒不仅造出了黄连素粗粉，还在村里站稳了脚跟。有些祖籍是四川的村人还想跟他们攀亲呢，请他们喝酒，大家在一起唱四川民歌，四川的西服师傅有一副好假嗓，一个人唱女唱男，唱得哀哀切切，用两根筷子在碗上敲节奏，主人家不说他失礼，倒还很高兴，难得有远客把家里弄得这么热热闹闹，歌舞升平的。这有一副好假嗓的师傅以他的技术和歌声不仅征服了男人，也征服了女人，有的女人开始悄悄打探起他的家庭情况来，甚至流露出不惜给他做二奶的愿望。这些贱女人们想方设法地与他接触，有的来添柴，有的给他打下手，有的放下手中的活儿去上山挖黄包刺根，虽然一天下来赚不了两块钱。但是跟穿西服的四川师傅干活，分文不给也高兴。只要听到他唱四川民歌的声音，看到他在海锅前英姿飒爽的身影，那就是一种满足。那些人都看着金贵和小满发财啦，看着这两个在村里最没有本事的人发财？一个是想野物想疯了，见了人乱开枪的憨货；一个是比女娃子都怕羞的薄脸男人，他们竟然成了村里的能人，那王起山一伙人往哪儿摆呀？

小满背着粗黄连素粉去了县城，果然换回了一些钞票。大家看他笑眯眯地回来，就知道有戏了，他把金贵和穿西服的师傅叫到一起，大家看到他们把门掩了，坐在屋里，然后出来，还是一脸的笑，票子分好啦，接着师傅就很有劲头地挥手道："猛火！猛火！"

半头猪回来了。金贵点着票子，他告诉了他姐。他姐也因为挖黄包刺给开了二十元的工钱——小满给大家开工钱时是在屋场上，摆开桌子，叼着烟，手拿笔，还磕算盘，你二十，他十块，他五块，没有结账的他就说："下次再结。"

金贵点了票子，就要磨锄头去了，他的几把好扁锄和羊角锄都刨得像狗牙了。地垄上的苦荞来不及去看它，锄头借出去后，成了石头和树根的仇人。他磨着锄刃，检查老榉子木、过冬青、苦楝、杜仲和腊子树的柄儿有没有断损。

他的爹还没有回来。

小满的姨妹来了，叫一旦。这一旦妮子是来照顾她有身孕的姐姐的。小满没提那个事，也许他忙得团团转，忙昏了。可金贵看一旦的眼里没有他，眼神也不特别。他就想问问一旦，她姐夫给她说了什么没有。

一旦穿红裤子，一旦穿白球鞋，一旦上身穿运动服。一旦有红是白，不过看背影，就像个十二三岁的学生，屁股倒是长圆了。金贵就趁一旦去山坡那边的溪沟洗衣时，从另一条路背着锄头去会她。金贵有了半头猪的钱，他想着这钱可以给一旦买些什么，头巾？香帕？银镯子？一个男人想为女人花钱，那一定是爱上了她。

一旦在溪边洗着衣服，金贵就喊上了她。金贵还从没这么大胆过，简直像一头想吃猎物的野牲口，张嘴大喊："一旦！"

可他又站得远远的。一旦抬起头，见是金贵，没说话，只是笑笑，手搓得更勤了。

"一旦，你给你姐夫洗衣呀？"

他就过来了。可是一旦还是笑，还没有讲话，有气无力的，好像有望粮山已婚女人的干瘦病征兆一样。一看到她，这就自然联想到她以后就算结婚也会得干瘦病，就突然没了兴趣。城里的女人却白白胖胖的，伸出手臂来，藕节似的。他不说话了，一旦就说了：

“啊，嗯，挖？”

“嗯。啊。挖。”金贵回答说。

后来，金贵看着她蹲在那儿紧紧的小屁股，就忍不住了，就比画说：“你姐夫，给你，说？”

“他？”

“嗯？”

“啊，他。他？”

“他。”他想了想，还是得他说，他就把屁全放了：“你姐夫说，我与他以后是亲戚。”

“亲戚？”

“一担挑。”

“我？你？”

“明天搭个伴儿到镇上去吧，一旦，我想买点儿东西。”他看着一旦要说别的了，要推辞了，他就想把她紧紧抓牢，他不容一旦说话，他继续紧紧地说：“出村口那儿一个洞，在洞门口我等你好吗？搭个伴儿，去去就回。”

他说完就走了，边说边走，不容一旦回绝，走了老远还在喊：“吃了早饭以后啊，早点儿啊，七点啊。”

他哪来的这么大的胆？他想给姐姐说，这事成了。这事感觉上成了，在他看来，就是成了。他没说。这一夜他都没睡好。没有人上门回绝，一旦没来，小满也没来，证明一旦没给小满说，或者说了，小满同意他姨妹与金贵“搭个伴儿”。

早上用冷水洗脸，在火塘里拨燃火把剩饭用水煮了，拈上几块凤头姜，呼噜呼噜地捅进肚里去，饱了，就把钱放好，放进内衣荷包里，背上空背篓。去买啥啦？他还真没想。他买啥，那钱买啥？捆猪的时候还以为是换定亲物品呢，这下买啥，走啊。

天才麻麻亮。他走到村头的洞口，寒雾蒸腾，峡谷寂冷，松鸦在雾崖上断断续续地叫。他伸长脑壳，看那雾中的来路。

她不来呢？她瞧不起我呢？村上的人都瞧不起我，说我不长胡子，屙尿的声音也不响，细水长流的。一旦她也就那个样，可我为什么偏偏喜欢上了她？这么想，需要一旦的愿望越来越强烈，恨不得抱着她啃，抱着她上床。把门做牢实些，离爹远些，把板壁上的缝用报纸糊紧些。

他在那儿想入非非地站着，等到太阳慢慢地升起来了，等到有人走过，他就待在洞里。等到有狗叫的时候，一旦带着小满家的狗来了。小满家的狗不咬金贵，那是只豌豆色的公狗，雄赳赳气昂昂地高卷着尾巴。一旦来啦，你看她那个样子，女人走路的样子，好像要避人的样子！金贵从洞里冲出来说：

"一旦，我们走嘛。"

一旦站着了，不看他，看也只扫一眼，看石头，看脚下很细很远的河流，说：

"我姐夫不让我去。"

"小满！"

"他说家里有事。"

"你为什么要给他说？"

"我问他。"

"他就不让？"

"他说你也有事，他要找你，这几天不能出去。"

"不出去可以，晚上咱们还是能在这儿见面吗？"

"干什么？"

"不干什么。见见面，见了再说。"

一旦先走，金贵后走，金贵走的时候想一旦的话，她问我想干什么，她是不是想干什么，她什么都懂，她早就想干什么了。

"青布衫子白布领，口问二姐肯不肯，你要肯来你就肯，免得干哥想掉魂。"

他小声地唱着就去了小满家。他是学着四川师傅的假嗓唱的，唱得果真差一点把自己的泪给唱出来了。这事儿还真有些难受，这事为何如此难受呢？可难受得心里甜丝丝的，像吮甘草。

他到了小满家，见那几个四川师徒正在烟熏火燎地烧火，锅里的刺根冒出一股涩苦的潮湿气息。小满在砍刺根，金贵只好也拿起一把斧头砍刺根。两个都没有说话。过了一会儿，小满就停下来脱衣服了，他把衣服扔进屋里，招手要金贵进去。

金贵没看见一旦，小满瞅瞅门外，急急地与他低声说话了。他说那四川师傅要他给一百块钱，去房县买制作精粉的工具，小满说那师傅缠了他一晚，说不做精粉划不来，精粉一斤当粗粉十斤八斤，要想搞，就搞精粉。金贵说那就给他嘛。小满说他们几个人嘀咕，躲着他。金贵说："他会不会拿了一百块钱跑掉呢？"小满说："有这种可能。"金贵说："他们是不是嫌饭菜不好？"小满说："顿顿酒肉，差点把我老婆累流产了，我姨妹一旦的工钱也不知怎么算呢？"

这是又一项开支。金贵来不及想这些，金贵想着晚上的事，心不在焉，说："一百块就一百块吧。"小满说："那就一百块。"

三个四川人磨磨蹭蹭地到中午才出发，可他们走得很快。等看见人影了，小满出来就对金贵大喊说："箱子被撬了！"

添火的金贵冲进屋里，那个装粗粉的红漆箱子果真被撬了，只有小满才有钥匙的，但现在盖子开了，里面空了，里面是这些天熬的粗粉，足有十五斤。

小满提上他打金贵的枪，拉起金贵就去追赶，小满的弟弟和父亲也加入了追赶的队伍，他们分两股包抄，想截住那几个盗窃犯。

在出门的时候，金贵终于在厨房找到了一旦，匆匆留下一句话："晚上我会回来的。"

追赶那三个四川人并不是一件容易的事，他们沿着长长的峡谷奔跑。路时而下到河滩，又时而跃上悬崖，跑了一个多小时，金贵明显体力不支，胸腔里拉风箱一样，咳嗽，吐出的涎泡全是红色的，头疼，脚软，没有重心，这一次，金贵感到这条命去了一半。到了与小满父亲和弟弟会合的地方，没见三个四川人一根毛。小满的弟弟终于说出了大家都不愿说出的那句话："他们早钻老林子溜掉啦。"

那肯定是溜掉了，这峡谷往哪块石头后面一躲，你也看不到，不用说那么多岩洞，那么多小峡谷，那么多密密匝匝的树，山上全是路。这只是苦了金贵，他们看他垂着头在那儿吐血泡子，问他还能不能坚持，金贵不吭声，他知道魂快掉了。他听见小满在骂四川佬，说要报案。那又要回去报案，要翻过望粮山，整个夜晚又得在山路上过了。这算哪门子苦差事呀，这是赚钱做生意吗？雨下下来了，天气闷得人出气不畅，峡谷里充斥着一股呛人的硫黄味，烟雾腾腾，天气晦暗，仿佛要进入冬天的样子，可现在是夏天。

小满父子三人急匆匆在前头走，金贵在后头跟着。走了老远歇息时，他们等着他，小满说要不要架着走，金贵摇头。小满的弟弟给了金贵一根捡拾的木棍子，很结实，金贵就拄着了。

天色已经很晚才到村头，他们没有进村，谁也没提吃饭的事，就径直上山，到乡里去。

到了乡里已是三更时分，乡里的几栋房子都没了灯光，倒是派出所还有灯，运气不错。没进屋，便听见哭声，还是一个男人的。他们推门进去，都看到那个在椅子上哭的人是金贵的爹，余大滚子。

余大滚子像一只饥饿的猴子，人不人鬼不鬼的，金贵这一趟走来，也人不人鬼不鬼了。父子相见，无语凝噎。金贵问爹这是怎么了，怎么到派出所哭，他的爹说抓住了抓住了。唐所长伸出螳螂颈从里屋出来说："金贵，你爹我只罚他两百块钱，是看在他棺材被你姐夫输走了，若不是这样，我抓去让他蹲半个月的号子。"金贵的爹说："那就蹲吧，蹲吧，要钱没有，要命一条。"小满就说大家凑点钱罚了算了，当下就各自掏荷包，共掏出了三十七元八角钱，堆在桌上。唐所长说："香柏是国家二级保护植物，你余大滚子还这么大的胆。"大家为余大滚子求情，见是半夜，冷风飕飕，唐所长就答应了，按桌上的钱开了个收据，又问："怎么你们都晓得了？"小满说："我们是来报案的。"唐所长说："现在夜已深了，到时我跟四川方面联系了再说。"并详细记下了小满说的地址与姓名。

锅就这么空了，火就这么冷了，余大滚子回来找儿子要猪，只有半头猪的钱，金贵还想给一旦买东西呢，只好悉数交了。

余大滚子这一趟从山里偷木回来，胃受了风寒，整日喊疼，看着那挖得缺头凹脑的十几把锄头，一个劲儿地骂金贵，要他去捡炮弹壳来再打几把好锄头。金贵就去了望粮山的黑风洞，那里过去解放军放炮炸过土匪，有时可以捡到一些弹壳。捡了一天，没见到半只弹壳，叔叔余大梭子来了，是来要钱的，那时医疗费全是借的他的，他家要钱急用。没钱，康保家赔的钱又太少，说起失棺的缘由，余大梭子就上了王起山的门，他踢门，背着手站在堂屋中间，也不坐，瞪着两只老虎眼睛，朝王起山啐了一口，要他别动，别擦脸，别操家伙，他说：

"你这个小杂毛，老子叫几个黑社会的打死你，杀你全家，连你父母兄弟姐妹侄女侄儿一起杀！老子没见过你这号人，你还叫人？连你丈人的棺材都输掉了，你还叫人？猪狗不如！看你把金菊打成什么样了？你有狠的你打自己的老婆？你打外人啦，你看看镇上有狠的人，人家吃香喝辣，会赚钱，往屋里扒，像你这种吃里爬外的男人，还不如自己吃老鼠药了死毬好些。从今天起，镇蔬菜队余大梭子警告你，再打你老婆，再跟你老丈人过不去，老子对你绝不客气！……"

余大梭子从怀里掏出一个水杯，拧开，咕噜咕噜地喝下去，然后"啪"的一声，将杯子摔在堂屋里，登时酒香四溢。摔毕，拍拍手，昂头而去。王起山屁都没放一个，王起山躲在房里抽烟。金贵的姐姐金菊倒是哭着收拾那些破玻璃，王起山说话了，王起山说："嗬嗬，嗬嗬。"

村里全在笑话小满和金贵的那口海锅。小满说："我准备养猪。"他是说拿它煮猪食。说是这么说，锅里那一天就装上了一满锅的冰雹。

一旦因为回去了，在山那边。金贵就跑到山那边去找到了一旦，又约了一个山洞。在两个村庄的中间，一扇悬崖边，周围有栎树、珙桐和被山洪冲进沟的滚滚乱石。那天晚上，他们在山洞里见了面，外面就下起了冰雹。只听见洞外的树林到处被人砸着石头，一旦就说鬼来了，金贵说哪来的鬼，正好紧紧把一旦抱住了，用衣裳把一旦包起来，然后找她的嘴唇，一旦的嘴唇左躲右躲，还是被金贵一口咬住了，还咬一旦的舌子，一旦也咬金贵的舌子。金贵的一只手放在一旦小小的胸脯上，不敢往里面摸。可他想摸，多次在睡前想象着怎么摸。当一旦说要送她回去时，机不可失，他顾不了那些，在往外走的时候冰雹砸着脑袋也没去护，手急匆匆在一旦的内衣里，可那隆起的地方比一颗冰雹都不如，他挨着打，一旦在他的腋下，在他的衣服里，冰雹猛砸他的脑壳，好大的冰雹，疼也就让他疼去，他扪着一旦的奶，有滋有味地放不下。一旦在喊砸得好疼啊，她一准心思没放在金贵的那只手上。他们在路上跑，一旦拿着手电筒，手电筒光里是鸡蛋一般大小的冰雹，有的比柿子还大。金贵被砸得眼冒金花，到了村里，一旦把手电筒给了金贵，金贵又往自家村里跑。这冰雹可真是怪了，金贵来时，只穿了一件夹衣，还呼呼冒汗，他口含手电筒抱着头跑着，双手有甜蜜蜜的感觉，可冰雹打他，把他的感觉往死里打，抹去。幸福来得太突然了，他一路想着他成了大人了，他摸了女人了，女人的肉细嫩些，女人的胸脯也软些，虽然不大，可那是女人的胸奶，一旦的，别人绝没有摸过的地方。他想他成了大人啦，地上尽是些硌脚的冰雹粒儿滑他，绊他。

到了家冰雹越砸越多，地上堆起了一层，有瓦砸破了，冰雹从屋上漏下来，到了屋里。他爹到处找漏瓦，帐子顶上用一件蓑衣盖着，怕砸到床上了。金贵冷得直打牙嗑，在火塘边烤了半天，牙稳住了，双手烤着火，看着那手，没有什么变化，可心里甜着，头上有许多麻木的疱块，他爹在床上说："谁他妈又看见了天边的麦子。"他爹说了几遍，大骂，大放厥词，说："看你的荞麦！"

荞麦和天边的麦子都说到一块儿了，金贵上了床，躲在被窝里，麦子涌动，人也在动荡。胸口疼，可那摸着没有见着的一旦的胸脯在给他寒冷的心送温暖，还有吻，一旦的嘴，嘴里湿漉漉的舌头和上下腭，还有一旦用嘴吸他的那巨大的力量。一旦爱他了，一旦要把他的舌头咬下来。他想他迟早要被一旦咬死的。真幸福啊，被女人咬。

早上就有人在外头嚷嚷说虫子的事。金贵的爹余大滚子先起床，开了门，带着寒气进来说："好大的虫子啊！大天虫啊！"

什么虫子？

余大滚子敲开一个冰雹，里面就有一个虫子，肉乎乎的。余大滚子对金贵说："那一年下黑雪，你不知道下来了好多巴狗子（豺），那也是有人作了恶，老天爷要惩罚，后来雷劈死了后山的五个人……"可这是虫子，僵而不死，用棍子拨拨，蠕动了。正在这时，金贵的姐姐青着眼睛来了，老远就喊："我的妈啊，死鬼他们还没回来！"

接着就有了哭声，也是家有没回来的人——王起山和四五个进山挖藁本的人一夜未回，他们全是单衣单裤进山的。

金菊在那儿垂泪，金贵就对姐说："冻死他！"

余大滚子说："恶人做了恶事有恶报。"

金菊说："那他死了我可怎么活啊！"

她说出了这样的话，王起山把她打得鬼一样了，她到头来说这种话。金贵不想可怜她了，姐不值得可怜，这么个人。姐要他去帮忙找王起山，他不去，他说："我不去，我找谁，我帮你找王起山？"他爹余大滚子一巴掌打过来，说："再怎么他还是你的姐夫，再怎么也是一条命，混账东西！"

金贵被迫出门，正准备跟随一群处于悲伤和惶恐中的人去寻人，从南头又出现了一群村里的老家伙，都手拿着拾到的大冰蛋和肉虫上门来了，请教余大滚子。余大滚子突然昂起头，神色凝重，微微闭目，道：

"天上送来的东西，你只管照收不误。"

"吃了？"有人问。

"为啥不能吃。"那人的话很可能临时启发了糊里糊涂的余大滚子。在众星捧月的目光期待下，谁知道余大滚子是怎么把别人递来的一条肉虫送进嘴里嚼烂并吞进肚中去的。他连吃了三条，绿色的虫汁顺着皱巴巴的嘴角往下流，他不慌不忙地吃着，说出了两个字："麦子。"

"这是麦子吗？这是天边的麦子？！"

"是麦子！是麦子！！"全村一片相同的声音。

于是，开始抢"麦子"了。蠕动的"麦子"，肥大的"麦子"。人们想麦子想疯了，饥饿的人们，就这么突然发了疯，连那些准备去山里寻找亲人的人也驻了足，人们纷纷从家里拿来篮子、背篓，在地上、田头抢“天虫”，人们开始大嚼天虫，口里塞得鼓鼓囊囊，一片呱唧之声。天上的鸟似乎也听懂了余大滚子的话，也来抢这些天虫了，大杜鹃、乌鸦、喜鹊、鹈鸟，都亢奋地拍打着翅膀，俯冲下来啄食这些从冰雹里爬出来的虫子，小一点儿的冰雹开始融化了，天气又晴了，气温又升高，大冰雹有人用开山刀和石头砸碎，在里面寻找虫子。鸟越聚越多，鸟没有人的手脚麻利，鸟愤怒了，鸟啄不到虫子，就啄人的眼睛，有几个人的眼睛啄瞎了，啄得鲜血直流，一手捂着眼睛，一手还在地上摸虫子。

太阳大约三竿子高的时候，一阵热风吹过来，冰雹骤然之间没影了，虫子也没有了。有人竟然抓住了两只鸟，拧着它的头说：“叫你吃我的麦子！叫你吃我的麦子！”

所有的人都突然住手在那儿，好像有人指挥一样，停止了抢掠。你看着我，我看着你，如梦初醒。我们刚才做了些什么？我们手上抓着什么东西，嘴里嚼着什么呀？

“全是疯子，疯子！”金贵大喊着，用一块石头狠砸自己的脑袋。

没一个人理他。

在迷魂岭的一个山洞里，终于找到了那六七个死鬼，全死啦，冻死啦，六七个人抱成一团，皮肤乌紫，浑身结满了冰碴儿，一个个惊恐万状，连眼珠子都冻成了冰疙瘩。村里来了几十个人，把他们抬回村去，下山时，他们一个个突然大汗滚滚，抬尸的人以为他们又复活了，一摸，还是冰的，那汗是真汗，是临死前憋的，冷汗。抬尸的人给尸体擦着汗，自己也擦着汗，天气可热哪！

抬下山去后，哭声一片，金贵的姐姐金菊手拿着王起山的一个蛇皮袋子，里面有满满一袋子藁本。她解开袋子，在里面翻着什么，明眼人知道她在里面翻扑克。没有。于是金贵他姐扑上王起山的尸体，啪啪就是两嘴巴，狂吼道：“王起山，龟儿子，老子打死你，你还手！哈哈，看你还能还手！”人家去拉她，她又一屁股坐下地，号啕着："王起山哪负心郎，你中途走了，憨娃也走了，留下我受罪啊！"

被姐姐打歪了脸的王起山是不出声了，金贵看着那个死人，也风光过，可他就这么无声无息了，这就是人的一生？他会下女人的膀子，他还会下？不会了。多么风光的人也就是这个下场，站在村头大石头上的那个人，比村主任还牛的那个人，又怎么样呢？日子无滋无味，活着跟死了有什么两样？他扶着他的姐姐，看到姐姐对死人横眉鼓眼摩拳擦掌，就偷偷笑了两声。他笑了两声，可响亮了，所有的哭声都住了，都瞧着金贵这个人，愤怒地瞧着他，这个人怎么啦，他一个人偷偷地笑？他就笑了。要不是他跑得快，他会狂笑不已的。那时候，他往山上走的时候，唐所长手拿着一大沓"死亡证"来念了。他只听见了一句"属非正常死亡"，他就疯狂地跑上了山，他知道那些人恨不得把他撕了。

他的心很乱，绊了一跤，又绊了一跤，手拽着草站起来，他是来看天边的麦子的。他预感到麦子会出现，麦子就出现了，在天边，哗哗地起伏，一片喧嚷之声，挤得云水翻腾，朝他滚滚而来。

"那不是我的麦子。"他说，他不承认。他坐在那里，骨头一根根地被人拆掉似的疼。

"我看见了，那又怎么样？"他说。他很想跟小满说，他想吓唬吓唬小满，说不定小满会拿枪去打天边的那个魔鬼的。打得让他沾上了甩不掉——就像脚鱼咬手，看他发疯后再打哪个。

晚上，他跟一旦说了。一旦说："金贵，你说么事？"一旦说："金贵，你千万别胡说了。你是不是也想麦子想疯了？金贵，我嫁给你，我们再种一季苦荞吧。"

"不，我要赚更多的钱，我要热热闹闹地娶你，我要到天边去。"

一旦捂住了他的嘴。一旦拉住他，说："金贵入邪了。"

"哈哈，我才不会入邪咧，与其在这峡谷里等死，不如到外面去寻死。"

"你说屁话。"

"不如去天边寻死。"

“金贵，你撇下我？”

“我们一起走吧，一旦，这儿不是人待的地方，你都看见了，一旦。”

“你邪火了，金贵，我不理你了。”一旦跑了。

金贵想带着一旦出去，到很远的山洞里寻欢作乐一段时间后，两个人喝一瓶农药了事。金贵喜欢说过头话，也是吓唬一旦的，一旦不听，一旦像躲瘟神一样躲开金贵。金贵有些费解，就去找小满，小满大骂了金贵一顿，说：“你要害死我姨妹？我一枪把你脑子打坏了？我还会上项目的，我上了新项目，赚了钱给你诊脑子。”小满又去了一趟房县，会过去锯木场的朋友，只带回了几根甜柿子苗。我的天，苗只有两尺高，要结甜柿子，那得等到猴年马月？小满就蹲在甜柿子苗前抽烟，每天三泡尿，浇那苗子。

一旦用背篓背来了一袋苦荞种。她悄悄地来，放下后又悄悄地走了。那天金贵不在，她放下荞麦种，又把金贵的锄头磨了几把。金贵回来，余大滚子给他说：“还不上山去种苦荞！”

锄头磨得又亮又快，好好的苦荞种子，喷香喷香。金贵不种，说：“说不定又要遭什么灾呢。”可他不得不种，为了一旦，他也得种。他就上山种了，他在坡田里边种边发呆。撒肥的时候发呆，锄地的时候也发呆。

就有人说，金贵看到了天边的麦子。

他的爹余大滚子上山去质问金贵，给了他两嘴巴，把他打出了血，问他：“你说，你究竟看见了啥？”金贵不吭声，爹扯着他的耳朵，指给他看西边的天空，说：“那里只有几朵云，哪里有麦子，哪个造谣说你见了麦子？哪个栽赃我的儿子！”余大滚子再好好地跟金贵说：“等我把棺材打起了，就给你打结婚的家具，一旦是个好妮子，天下难找的女人，金贵，下半辈子你要享福了。”

第二天一早，余大滚子就不许金贵出坡了，把他关在家里，说地里的草他去薅。余大滚子还托人让金贵的叔叔给金贵买了一盒“镇脑宁”，让他关在屋子里吃。

可村里人都说金贵看到了天边的麦子。

“这是村里人都在咒你死，不要理他们的。”余大滚子背着薅锄临走时叮嘱他说。

余大滚子上山的第三天晚上回来，就报告了一个天大的消息：他发现了一个红毛野人。他说那野人人高马大，高额角，扁鼻子，大嘴巴，群山之间，如履平地。他说野人见了他就大笑，他吓坏了，就喊："修长城，修长城！"那野人就跑了。他说野人都是秦朝避乱的，怕修长城就逃到咱神农架来了，年长月久，成了山精，有时会出来问："长城修完没有？"你见了这些野人，只要说一声"修长城"，野人就会被吓跑，比风还快。

这话不知怎么就传到乡里了，乡里又传到县里，望粮山来了许多捉野人的人，都拿着照相机，说只要弄一张野人照片，到香港地区去就可卖十万块钱。可惜村里人没有照相机，都拿了锄头、扁担、猎钩子，小满甚至拿了枪，想把野人死活捉到。

金贵没去，他被爹关着了。等到捉野人的人回来，果真把野人捉到了，哪是个红毛野人呀，就是个野疯子，野人。

那些人捆着野人下山来，金贵目睹了一场抢夺野人的大战。这是今年的又一场大战，跟抢夺肉虫差不多，大家恨不得把那"野人"五马分尸，拉膀子的拉膀子，抓手的抓手，抱腿的抱腿，都说"是我的"，为此打得一塌糊涂，听说张学有的两颗睾丸被踢破了一颗，刘德娃的指头被削断了两根。翁婿反目，叔侄成仇，兄弟翻脸，应有尽有，都是为了分那悬赏赏金。可是一到村里，坐在村主任家的干部们看了，说："是什么野人！"一文钱也得不到的村民们失望至极，恨不得揍那野疯子一顿。大家以为那疯子不能说话，可那疯子说出话了，傻笑着说："俺找娘的。"

他没说修长城的事！

说是找娘，深山老林找哪门子娘？这人是哪儿的呀？河南口音，或是陕西口音？河南与陕西交界的？商南？新野？

金贵他姐就端来了一碗玉米糁子给他吃。他狼吞虎咽，吃着吃着，望着金贵他姐，就张口喊了一声："娘！"

金菊先是一惊，后来就应声了，不自觉地"哎"了一声，说："憨娃，你是憨娃子吗？"

憨娃是她的儿子。

“是憨娃，是憨娃！”大家都说。

大家就交了差，把一个又脏又傻的小伙子交给了金贵的姐姐，上面来的干部也就说：“好嘛，好嘛，认了个娘，这小子有福呀！”

这样，金菊就捡了个儿子。

余大滚子对这个来历不明的傻孙儿可是不答应的，他对村民说：“你们太无耻了，你们养着不行，你们让她个寡妇养个傻子，你们好得意。”

爹不让养，可金菊非要养，她说这就是憨娃，她说：“你看他笑，跟憨娃一样的。”便把王起山生前的衣裳给他穿，给他剪头发，要他洗澡。

傻儿不怕余大滚子，喊他爷爷，傻儿怕金贵，金贵问他吃啥、喝啥，问他喝不喝农药。金贵的姐就赶金贵滚，金贵不滚，研究着剪了头发的青春焕发的傻样儿，说：“外甥，跟你舅上山薅苦荞。”

这傻儿就去了，他只薅草，不薅苦荞！

傻儿还喜欢一旦，他喊一旦“娘”。这毬人，见了女人就喊娘，有奶便是娘。一旦说：“我不是你娘。”

金贵说：“那他叫你什么，说呀？”一旦不说，金贵就说了：“叫舅娘。”“舅娘！”“这就对了。”一旦脸红了。一旦说：“你叫什么名字呀？”傻儿就笑。

傻儿蹲墙根，端一碗饭，呼呼地吃，不给他搛菜，就不吃菜。金贵的姐给他搛菜，拣好的搛，搛肉，腊肉，把肉都炒给他吃了。傻儿吃完一碗饭，空着碗看金贵的姐姐。金贵的姐姐说：“添去。”傻儿才敢走进厨房，到锅里添第二碗。又吃完了，又看金贵的姐姐，又得到指令后，又添。

这傻儿能吃。

傻儿吃后就背上背篓自个儿去割猪草。嘿，他真能割，一个上午一大花背篓，少说一百五十斤，全是上好的猪草、鹅儿肠啦，红花蓼啦，构叶啦，水苎麻啦。下午就打柴，一捆捆的柴就码在金贵姐姐的屋山头了。卸了柴，抹着鼻涕，指着望粮山高高的雾霭茫茫的山脊，说：“那是俺娘。”

怪不得他爱上山的，他把山也认作娘了。

凡是金菊家男人干的活儿，傻儿全干了，女人干的活儿，傻儿干一半。

傻儿像一台机器，悄悄地干了，不争吵，不顶嘴，不喊累。傻儿还帮金贵薅草，薅了头道薅二道。一旦给他量了脚，给他做了一双灯芯绒面子的松紧鞋，纳的鞋底比给金贵纳的都厚。傻儿穿上新鞋，干活更有劲了。

傻儿脸上有了红色，金贵姐姐的脸上也有了红色，且胖了。金贵的姐姐对他说："憨娃，慢慢吃，啊。"又说，"憨娃，那一年你去守苞谷，咋就一走没回来呢？你玩性好大啊。"还说，"憨娃，莫再走了，莫再离开娘了。"

姐流出了泪。金贵看着这情景，也悄悄地抹了一把泪。他在墙外头，听见屋里叫"娘，娘"。他听见这亲切的叫娘的声音，他感到心痒痒的，欠欠的。他也想叫上一声"娘"，叫谁一声"娘"。叫谁呢？有一天，他在山上薅草时，就对群山叫了一声："娘！"他猛然叫了一声，沿着娘当年走去的方向，野马河、药棚垭的方向，撕心裂肺地叫了一声娘。

他想娘了。一旦不在身边。一旦又躲他了，连小满都躲他，一旦的父母不同意，说金贵怪里怪气的，又受了伤，又穷。小满也说："他背不得一百斤重的东西了。"是一旦失口说出来的，说小满打破，说除非金贵把身上七八颗残存的铁砂子取出来。说金贵到时不跟他爹一样呀，打不死你，把你打跑了，有其父必有其子，等等，不一而足。金贵想到的主要还是穷，没钱给一旦的父母塞东西，金贵兜里是空的，爹为半头猪已经骂他多次了，看见小满了就呸呸。金贵决定找爹要点儿钱，给一旦的爹提两瓶火酒去，还要加一条金蝶的烟。

爹到哪儿去啦？爹鬼鬼祟祟的。有一天，金贵看见爹用铅笔画在纸烟盒上的一些字——爹识得一些字。这些字是：他碰见过老虎？他跟老熊打架？蛇不咬他？在哪儿过夜？他冻不死？……

他在跟踪傻儿。

他藏在傻儿发现不了的角落，看他干些什么？他要解开那些不解之谜。几天下来，余大滚子裤子也剐破了，手也磨破了，膝盖也碰破了。回来，他自言自语地说：

"有一只乌鸦歇在他肩上……他掏蜂窝舔蜜……他跟山说话：娘啊，娘啊……他砍断一根藤子，藤子就流出了红血，像女人的经血……"

余大滚子示意金贵不要说话，他还沉浸在山上的情景中，他说："他是个山混子，山魈，哪有一个人在山里成天钻不被野牲口吃掉的；他从哪里来，他到哪里去？……坡上的荞麦都长成藤子了，今年可邪乎啦……”

“那是因为光照不足。”

可余大滚子一副大难临头的样子，他说：“村上的老人不多了，你们还不引起警觉。想想今年发生的事吧，这不是巧合。”

这天夜里三更时，余大滚子就起了床，偷偷烧了三炷香，并把蒸好的一只腊蹄子祭给了山神，祈求山王天子大慈大悲，百怪不侵，五谷丰登；十二麻王天子，十二茅花草神，七十二化精邪鬼魅，鬼哭眼之神，黎山老母木精作怪邪王，都一一拜上了。然后，他出了门。

在日近中午雾还未散的时候他回来了，脸上有抓挠过的血痕，且苍白，头发凌乱，惊恐，他对金贵说：“我把他推下山去了。”

爹要杀人？爹杀了人！他把一个傻儿推下了悬崖！

金贵的脑子里嗡嗡作响，一片空白，不知道眼前这个人是谁。可是，就在这时，一个浑身血淋淋的人打门口经过，那个血淋淋的人看不到脸和眼睛，只是手拿镰刀，背着背篓。

他是傻儿！

“他还活着？”余大滚子望着那个人，那个人影。

“他快死了。”金贵说，拔腿跑过去追赶傻儿。他听见他姐一片嘹亮的哭声：“儿啊，儿啊！”

姐找来了医生，给傻儿治伤，姐要找她爹余大滚子算账。余大滚子无所畏惧，说：

“我是为了咱们全村，为了咱们这个家。”

“你是个杀人犯！”

“傻儿是七十二化精邪鬼魅。”

“杀人犯！杀人犯！”

医生给傻儿把了脉，给他敷了许多药，还开了些草药：苍耳草、七叶一枝花、鹅不食，让金菊采来给她的傻儿子煎汤。

七天以后，傻儿的鼻涕收了。

十天，眼神没雾了。

十五天，晚上，傻儿猛烈地咳嗽，吐出几口黑乎乎的痰来，然后倒头便睡，鼾声大作。

早晨起来，傻儿揉揉眼睛，扒了一碗饭，金菊给他背篓和镰刀，像往常一样，对他说："去吧，上山会你娘去吧。"

傻儿突然很陌生地看着眼前这个瘦女人，清清楚楚地摇头说："那不是俺娘。"

"我呢？"

"俺不认识。"

金菊的腿软了，他的病好啦，我给他治好啦，可他连我都不认了。

"俺家在内乡。"他说。那天他还是上山了，可背下来的猪草没有半篓。

他问金菊说："大姐，这是哪儿呀？"

金菊告诉他这是神农架。

他说："我做了一个梦，就到神农架来了吗？"

他就要走了，他说要回去了。金菊不让他走，说："憨娃，你又要到哪儿去？"

他说："俺接娘去。"

金菊泪眼婆娑，给他用梳子梳了个小分头，给他背篓里装上她做的鞋，还有粑粑，还有神农架的香菇、木耳、柿饼。"好走啊，憨娃。"她说。她送傻儿。傻儿没言语，摔下悬崖时被树碰出的伤都好了，他不说话，头也不回地走了。走了老远，金贵的姐姐还在那儿招手。

姐又剩下了一个人。

这天晚上，金贵梦见了娘。他梦见娘跟一旦一样，娘讲一旦的话，也小小巧巧的不大爱理人，低着头一个人笑，露出小牙齿，纳着鞋底。金贵说："娘，你到哪儿去了呀？"金贵跟着娘走，好像上了街，街上有许多人，走着走着娘就不见了，挤散了。他到处找娘，后来看到娘从一个门里钻出头来朝他笑，完全是一旦。金贵问她："你见到我娘了吗？"一旦拿眼睛鼓他，一旦说："我不认识你，你是哪个？你是一只獐子。”金贵看见一旦抽出一把手枪来，就跑。一旦“叭叭叭叭”地朝他开枪，就是打不着，金贵跑得比獐子还快，后来爬上一棵树，好高大的一棵树，树上结的全是麦子，一穗穗像狼尾，他去抓麦子，老是抓不着，一头栽下来。金贵醒来了，胸口突突突突地跳，还生疼。

他想娘了。

那一年，他五岁。早晨醒来，不见了妈，妈被内乡一个来神农架伐木的男人给拐跑了。那个河南伐木工是个驼背，羊鼻子，鸦鹊腿。他在这里伐木时跟金贵的爹余大滚子交上了朋友，两人经常一起干杯。可伐木工看不惯余大滚子打老婆，打老婆时就夺余大滚子手中的劈柴或棒槌，还帮金贵的妈治伤。后来，金贵的妈就跟那人跑了。姐弟俩找余大滚子要娘时，余大滚子给了他们一人一拳头，说："找你们的娘去，你们都死了，老子才安逸。"

在金贵的记忆中，娘总是在爹的膝盖下面，头发在爹的手里。可娘是天底下最勤快的女人，不停地做活，不停地补衣裳，纳鞋底，剁猪草，做饭，伺候一家人。被打了，打得青了眼睛，肿了嘴，用水洗一把，又去干活，该干什么干什么。金贵的记忆被那股米汤浆过的香味儿一直缠绕了许多年；衣裳上的米汤味儿，被子上的米汤味儿。睡在这样的被子里，浑身裹着粮食煮过的气息，丰衣足食的气息。就是一件补丁衣服，娘也要浆的，穿得那么挺括，做人端端直直。娘夜里被打了，第二天上山薅草，一样唱她的扬歌，娘的嗓音像溪沟的流水，清澈得如蓝天，哪有夜里被暴打、嘶哑哭过的痕迹呀，娘就是这么个人，娘高高朗朗地唱着："吃了中饭扬个歌，不唱扬歌不快活，喝了山中桂花酒，不想唱歌也唱歌。"酒全是爹喝了，娘从没喝过一杯，娘只喝凉水。可凉水润过的苦难的嗓子就是那么清，就是那么亮，云就呼呼地飞舞旋流，狗就摇头晃脑，村庄变得幽趣无比了，田垄上的麦子比女人都动人了，大白茅在向阳的地方张望着，森林突然变得忧郁深沉起来……

金贵半夜里翻箱倒柜，他终于找到了压在箱子底下的那五块钱，是娘临走时悄悄塞在他的枕头下的，他从来都没用，老是闻那钱上的娘的气息。他现在拿出这五块钱，又压在了枕头下。

他开始磨苦荞面。

他把要走的事给姐姐金菊讲了，说：“姐，地里的苦荞就交给你了。”姐姐恐惧地问：“金贵，你真的看到了天边的麦子？”金贵说：“姐，我不是去割麦的，我是大人了，我不带镰刀去，我是去找娘的。”“哦，”他姐说，“你找娘去，那可好了。”“我见见娘，然后，我挣钱。我挣了钱回来娶一旦。”“金贵，你真的没有看见天边的麦子吧？”

金贵说：“我不会死的。”

他背着一袋子炒熟的苦荞面最后对姐姐说：“姐你等着我。”

他不想给一旦道别，他赌了一口气，他会带钱回来的，不是半头猪的钱，而是一头、两头猪的钱。

“天边没有麦子。”他的姐姐反复叮咛他。

“我知道天边没有麦子。”

他沿着娘当年走的路线：八人刨、药棚垭、迷魂岭、野马河……走到望粮山顶时天就彻底地亮了，太阳雄赳赳地从山里跳出来，把自己弄得响亮无比，森林中的青枫、铁桦、橡树都一股脑儿地鲜活起来，红枝子、刺泡、火漆果都燃起了它们的灶口，空气里浆果的甜味灿烂刺人。

天边是什么？麦子！

他闭上眼睛。他背着苦荞面。他什么也不敢看了。他甚至不由自主地往腰里摸了一把，他想摸镰刀。麦子跟上我了？

他闭着眼睛走路，走进了峡谷，四围是山。天空一线，鸟影都没有。他长长地吁了一口气。还是看那些令人压抑的沉重的山壁吧，看河里的巨石，石上厚厚的苍苔，看乱水，看峡谷终年弥漫的烟岚吧；看路吧，看脚下的坡和腿上吸血的山蚂蟥吧。

我为什么早晨就看见了那个东西？那究竟是什么？谁人能说得清？别人都看见过吗，只是都不敢说而已？说出来如果往山外走去就意味着死亡？我没有说出来，那个东西不会跟着我，我悄悄地走了，现在我就像一次赶集，一次卖腊肉。我走，我倒要真正的看看，那个东西怎么能征服我！不，我要征服它！

他在走到老河口之前在一个潮湿的山洞里睡了一觉，第二天感到自己还好好活着（有一个看见麦子的女孩就是冻死在山洞的），他就笑了，握着拳头，为自己鼓劲。同时却感到浑身发烫，流鼻涕，还打喷嚏。在公路上行走，就有个骑摩托的年轻人停下车来热情地同他打招呼了，问他上哪儿去，表示可以带他一程，不过要酌情收点儿油钱。金贵没有出过远门，根本无法辨清人的好坏，有人要他搭车，许是跑载客生意的，那人说出给三十块钱又（油）钱时，金贵就自然地跟他还了价；他是懂得还价的，还了价，表示你是有过见识的人，他就说出了十块。那人也没同他多说，想了想，就爽快地答应了："中，就算你给俺买了包红塔山的盐（烟）吃。"那人的话已经明显不是神农架和神农架周边（如宜昌和四川）的话了，周围的风景也不是神农架风景，这种新奇感使金贵来不及细想就有生头一次爬上了别人的摩托，且坐在后头，前裆贴着另一个男人的屁股，还要双手抱男人的腰肢。脚呢，脚找踏脚的地方，等这一切落实之后，听那摩托发动并行走之后，他更无所想了，那人把他带到外国去带到地狱去也是那人的自由了。金贵还来不及恐惧，因为坐在上面飞奔在道路上的感觉处处都是新鲜有味的，风在身边呼呼吹，风噎着喉咙，完全不像坐汽车或手扶拖拉机。况且他还发着高烧，他想早一点儿到老河口，然后……

那人虽开着车，盯着前面的路况，还跟金贵说着话。那人说你到老河口去做啥，金贵扯了个谎说找他叔叔，说叔叔在老河口工作，那人问他是哪儿的，他就说他是房县的。过了谷城县城，天就完全黑了。金贵感到彻骨的寒冷，风吹得他快成一块冰了。他想说要那个人停下他加一件衣服，但那人打着灯沉默了，他也不好意思开口了。就这么，他可怜巴巴地坐在后头，路不好，颠得他上气不接下气，肝胆欲坠，迷迷糊糊的当儿，车停了，车一停那人就要他下来。

他慌里慌张地从混沌中下来，那人就向他亮出了一把白晃晃的匕首，在前灯的模糊光影里，那人极蛮横地命令他道："把钱全部拿出来！"又说："不然俺杀死呢（你）！"

金贵就明白是咋回事了，就说实话了，就双膝跪下说："我没有钱，我是去河南找我娘去的，她十几年前被人拐跑了。"他想求得那人的同情，放了他。

他把先前准备好放在裤兜里的十几块零钱掏出来捧上交给那人。那人停顿了一会儿把钱抓了过去，又吼道："还又（有），包里还又（有）！"

金贵想抢劫的都是很精明的，在外头混的。他眼看赖不过去，只好从背上取下找姐姐借的王起山生前的一个破牛仔包，拉开拉链。钱就放在最下边的一件衬衣的荷包里，共有五十块钱，姐姐给他的。可他又不甘心就这么拱手交出，他故意一件件细细寻找，那人就说："快点！"并用刀戳他的肘子。那抢劫犯好像闻得到钱的气味，夺过包来，翻出最后几件衣服，抠出两包香菇，在衬衣里摸去了他那五十块钱。然后那人又要他站好，在上上下下的口袋外头又摸了一遍，要他站着不动，跨上车，箭一般地开走了。

金贵在黑暗里不知道是哪儿。他摸索着那些衣物，把它们塞进牛仔包，顺着那个歹徒走去的路，深一脚浅一脚地走。

他讨饭讨到内乡。

他找到了他的娘。他按照人们的指点来到一个热气腾腾的郊区，穿过一片厂房，落脚之处到处是废弃的钢铁、翻斗车、煤炭，许多人在灰与火一样炽烈的大炉前用巨大的铁瓢子舀出煮沸的铁水往一些坯子里倒，有人从炉火中拖出一根根通红的带着耀眼橘黄的钢条出来了，然后水就往上面吱吱地喷射，蒸汽弥漫。在堆着煤炭后面的一排破烂平房里，他推门走进了娘的房子，那是一个办公室，里面有一张很大的闪着深红色漆光的桌子，还有沙发和一些铁柜。一个又矮又胖的妇人以一种冷漠、愤怒和嘲笑的口吻对他说话了：

"你是金贵，余大滚子的儿子？你连头发都像他的，一根根比刺都尖，你的下巴就是他的狠毒的下巴，你的眼睛是他的吃人的眼睛，牙齿都全是他的，一颗颗疯狗的牙齿。你为什么长了一副他那个下流坯子的相？你为什么像他，你是不是他，十几年了还不肯放过我，要把我追杀到天边？"

金贵说："娘，我不是爹，我是金贵，来看你的。"

那个根本不像他的娘的胖女人说："可我不想看见你，看见你就等于是看见了吃人不吐骨头的余大滚子，看见了比虎豹豺狼还凶残的余大滚子，看见了我八世八代的仇人，看见了屠刀、铁掌、监牢！"

"我像您，娘，村里人都说我长得像您，我是您的亲生儿子，怎么会不像您，而只像我爹呢？”

“你就像你爹，那个活阎王。说吧，找我来干什么？故意搞得这么一副惨兮兮的样子，是找我来要钱的吧？”

“不是的，娘，我是在半道上被人抢了。”

“你跟余大滚子一样，极会伪装，就像神农架的野牲口。还想说什么？你说你来看我，你给我带来了什么呀？你编谎话都编不圆，神农架山沟里的人，跟那个活阎王一样，没什么出息，就会算计家里人。”

“娘！”

“不要叫娘，叫我孙经理。想你已经知道了，我确实发了点儿小财，我知道你们会像苍蝇一样寻来的。说吧，余大滚子叫你来找我要多少钱？”

“我不是要钱来的，我根本不晓得您当了经理。”

那一天晚上他躺在一个工人的床铺上，工人们都上夜班去了。他终于知道拐他娘来的那个伐木工已经死了，后来他娘就接手承包了村里的炼钢厂。就是这样，成了一个发福了的女老板，有二十多个工人。他还有了两个同母异父的弟妹。

各种尖锐的碰撞声响在夜里不眠地活动着，屋外灯火辉煌。他娘来到了工棚，还是那么傲慢和冷漠。这个女人戴着金光闪闪的项链，穿着一件挺括的茄色大翻领外衣。她手上提着一个印有许多外国字母的新旅游包。她把包放到金贵面前，说：

“这是给你的，里面有你的一套西服，你姐的一套西服。”她又从那包里拿出一大叠钱来，全是一百一张的，用一根纸带扎着。又拿出一张写满字的纸来，是打印的，说：“这是五千块钱，这里，你签个字。”

这女人从兜里掏出一支准备好的水笔，拧开笔帽。按自己的想法说完她要说的话：“这就了断了。以后，我百年归山，我的遗产与你和你姐，你们余家的人没有任何关系。”

“您要我签？”

“你先把钱收好，再签。需要我念一遍吗？”

“娘，我真不是来要钱的。”

“你签。”

“好，我签。”金贵接过笔，在那个女人指的地方签了自己的名字。那个女人收好了那张纸。

“现在，我与你们余家两清了。”

“娘！”

“这里没有你娘，请你叫孙老板。”

“您不记得我了？您走的时候放了五块钱在我的枕头底下……”

“别说钱的事了！”那个女人严厉地制止他。

“娘，您还记得带我到山上薅草时唱的扬歌吗？”

“哈哈，扬歌？薅草？”

金贵紧紧地咬着自己的嘴唇不让自己哭出来，他咬出了血，他品尝到了一股咸腥。他唱了起来：“早晨来时雾沉沉，只见锣鼓不见人，双手拨开云和雾，遍山都是种田人……”他模仿着他记忆中的那个女人的声音，他娘的声音。他看眼前的这个胖女人的反应。有了一点儿反应，至少她在听，她并不总是那样让人跟着她的思路跑。他甚至看见她眯缝的眼张开时有一丁点儿湿润的反光，但是马上不见了。她说：

“余金贵，你别指望我想起什么了，神农架的事我什么都想不起来，别耽误时间了，早点儿睡觉，明天赶去十堰的早班车。”

他的头下枕着五千块钱，像一块厚木板，可内乡没有了他的母亲。他拿着钱，就像拿着一块木板。他几乎流了一夜的泪。早上，他不辞而别，他拿着钱大大咧咧地去了一趟街上，他把钱汇到了神农架，他汇了四千五百元。他点着手中的钱，五十张，一张不少。他怎么在这么个陌生的地方不费力不费神就点这么多钱呢？啊，他是卖了母亲。他说：“我卖了母亲。”他把钱递给营业员时，在心里说：“我卖了娘的钱。”

他在餐馆里点了一个菜，还点了一杯酒。刚开门营业的餐馆老板只好赶快生炉子，并且说：“一停（听）你就是湖北人，喜欢喝糟（早）酒。”

他到了十堰。他在街上溜达，他不想买回神农架的票。只有早晨一班车去神农架，他那时到十堰只有下午去房县的车了。他不去，他不想回去。他把钱寄给姐的，他没写什么话。让他们去猜。他可以结婚了。可他不想在那个望粮峡谷的村子里杀猪摆席炸鞭炮，他看着城市里花花绿绿的女孩子，对那个望粮峡谷的矮矮瘦瘦小小的叫一旦的女孩有了些隔膜。她家还嫌弃我？她们有什么能耐嫌弃我？我就赌了这口气出来，我犯得着吗？我一出来就有钱了，只是心里不是滋味儿，不好受。他口袋里还有一些钱很暖荷包，他晚上住旅社时穿上了那个内乡女人给他的一套西服，真合身。我干吗不穿？她不认我，我也不认她了。他穿了手感那么光滑的西服下楼，在门口有女人来搭讪问他要不要做业务。有一个、两个、三个，有许多，有漂亮的、不漂亮的，有丰满的。总归是漂亮加丰满。金贵是个天生聪明人，他知道“做业务”后面的隐语，忧郁的眼神也变得轻佻和流气了，他问：“多少钱？”有人说五十，有人说一百，有人说八十。他皆不理。路上被抢的阴影还未在心上散去，他怕陷阱，他已经有些乖了。他看着街上的霓虹灯，比雨前的石蛙还多的汽车，人流，他看了一会儿就回到了旅社。他坐在昏暗的灯光下发呆。他没有睡意。后来才和衣躺了一会儿。天亮后，又发呆。

现在他的心里波澜不惊，什么都没有了，什么都没装下，空了。这一趟把心掏空了。没有回忆，没有思念，没有感情，甚至没有家了。有了钱，没了家。

他不想回家，这真是奇怪。他在暗暗地想，我得做点儿什么。

他先是被一个职介所骗去了五十元，倒去倒来的也没能做成工作，他后来又想到一个武术学校学习，又想去学厨师。可是报名的钱又不够了，只好去打工，想挣点儿钱再说。他在一个汽车零件厂拆房子，拆了几天，因为住在工棚，他的那个旅行包被人翻来翻去，加之差一点儿从房顶上掉下来了，他便速速离开了。后来，总算找到了一个工厂，烧锅炉，比较正规，又安全，两三个人住一间房子，这不错，他就去烧锅炉了。

烧锅炉就是一车一车地拉煤，然后又一锹一锹地往炉子里送，再一车一车地出渣。这活儿跟用大背篓背粪去坡田差不多，还轻省一点儿，只干八个小时，三百五十块钱一个月，每餐不能吃肉至少可以吃到炒干子，还可以天天洗澡。哈哈，冬天天天洗澡。洗完澡，散架的身子又复原了，又成了原来的余金贵，还有余热可以发挥，还可以逛逛街，看看录像，甚至跑到大商场里去，跟那些穿得很高级的城里女人们站在一起，因为他也穿着他狠心的娘给买的西服，他不自卑地与她们站在一起，看这看那。他还在公园里看别人跳舞，练气功，玩剑，打腰鼓。

热气腾腾的城市！

他现在能静下心来心平气和地想给他娘写一封信了。他写道："娘，是我卖了您还是您卖了我？我感谢您的五千块钱。我想用它来发展小尾寒羊和波尔山羊，不过我不喜欢望粮山，跟您一样。我想做点儿生意，做什么呢？我过去当过老板，可惜失败了。也许您是对的，不要回去，好马不吃回头草。这样您才憋着一口气有了几个臭钱，这样就敢欺负并不认您过去的娃子了，您知道他们曾多么想念您。"他写着写着又想流泪，后来把这封信揉了。他再跟一旦写信。他突然很想一旦，他开始把城里各种女人身上的优点加在一旦身上，特别是把从澡堂出来的女人身上的优点加在一旦身上。他想象一旦也可以这么湿漉漉地披着香喷喷的长发出来，半遮住自己被热水烫过的红扑扑的脸，或者拿一把梳子把头发梳到后头去露出丰满、光洁的额角；也可以翘着乳和翘着屁股直瞪瞪地走出来，好像要给男人去睡的样子。他想，一旦就是这么个女人。他写道："一旦，来吧，到我这里来吧，离开那个寒冷、荒凉、不近情理的地方，你若是看了外面的世界，根本就不想回去了。那是一个遍地虚妄，神经错乱的地方。"他还写道，"一旦，我爱你，吻你！"

写完信，他才感到，他真的很轻松。

锅炉房有三个人，头儿是老树，另一个是小午，老树是个什么人的亲戚，也是乡下人，因为时间久了，也能别一点儿十堰腔了。老树有五十来岁，身板长得很端直，但脸相不好看，獐头鼠脑，没有下巴，眼眶突出。小午是从竹山县来的，老树叫他"红魔司令"，因为他染了头发，红的。有时候被煤灰盖了，抖一抖，又抖出红色来，很好看。老树对金贵说："管好气压，管好进水阀和气阀，管好分气缸。"老树说："你记死，气包上的压力不能超过四。这机器是十个（气压）的，可这炉子有十八年了，只能升到四个，分气缸那儿也是四个，一个四个，两个四个，三个四个，四个四个，五个四个……一车间、二车间、三车间，澡堂、宿舍一栋、二栋、三栋、四栋，科干楼、局干楼、休干楼、招待所、食堂、办公A栋、B栋、剧场、实验室、研究所……超过四个，咱们就炸到天上去了。不到四个也不行，热水不热，洗澡的要骂娘。”

小午很热情地教金贵干，干了几天，金贵就能干了。他有一股子冲动，学习新事物的冲动，好像还有一股子激动。想了想，有四千五百块钱往家里去了，后方有保障了，学这个玩意儿，只是好玩的事儿，钱不钱的无所谓，不高兴就走。可是没几天，他发现那锅炉房的各种机械声音越来越占有了他的大脑，刺耳、砺心、顽固、流氓。他先是不能睡觉。除了隔壁的锅炉房，还有另外两个人走动。老树爱喝酒，总要喝两口酒再去上班，时常在半夜有人走动并碰响杯子的声音，把他刚刚入睡的梦境划破了，再睡又要再死劲忘记耳畔那刺耳的锅炉声、电机声。

他就有些无精打采了，渐渐地腿没有劲了，头疼了。神农架遭受的子弹全醒了过来，在肺里，在脑袋里翻身。这一发现使他骇然。它们全跟他来啦？来到了十堰？它们一个也不少，它们什么时间找到他的？

自觉症状一天天加重了，不能睡，睡不沉。老树和小午却不知道，邀他喝酒。后来他说他睡不着，小午就要他看报。报纸都是从澡堂的柜子里拿来的，人家垫衣服的。金贵也去收，收了不少。看着报纸，也看出了一点儿门道，还不错，很有意思，报是小报，全是杀人放火抢劫的消息。也有一些小文章，很耐读，看着看着就睡着了。睡不着，是因为有酒喝，三人搭伙，很融洽的，弄得金贵想走又不好走。另外，他在等一旦，他怕一旦来十堰了，找不到他；他在等一旦的信，地址写的是这儿。

一个月了还没有等到一旦和一旦的信。他领了工资的那大，准备好好上街点一个蕨菜炒腊肉，两个守大门的保安就来了，说，我们来检查一下。那两个保安平时还点头的，他看保安翻了翻三个床的枕头，就要来查金贵的旅行包了。旅行包金贵后来加了个小锁，那两个保安要他打开。金贵说：“为什么？”那两个人说：“你打开我们找一找。”金贵只好打开了。他找钥匙费了时间，手有些抖，对这阵势有些惧怕，有些反感，有些愤怒，在谷城公路上遭抢的往事又闯进了神经。那两个人看他找钥匙，打开，然后蹲下身子翻里面的东西。

“这是女的服装？”

那两个人拿出了服装，还抖开，提在手上。

“这是我娘给我姐姐买的，我娘在内乡当老板。”

“当老板？让你到十堰来打工？你不是神农架的吗？”

“我娘与我爹离婚了。”

那些人把旅行包翻了个底朝天，好像很失望，又看金贵其他的东西，未洗的内衣、臭鞋子，还翻金贵的衣领，看他的脖子。

“你没有在澡堂拿过东西吗？一条项链，一张银行卡？”

“项链？卡？”他说。他懵然，他脑子大了。

“你往澡堂里跑，别人就放在那垫衣裳的报纸上面的，忘了拿。”

“我没拿！冤枉，我没拿人家的东西，我只看了几张旧报纸。”

“你看见了吗？”

“我没有看见！”

这事是谁说出去的，谁栽赃我？他在想。我拿过报纸，他们就说我偷人家失落的东西？谁，那个澡堂收票的老头儿？

下班回来的老树和小午都不理他，他本想同他们倾吐一下的，那两个人神色不自然，躲他。他去上班，那天有老树在，老树在煤火里煨红薯，后来啃着红薯，他就跟他说了，说自己受了冤屈。可老树用两颗大门牙啃热乎乎的红薯只在鼻子里哼了一声。

“老子有的是钱。”他不知怎么就说出了这句话。也怕老树没听见，又说了一句：“他们又不是派出所的，凭什么搜老子的包？”

老树又含含混混地在喉咙里咕噜了一下。后来吐出一块苕皮道：“你做你的事，管他呢。”

事情好像就平息了，也再没人过问。老树和小午真跟他有点距离了。他想走，反正拿到了一个月的工资，他想回去，回神农架去，与一旦结婚。还有他的苦荞，不知收割了没有，有没有收成。然后又要种下明年的泥麦，新一年的希望将又要撒进田里了。可他不能一走了之。这时候走，别人还真以为他是做贼心虚，逃之夭夭呢。他就不走。他睡不着，头里有好多钉子钉，白天他还是忍着随时会晕倒的疼痛卖力地拖煤，拖煤渣，看表。他在暗中等待有个水落石出后再走不迟。他在听消息：那根项链人家找到了，什么卡也找到了。

他不再去澡堂。身上自然脏得不行，打一盆水洗洗，就进被子。他那么脏了，那两个同室的老树和小午时常捂着鼻子，他们甚至可能想着怎么把这个人挤出去，或者自己搬出去。

他也不跟他们喝酒了，独往独来。有一天晚上，他在厂外一个小酒店喝了些酒，想麻木麻木自己的脑袋，一喝就喝到十二点过了。工厂的大门关了，他不敢喊保安，那两个保安他跟他们鼓眼睛，于是他就从铁栅子上翻过来。他刚一落地，从黑暗处蹿出两个人来，就把他摁倒在地，一顿好揍。金贵知道是两个什么人，他没喊，只是抱着头打滚。那两个人说："打翻墙的小偷，看你还跟咱们称不称老子！"

金贵晃晃悠悠地站起来，往自己的宿舍走去，伤还不轻呢，都是内伤，外面没有流血的地方，全在腹部、背部、腰部。他捂着肚子，没想让老树和小午知道，怕掉了面子。因为太疼，他无法入眠，躺着躺着，就一下想起他们说我给他们称了"老子"？这是哪儿的事，后来想起在老树面前说过他们，说了一句"老子"。哦，老树，一切是老树。仇恨和怒火滚滚而来。这个晚上，一向爱打鼾的老树一点儿鼾声都没有了，连出气的声音也没有。他好像感到了这是一场阴谋，聪明的金贵知道老树没有睡着，正紧张地谛听着他的动静呢。

他第二天早晨无事一般地跟老树请了个假，说到车站接个人。他去了医院，开了些跌打损伤的药。他回来偷偷吃了药，在心里说："老树，在走之前我得解决你了。"

他本来想一走了之，打了一顿那些人也解气了，他就忍了，回去，过他的小日子，种麦。他又想在不远找个地方住下，化了装，每天守候在厂门口，跟踪老树（或者那两个保安），到时下手。或者他想把小满写信邀来，让他携来枪，一枪的铁砂子穿两个人的身子是没问题的。他后来想，走归走，仇还是得报，一人干，干净利索，神不知鬼不觉。那天他在工厂的后山上最后制订了计划。他朝西南的天边看了看，没看见什么，他是择傍晚去的，故意去的，他要把天边看个究竟。天也晴，看不到什么，高楼大厦和霭霭的灰尘挡住了天边，没有天边，只有眼前。

他磨了一把刀子，是一把在修理车间拾到的三角刮刀。他把东西都收拾好了，逃跑路线也找好了，后门有一个小豁口，可以一跃而过。

拿着刀子的时候，他想到了镰刀。可这是杀人。他磨刀子的那个晚上想看看刀刃，眼肿得睁不开，他想到在家里磨锄头和镰刀。用手拭拭，不错。他想让他们笑话去，他们吃亏的日子在后头，他们笑话我不了几天啦。

意外的，他收到了一旦的信。信开头说："我不来，你回来，你姐你爹也要你回来。"后来又说了"我们的友谊"之类啰啰唆唆的话。字写得很糟糕，纸也皱皱巴巴，好像是在茅厕里捡的纸。金贵读得十分头疼，他把信放在床上，又一个人发了很长时间的呆。他说："那我就回去吧。"有一旦，他的心里柔爽多了，反正已经有了钱，他高兴，给姐一千块钱就够了，另外三千多，他可以好好过一辈子，在村里，他就是首富了，谁再敢欺负他？何必再在这儿拉煤烧炉子，被人打。一想到被人打了，心就滴血。我出来了两个月，被人抢，被人打，我得还点儿他们什么后再回到峡谷去。还点什么给山外的人。

他左想右想下不了手，那天内伤发作了，腰疼得扯筋，他只好叫了一辆三轮到医院去。医生说他可能是肾打伤了，要他去拍片。他给谁讲呢？找谁去评理？他没去拍片。拿着拍片的报告单，犹犹豫豫就回到了厂里，吃了点儿药，就躺下了。

晚班是他跟小午。可他没去。到了晚上十二点钟的时候，老树就进来了，下班了，也是来喊他的。"喂，上班了。"四个字一说完，一把刀子就直直地捅了过来，捅中的是腹部。老树就软了身子倒下去了，一只手捂着肚子，一只手张开，向他抓挠，想喊什么，可是喊不出。

东西早就收拾好了。金贵便很快消失在黑夜里。他跳墙时说了一句："我杀死的是一头獐子。这个时辰他正是獐子。"他想了想，他看见的的确是一只獐子，那脸，那神情。他哪里能出手这么快呢，这是不可能的，除非他看见了野牲口。神农架人的身手只有在看见野物后才会如此敏捷。

他日夜不停地往神农架方向走。

他也没吃，也没喝，只觉得腰疼得非常厉害，撒了一泡尿，全是血。血砸在雪里，分外刺目。那时整个鄂西北山区都开始下雪了，一路上他全走在漫漫风雪里。

娃儿乖，你各睡，隔山隔水自己回，虫蛇蚂蚁你莫怕，你的身边有妈妈……

他想起了一首歌，他就唱了。这是一首儿时他娘教他唱的歌。一首催眠曲，怕梦中的小儿玩得太远，丢掉了魂，迷了路，安抚儿，唤儿回来的。

他一遍又一遍地唱，他就走上了望粮山。

这雪亲切，熟悉的惨白色，熟悉的峡谷里终年不散的硫黄味，熟悉的沟壑与剪影，树的样子，都熟悉。

他又走到了自己的挂坡地里。为防止水土流失他过去不停地搬运来垒在崖边的护坡石，像一双双乌溜溜的惊奇的眼睛朝他打量着。他笑了一下，“看你们，不认识我了？”他说那些眼睛。

他跪下来，扒开厚厚的雪。有麦子！有青翠的麦子。哦，苦荞收啦，又翻了地种下泥麦啦，他比了比，有一小指头高了。

雪越下越大。

雪下得如此密集，使人什么都看不见了，也忘了身在何处，要不是北风呜呜地在山冈上吹。

他被雪壅成了一个雪人，他一动没动。

雪遽然停了。

他看见一些人在向他围过来，他站了起来，他看见领头的是颈子很长的唐所长，黑洞洞的枪口正对着他。

他闭上眼睛，纵身向下跳去。

那峡谷凛冽刚劲的风像无数只巨手把他托上来，又坠下去，托上来，又坠下去。他忽忽悠悠的，感觉正在一片麦浪上打滚呢。

跳桥记

一

公胡子，一个会唱歌的人，喉音很重，音色很好，有一部黄胡子。是个很有板型的中年人，文艺范。可他是一个下岗工人。五十来岁，神色凝重，动作迟缓。虽然有型，但常穿着菜市场买的廉价布底鞋，衣裳宽大无边，皱皱巴巴，泥点油渍，此起彼伏。

事情发生在秋天。

秋天的武汉雾霾严重，约有一半人咳嗽，医院呼吸内科赚饱了钱，那儿熙熙攘攘，有点像这个故事的发生地——武汉野猫滩大桥的交通景象。秋天是跳桥的好季节，雾霾沉沉，如云雾缥缈，这座高耸的悬索大桥像铺在神话和传说里，伸展到天堂。往下看，就像神仙往人间看，有一种居高临下的气氛，对尘世可以不屑一顾。往下跳，也就是下凡人间；女的像七仙女，男的像孙悟空。

话说这一天，厂区门口有电视台的在办有线电视缴费，但许多老爹爹老太婆在那儿吵吵嚷嚷，说还交个屁，这里不是全拆了归开发商吗？我们不是要搬走的吗？拆了收视费没看完找哪个退去？社区收钱的人就说，自然是要退的，这拆房子的事还八字没一撇。有人问那究竟是几时呢？拆字写了一年多了。公胡子对这事想起来就着急。住得好好的，要拆，到时还建拆多少还多少，自己的才三十平方米，现在一套房子少说八十一百平方米，那就要按商品房补差价，到哪儿筹这笔钱去？再说，拆了等还建房，少说两三年，说是要投亲靠友，没有的租房住。城里的房子他租不起，到乡下去？那也没钱租。过一天是一天，但一提起这事就要发疯。一个人喊他说公胡子交费了。公胡子无端地火就烧毛了，竖起胡子就跟那人吵了一架，说老子还看电视？房子拆了把电视摆到马路上看？别人不理他的火气，说，找开发商去吵。要你看电视是保护你，这天天雾霾埋得住人的，你躲在家里看电视机好，省得上医院吃药吵。

公胡子吃很劣质的烟，这时就咳嗽起来。有老人说这是什么天哪，像是地狱。就是满城挖，像个大工地，尘土飞扬，这里也要大拆大建，那里也要大拆大建，折腾到哪一天？我们这代人落到他们手里算是完了。咳嗽的不少，大家都咳嗽着在灰雾蒙蒙中围一堆交款，白天跟傍晚没有两样。围着的人都在骂一年三百的收视费，骂这漫天浮尘，骂开发商和政府。还有人骂农民，说烧秸秆飘来的。有人骂，赏月，赏什么月！有一个人悄悄问他："你的伢呢？"

快到中秋了，他突然记起来。

人家问不外乎是这个意思，过节家人要团聚。也不排除是明知故问，揭他的伤疤。儿子不关在少管所嘛，抓那个小流氓时全厂的人都看热闹一样的看见了。

来到超市门口，看到有散装月饼买一斤送一斤的广告，就买了一斤，共有两斤，沉甸甸的，坐车去了少管所。自己的儿子自己疼。

离婚后，儿子是由他养的。儿子不读书，整天在外头鬼混，没钱给他，吃没吃不知道。但总是吃得好，手上还有不错的手机，也没问是怎么来的。有时给他点钱，他还看不上。但是，有一天儿子被抓进去了，说是擂肥。就是找学生伢要钱，手机也是抢别人的，还把人打伤了。中年得子，娇惯坏了，后来下岗，管不了了。买断工龄才四万多块钱，后来自己闹腾又出了事，钱赔光了。再怎么，你这小杂种不能打人家，都是一个伢，都是金贵的。听说小孩是厅级干部家的，公务员子弟，这就闯了大祸。人家给市长写信，出动了五十多个警察，网吧里地毯式搜查，一个晚上就把那些小杂种全逮住了。你个婊子养的，为么事这凶狠？骨头痒了不晓得朝树上擂几下？

"您郎嘎来得正好，您郎嘎儿子眼睛有问题咧。"所长给他说。

所长一口荆州话，讲得字正腔圆，敦厚幽默，乐呵呵的。

这有个么乐的呢？儿子眼睛快瞎了。

看儿子，眼睛红鼓鼓的。儿子说："打了架。"公胡子赶快问："又在里头打的？""不就是用烟头熏的，么了不起。不要给所长说噻，要关禁闭的。""可是你快瞎了。"公胡子心里一阵慌。"不要说噻！"儿子号叫起来。

所长带他去办公室，说："您郎嘎儿子表现不错。"他塞了三百块钱给所长，所长乐呵呵的不收，说："您郎嘎要我的命嘞！"所长也看不上这点小钱，给公胡子敬的烟是四十元黄鹤楼蓝盒的。谁看得上他公胡子的东西？一个抽四块红金龙的人。

"能不能让我看一下关禁闭是么回事？"

所长就让他看监视。禁闭是一个小房，只有一张床，旁边一个蹲便器。三四个平方米，没有窗户，一个电灯很高。有人送饭，但没人说话。关七天，你就这样坐七天，也可以睡七天。公胡子看到一个少年犯在床前走来走去，快疯了，一头困兽。这么迟早要疯的！怪不得儿子号叫呢。他关过吗？公胡子不敢问。

月饼是给儿子了。人走了，走了儿子的眼睛有什么事，他也眼不见心不烦了。三百块钱还是交给了所长，说是医疗费。但是，他突然想，这关的是些什么社会渣滓呀，把一个小伢用烟头熏眼睛，这是什么酷刑？希特勒也没用过的。这些少年犯应该一个个拉出去枪毙，否则等十八岁出去了也是害人。又一想，为什么这些关进来的小流氓还能有烟抽，这不是怪哉？这个地方只怕还有药嗑。

回去喝闷酒。是在徒弟庞中华的小卤菜馆里。有卤菜，也有盒饭，六块钱，任你打。公胡子不好意思，就打了些素菜。但中华给他切了两根鸭脖子、一个鸭骨架。他自己卤的，味道特别好。中华聪明，也是买断工龄后没工作了，自己鼓捣，到处学艺，竟然弄出了这一带最叫好的卤菜。要说他最好的还是卤带皮五花肉。他的佐料也很绝，有秘方，往卤菜上一淋，那个香味！再配上酒。酒他不卖好酒，散装粮食酒，在宜昌弄过来的。高粱酒、荞麦酒、苞谷酒，没掺一点儿水。嗯，两根鸭脖子一杯酒好灌，就灌了一杯酒。酒也是中华送的，荞麦酒，绿莹莹的。喝了酒，心里直翻滚，想屙泡尿回去睡觉，没想到从里面的小包间里钻出两个人来，公胡子一看，躲不了啦，冤家路窄！

王阴鸟和张歪嘴今天么样刚好在这个地方吃饭呢？今天是个什么日子，老子点子么样这么低咧？

“喝酒？”王阴鸟说。他很吃惊。张歪嘴也歪着嘴。“小日子过得蛮扎实伙计！”

两个讨债鬼。

“有没有钱还吵胡子？你么样这毛痞的？”

“是中华送的。”他答。答非所问。

“那中华为么事不送我们吃咧？”

“你们是有钱人。”

“但你不能说不还吵？一辈子不还？也不打个照面？躲是吧？躲一天算一天，等这房子一拆，不晓得你搬哪儿去了，账就没了。你躲得过初一躲得过十五？”

两个喝得桃红李白五光十色的人坐到他面前。

“我不是让城管……”

“个板马那是去年的事，春节的事吵……”

“我不是没爬起来嘛……”

“那你几时爬起来咧胡子？”

“鸟啊，你把我杀了吧。”他干脆乞求。

王张两个人对视。

这时张歪嘴一句话把他气爆了。张歪嘴嘴巴一扯一扯地说：“你骇老子！杀你？杀无血剐无皮，杀条狗还可吃肉。”

这话太伤人。这话哪是几十年工友说的！

“歪、歪、歪嘴……”他把酒杯推一边去了，他站起来，他想豁出去，他的血潮在头上翻滚。一百摄氏度的水，一千摄氏度的钢，钢水。

“鸟啊，你们究竟想把我么样？”

“么样？你嘎巴子！杀人的抵命，欠债的还钱。不灵醒伙计！你说老子们把你么样咧？”

公胡子还是没能解脱。“你、你们究竟要么样吵？”

那两个过去的合伙人这时也噎在那里摇头，苦笑，跟眼前这个落魄货说不清楚。

这时电视里有人在唱歌。想来找公胡子要钱是不现实的，王阴鸟就对电视努努嘴，“就跟韩红一样，给我们唱个《天路》。”

喝高了的张歪嘴手指挥在他眼前，也附和说：“可得，可得。个婊子胡子你唱要把高音飙上去呀。”

公胡子快哭起来，“我没得情绪我是么样唱得出来，你们说哈子看。”

但债主今天高兴，已经拿起他的筷子敲起碗来，叱喝着：“开始，开始，C调呀，唱C调！——清晨我站在——青青的牧场，看到神鹰披着那霞——光……唱吵胡子！个板马日的，唱吵！你唱两句，你就唱两句，像一片祥——云飞过蓝天，为藏家——儿女……唉，么回事？”

“……”公胡子摆着脑壳不张嘴。泪水唰唰地流出来。

“个板马的老子们又没欺负你，出了鬼吧！”

过去，的确是在一块儿唱歌的。不唱歌不会一起合伙做生意。过去这三个人都是厂里宣传队的骨干。张歪嘴演反派人物四类分子国民党匪兵；王阴鸟嗓子也不错，但这些年抽烟喝酒，赌博嫖娼，把嗓子搞塌了，说话嘶声哑气，明显中气不足。他还会编词，有一阵子厂里人人会唱的许多词都是他编的，比如：战鼓催，风雷吼，满腔怒火燃心头，走资派，还在走，我们要和他狠狠斗。剥开他的皮，揪住他的黑手，不获全胜不罢休！……

当年一个小青年进厂，开过火车，开过电瓶车，到现在下岗成为无业游民，眨眼的工夫。三个宣传队员一合伙，把买断工龄的钱买了个旧车。那两个人也开过车。先赚了几个小钱，又添置了一台，就由公胡子承包，当天装了货去浙江海门，车停在厂门口准备第二天一早出发。第二天来看，车与货全不见了，被人偷跑了。货还是王阴鸟垫的钱。而且仗了大意，没办保险。

欠张歪嘴的除这一摊子合伙烂账外，还有几千。是后来张歪嘴去帮一个发小照看赌场，也在里面放印子钱。公胡子去过两次，被张歪嘴说动心了，想赚钱还钱。哪能赢回来的？找张歪嘴借印子钱，一千一天还一百。借了三千，到现在已经滚成了大几万，懒得想它了，没钱，你个婊子养的还是工友，就这么黑心的。本钱三千我还。我不会再赌，再赌剁手指！

说去年冬。

公胡子带一把刀去找张歪嘴。他是怀疑张歪嘴伙同他人把车和货偷走了的，因为张歪嘴长期在黑道上混，特别是下岗后。再者有前科，曾经偷过厂里的铁和汽车轮胎。但这次又没有把柄。他带刀，去了却说："我不是来杀你的，我借不到钱自己抹脖子。"张歪嘴吓得嘴更扯了，说："公胡子你、你、你威胁我？"公胡子说就一千。张歪嘴松了一口气，说："钱我借，刀子收起。怜你是个遭孽人，加上赌场上借的，你赔我一份的车子钱，加上这一千，一共两万五算什么，打个条，几时还？"公胡子说："我就在菜场边摆个鞋摊，除了吃饭，赚的钱全部还你们。没有这多，顶多一万。不打条，我的命就是条，说话算数。"

公胡子把钱拿上，把刀扔在水塘里了。他这是第一次使用凶器。他发现凶器很管用，这让他很颤抖。他决定把刀子扔了。

他在汉正街进了几箱雪地靴。还真好卖，一天四五十双，低价卖，薄利销，不几天赚了两千多，还了张歪嘴一千，又去进了十几箱。可是城管掀了他的摊子，还把雪地靴全扣了，说他占道经营，罚了五百。但问题是，他要回那些靴子时，冬天已过了，要卖凉鞋了。现在，这些雪地靴堆在他的小屋里，长了霉，成了老鼠的乐园，每一双靴子里都可能生过一窝红皮小鼠。他正想着怎么处理，万一开发商进场说拆就拆，那只好当垃圾扔了。张歪嘴来收钱，他要他把这靴子全搬去。张歪嘴说："这靴子二十块钱一双进的，以为我不晓得，里面全是垫的马粪纸，一下雨全烂了，老子再么样也要穿李宁的吵！"

往下说。

两个债主整他，徒弟中华端来了一盘卤肉，是要化解他师傅公胡子和两个讨债鬼对峙的尴尬。可是，跟王阴鸟张歪嘴吃肉，比吃毒药还难受哪。

“胡子，车和货是不是你阴了，钱存了准备拆迁后买大房子的？”王阴乌这么说。

“你说么事？”他听这话气得直抖。

“你不激动。你好说，好说。”王阴乌先罩住他。

“我自己？你听哪个说的？你今天说出这个人来！”

“肯定有人说。你早晓得咱们厂要拆迁还建，往荷包里扎几个钱吵。”张歪嘴说。

“还说是你偷跑了的咧。”他怒指张歪嘴。

“我？我？……个婊子的你猪八戒上城墙，倒打一耙是吧？”张歪嘴把烟头直接摁到公胡子的碗里。

公胡子看到烟头落在了碗里，人已经快气晕了，两颗眼珠子嘭嘭往外爆。“人在做，天在看。天地良心，是哪个卖了偷了不得好死。我卖了我出门撞死！污害我的一样！”

“东西不见了没假吵？你这人嘞！”王阴乌说。

“你们逼我死啊？”

“没哪个逼你胡子。要死长江又没盖盖子，你不晓得去跳啊！”

“我就是想跳。人活着有个么意思呢！”

张歪嘴火来了：“你跳吵，还等哪个！这恶躁！”

厂区里到处写着“拆”字，拆字上还画了个红圈。路断人稀，加上雾霾，路灯昏暗。过去这个厂子可不是这样，热闹非凡，灯火灿烂，人来车往。到了下班的时候，多个大门会涌出来一窝窝的人，就像开闸放水，勺子筷子敲着碗，到食堂就餐。每到早上，这路边的喇叭里就响着雄壮的歌声：“咱们工人有力量，嘿，咱们工人有力量，每天每日工作忙！……”

这歌声现在突然像重金属摇滚敲响在耳畔，轰轰作响。接着从音乐的缝隙出现了火车更大的轰隆隆的驰过声。公胡子好一阵恍惚。定眼看，走到了厂里过去自建的铁路前。轨道厚重，枕木横陈，但钢轨却没了光泽，像一条蜷曲的黑蟒朝更远的黑暗爬去。

他顺着它走。他走在钢轨上。他歪歪欲倒。他流泪。铁道里直打人脸的枯蒿挡住了他的路。这铁轨通向江边。有什么东西站在前面，蹲在草丛里？！他抬头一看，是早已废弃的火车头，像一头巨兽潜伏在荒草中。我可是开过你二十多年的呀老伙计！太熟悉啦，哥们儿！你么样就趴在这里一动不动，一言不发了呢？过去，他站在车头上，吹着哨子，摇着小旗子，吆喝人们避开。轰隆隆——轰隆隆——还拉汽笛，呜——开进厂子，整个大地都震动了，吐着几丈高的蒸汽，气势磅礴。火车一响，黄金万两。运煤，运材料，运产品，全靠它。工资高，有劳保，有澡堂，有电影院，有大食堂。大肉包子，肉丝面。满厂子都是年轻人，都是歌声，烟囱里冒黑烟，汽锤男高音。喇叭呜呜，铃声当当。那时深夜下夜班，还是挤在一堆，在路灯下打牌下棋喝小酒，根本就不想睡，根本没睡意……

二

他走到了江边。走到了野猫滩大桥上。

是怎么来的他完全记不住了，是梦游还是迷路，是鬼引诱还是酒精作祟？反正，在灰霾沉沉的大桥上，在车流和江风中穿梭，被抬到云端的感觉突然让他有点清醒了，至少知道自己身处何方。我是么样到这里来了的？冷风一浸，他问自己。

还是不清醒。……清晨我站在——青青的牧场，看到神鹰披着那霞——光……你把车和货偷了卖了准备买大房子的……杀人的抵命，欠债的还钱……开始——清晨我站在……你不晓得去跳啊个板马的，你跳吵，还等哪个……

脑子里的声音一钵糨糊。“……噢，”他说，“我是来跳桥的。”他终于明白了。口腔里疼痛。一吸气，这江风硬得像往你喉咙里捅筷子。他听见风在碗口粗的悬索上呜呜哭，还打拍子。筷头往喉咙里捅，往两岸的高楼大厦中捅，往江中捅，往桥面上的汽车里捅。全都在梦游似的。车影憧憧，雾霾像大雾，但不滋润，呛得人难受，眼睛刺得生疼。鼻子痒痒的，连耳朵也痒痒的。一冷，浑身皮肤也绷得奇痒，恨不得用刀刮。公胡子，公胡子，桥底下有什么东西在喊。是女人压低的声音，很亲切，很急切，很神秘，仿佛下面有什么稀奇好看，唤他过去玩耍……

一部胡子被风刮得缠在脸上，是一种什么提醒，像人抚他的脸。他没想明白。透过缝隙看栏杆，一下就可跨过去。这么大的桥为么事把栏杆修的这么矮？国家缺这点小钱？加高一尺也就难翻过了。也没想明白国家的这道理。听到江水浑浊沉闷的声音往上翻过来，想是风大了，风浪高了。他有跳桥的企图，可似乎一个人想死的时候，世界并不在意这事。对一个人是大事，对这世界，像一片树叶落下，无声无息。这样想，死也就很平常了。平常心对待，死就没有那么悲痛和雄壮，就是一件翻过去跳了就完了的事。是一件事的结束和过程，就像你上厕所，一泡尿拉了，轻松了，出来了。你跳了，走了，了结了。

那时候心如止水。人走到这里心里就静了，不想事了。正准备翻越栏杆一跳了之时，侧身时，却看到雾霾里现出个人影来。就在不远。

这是幻觉？这可不是幻觉。仔细分辨，眼睛盯着，分明有一个人缓缓向他这边走来，却又站定了，扶住栏杆。一个女的，失魂落魄……

也是一个跳桥者！

跳桥者知道跳桥者的心理。她那样子、神态、动作，魂已经走了，落江里了。可她也许是因为个子太小，栏杆较粗大，对他虽矮，对一个小女子却是难翻的高山。她有几次将脚往上移，够不到，头探到外面。

又有一个人想离开这世界。他这么想时突然眼泪往外直冒，简直像决堤的洪水，挡不住，流得很畅快。往黄泉路上走，本来没时间了，却碰到一个陪伴。多谢菩萨，派个人来就不寂寞了。她来陪伴我，我去帮帮她。双双赴黄泉。

穿过雾霾，人就像走在梦里，脚步很轻，像猫爪一样，有几分飘荡，踩在云雾深处的感觉，就像大春走向白毛女喜儿……这情景多么美妙。他甚至没与她说话，像过去在舞台上跳舞一样，托住女演员，来一个高飘的造型。事情很简单，他想做一个类似拥抱的姿势，然后轻松地将这女人托举起来，送到栏杆外头。

他还真这样做了。

就是这样，非常优雅，非常文艺，非常抒情。轻轻举起，轻轻放下。外头有一个栈道，是为检修用的吧？女的像一只猫安稳降落到栈道上，身子骨也是猫的柔，还闻到一股浓浓的奶腥味，好像胸部很大……而他呢？他也一个灵巧的翻身就过去了。这板马的太有意思了。没有恐惧，没有慌张。这野猫滩大桥上寻死，是要两道工序的。过来了，就没什么好说的，他看到那女的睁大着眼睛弓着身子像怕冷似的等着他，乞求他，或者是畏惧他？那就抱呗，抱着跳呗。情绪很连贯。风非常之大，呜呜地响，没想到过了栏杆脚下全是风，鼓鼓的风，妖风，把人的热气全抽走了。可向下望，向远望，有一种做人的东西回来了。仿佛叫尊严吧。悲壮，也许是大义。死就是不服，死是崇高的，不低头的。心里哽哽着从没有过的东西，牙齿咬着，抱着她了，这女的竟乖乖地偎在他怀里了，更浓的奶腥味……你为何也绝望不想活了呢？遇到了什么事呢？……没去看她的长相，年龄一定不大，身子软绵绵的，发抖，抱紧，开始准备跳了，有我在，你怕什么！死不怕！脚刚跨过去关键的一步，但那女的此时脚却勾在下面钢筋的缝里，一只手抓着栏杆，突然尖声号叫起来：

"救命呀——"

这一声！这是不让人活还是不让人死呀！这一声喊，让公胡子从美妙混沌鬼魂附体的状态下陡地惊醒，吓出一身冷汗。冷汗一出，人就知道自己在干什么了。但她的一挣脱，又让他差一点儿跌出栈道，晃了几下，那栈道的铁齿是很稀的，站稳要很小心。当时的情况是，女的张牙舞爪地尖叫让一辆车停下来，迅速冲出两个强壮男人，一个抓她，一个抓他，像老鹰拎小鸡一样三把两下就将他们拽回了花花世界。

这两个人是原省武术队的散打队员，刚教了武术后，过桥回家的。

命不该绝。

"嗯，你们有什么想不开的？"警察用这个世界某些人惯用的口吻，吊儿郎当地问他们。

"殉情啊？"还加了一句，掰着手指。

"我们不认识。"公胡子说。

“有双双殉情的，死了的。你们是救活的第一对。感谢人家啊，明天去定制锦旗。我这里有便宜点的店。”警察在桌上翻找着，找出了一张名片，很旧了，估计常给这家店子介绍生意。

两个人没有搭讪。特别那个大喊大叫的怕死鬼女人，现在就低着头，一声不吭，浑身还在瑟瑟发抖，还站在那个悬在半空的栈桥上，吓傻了。

“反悔了，啊？找家人来领回家吵。为么事想死咧？有的人穷得揭不开锅，捡破烂，睡桥洞，还好好活着，你们遇到么不顺心的事吵？”

那女的反正紧咬牙关，一字不吐，公胡子也觉得说了没用，也就不说，听警察训话。

公胡子看那女的，还年轻，还灵醒，但不像是武汉人。因为惊吓过度，所以惊魂未定，缩成一团，成了哑巴。后来终于问出了她家里人的电话。警察开始打电话。女人口音是山里头的。警察看公胡子那个匪劲和一部胡子，就先不问他。先追问女方。警察贼眉鼠眼的一定在研究这两个人是什么关系。但公胡子不看那女子，表情淡定，让警察找不到这男女之间的暧昧成分。加上那女的始终低头，不言不语，警察也很失望，仿佛没有八卦的跳桥不算跳桥，而且这个夜班白值了。

好不容易从公胡子嘴里挖完了事情经过，警察对他说："她不想死，你硬把她掀到江里，那你就有故意杀人之嫌咧。"

“我还杀人？呵呵。”公胡子说。

“差一点儿。”

警察是要套出公胡子家里人的电话。或者说换出电话。“不追究你刑事责任，电话是要告诉我的。”

“我是铁了心想死的。”

“所以要你家里人领你回去。你有酒气，回家醒酒了再说这话。”

“这点儿酒，二三两。我清醒得很，我又不是小伢，我想死想活是我自己的事，不需要别人做主。我死又没造成社会秩序混乱，没有侵犯他人自由。”公胡子犟着说这个。

“但是你会给你家人带来悲痛。”

"我没有家人。"

"你先不要封我的口吵。你必须把电话告诉我一个。你的身份证咧？"

"死还要带身份证？"

"你反应很快，证明你还没有准备好死去。看你的这个身板，起码要活一百五十岁。"

"跟'文化大革命'说的毛爷爷活的岁数一样。"

警察过来凑到公胡子耳边，压低声音说："伙计，这女的有点问题咧。"

但公胡子看不出这女的有问题。

"你长得蛮像那个唱《我的太阳》的什么……"

"怕瓦落地。"

"叫什么？"警察再问。

"怕、瓦、落、地——'啪'，碎了。"

"我知道，你蛮幽默咧伙计。"

"我没他那个福气。"

"那说不定的，大难不死，必有后福。"

警察桌上全是散烟，就给公胡子一根一根递烟，还给他上火。说说笑笑的，什么都讲了，把妹妹的电话也套出来了。公胡子悔死。

只有妹妹的电话了，找遍全城全世界，谁来领他？前妻，不可能；儿子，在高墙里。茫茫人海，你还有什么亲人？那个妹妹同父异母，比阶级敌人还仇恨，鬼晓得她是为什么这样恨公家的人，她也姓公，后来改成工了，说老子不姓这个婊子养的公。悲从心来啊。

为什么那多仇恨杀气？因为她是杀猪佬。过去国营菜场卖肉的女豪杰，手拿大砍刀，砍筒骨龙骨胸骨胫骨肋骨腓骨髋骨髌骨，两只放火眼，一片杀人心，阎王殿的女门神。家丑不可外扬，不请她来要谁来呢？

午夜时分，女屠户来了。只见她腰圆膀又壮，像个黑铁塔，满身血腥味，声音似洪钟。一来就啄住了那个女的：

"你呀你呀，要死不找个好男将搭伴儿，找个又老又丑又穷又脏的老特（头），瞎了你的狗眼！到了阎王那里不让鬼都笑死是么样咧！"

那女人就像老鼠见了猫一样，进门遭一顿吆喝，更是不敢吭声，看到女屠户手指掸到人家脸上去了，警察就去拉她。

“哎哎，你搞么事咧？先歇哈子行不？这大的征候是个么板眼吵？”

“领人的，么板眼？你还好玩些，不是你请我来的？不然老娘瞌睡都睡醒了。说吵，找我有么事吵？”她跟警察翻呛，就像是警察的老娘。

“我看你心里没得数，你骇我！这恶躁，是你哥哥吵？再么样救起来的是条人命。你就不会安慰他一下？”

“安慰，嘿嘿，我安慰别个？哪个安慰我？你安慰我啵？老娘现在在菜场剐鹌鹑，三天两头工商的来没收我的秤，踩死我的鸟。不给他们进贡不让你做。这社会扎你的心，不跟跳桥有么两样！喂，是你救她还是她救你？英雄救美人咧！回去吵！”转过来伸手扯起她哥公胡子。

“我跟你回去？回哪里？”公胡子黑着脸说。

“回你屋里吵。我说，”她转向警察，“不管哪个救他，都是给咱中华人民共和国留个祸害。你们晓不晓得？他把他老婆打不见了，把他儿子打到牢里去了……”

“是少管所！”他纠正。

“那有么两样？不都是坐牢。”

“与我今天有么关系？”

“那就与我有关系啰。我回去了。耽误老娘瞌睡，蛮栽咧！”

“你滚！”

“好，你翻，跟老子翻！没事了半夜跟一个乡下女的抱着跳桥，蛮浪漫咧，都这把年纪了，艳福还不浅咧！做鬼也风流呀。有本事到奥运会当跳水冠军去吵……”

女人的老公来，怀里还抱着个婴儿。老远就听见有婴儿哭，没想到婴儿竟然是这女的伢。那男的一进来就像唱歌一样的往高处“啊”了一声惨的，又“啊”了一声不太惨的，见到那女的，就将婴儿递到她怀里。那女的抱起婴儿，就撩开衣裳，把一个乳房往婴儿嘴上贴，那哭着的婴儿含住乳头就嗯嗯唔唔不哭了，安静了。原来是个哺乳女人，怪不得的！

“你伢好大了？”警察问男的。

“五个月了。怪我怪我，没把她看好，谢谢谢谢谢谢谢谢了，警察同志。”这男的上唇厚得出奇，像是被鳖咬过的。

警察说又不是我救的，是别个救的。又问她为么事不说话？那男的说她是这样的是个闷鸡子。那男的问公胡子：“是不是你救的？”警察就笑。公胡子语塞。警察就说了，与他没关系。

那个没走的女屠户这时插嘴说：“也是个跳桥的，两个抱着跳的，你还没搞清楚！”

这一句，让本来感激不尽的那男将也哑了，石雕似的在那里。事情复杂了。警察要救火了。警察说：“你瞎放个么屁，你走！”

“我走啊？不是你请老娘来的吗？讲了这多没见一杯茶，你们派出所对老百姓蛮冷淡咧，是个么态度？我的的士费哪个出吵？”她随手拿起桌上的一支烟就点燃吸起来。叼着烟，拿出一长条的的士费单来送到警察面前。

公胡子烦了，突然喊道：“警察同志快把灯关了，你看她是么东西！”

警察也没明白为什么要他关灯，随手就关了电灯。这时候只见漆黑的屋子里，一道荧光一闪，咋咋呼呼的女屠户嘴里露出了一排闪着荧光的大牙齿。公胡子大叫道：“看见没有，鬼牙！鬼牙！”

他妹妹慌慌张张地掩饰不住，拔腿就往外跑。

这时，那男的拉起那女的也要出去，警察拦住他说：“先别慌吵，你还没登记，你叫什么？”那男的说他叫马踩。警察说这是个假名，写上身份证号。马踩说：“是真名，我妈生我时被马踩了一脚，踩到了我嘴巴上没看见！”

“你老婆为么事想不开要跳桥的，伢还这小，你说说看？”

男人马踩却欲言又止，似有难言之隐。

“是不是你打了的？有家暴？”

“没有，我打她做么事！她半夜出来我哪晓得呀？还跟一个男的一起跳。这不是出丑了，我真的不晓得有这种丑事啊……”那个马踩快哭起来。

公胡子赶紧说：“我又不认识你老婆。”

那女的这时泪流满面，摇头晃脑，怀里的婴儿好像要掉下来。她男人想把婴儿抱开，女的却不让，死死抱着孩子。突然很激动地说："我不想死，我不想死……"

警察说："你不是救上来了吗？不想死这很好啊，你老公不是领你回去吗？"又对马踩说，"她受惊了，回去一定要好好照看她。究竟有什么事情？"

"好的好的。我们没事没事，真的！"

就这样了。警察想问太多，窥探欲永不满足。他们走了。

剩下他一个人，公胡子。警察没管他了，在电脑上啪啪地敲着什么。公胡子抽了警察桌上的几支散烟，起身说："那我走了。"警察没抬头看他，还是盯着自己的键盘叮叮当当地敲着字说："好好，回去睡觉，不要想不开。看你酒是醒了。"

公胡子走出去，苟警官又叫回他："我再问你几句。你们这翻过去的时候，真的不害怕？我没问到人，翻过去基本都没有回来的，你们是第一例呀。"

公胡子说："想死的时候，哪还想害怕不害怕，胯子一撩过去就完了的事。"

"你就没有思想活动？"

"思想活动？人都死得差不多了还思想。不是那女的一声喊，早消失了。"

"瞎说什么，国家这么好，死个么事吵！"

这么半夜三更的在外头，我公胡子还是头一次。总是喝点儿酒早点儿睡了，管他什么不夜城夜生活的。雾霾比白天小点儿，灯火辉煌，运渣土的大卡车呼呼隆隆在街头奔驰。总有不眠人。凉风如水。半夜这一个人走就是个游魂。就是死了。公胡子好一阵儿怀疑自己是不是已经跳下去了，是鬼魂回来收脚印的；人死了将要收脚印，凡是走过的地方死人都要把脚印收回来，才好去转世托生。

三

一晚上的梦。在动荡中挣扎。就像在水里面翻滚。人死一次太累，彻底的瘫软了。他浑身无力，连翻身也困难，在床上不知如何是好。阳气被这跳桥的举动全给吸走了。后来听见了鸟叫，还有光线，是白天的，但没有阳光。证明雾霾依然弥漫，没有风，也就只好让雾霾这样罩着了。还有人的脚步声，走廊里有锅碗瓢勺的碰撞声。这是老房子，人们都在走廊里支锅做饭。有人讲话。有雪地靴的霉味。一切回来了。我自己捡了条命。也许是命不该绝，我得还要继续活下去。换个灯泡。吃东西。找个出路……中华卤菜店旁那一家炸的面窝最好吃，油比较好，内软外焦。一碗热干面，加个面窝，再来一碗豆腐脑。热干面还是徒弟中华做的地道，芝麻酱是正宗的，酸豆角也是最好的，还加了点儿香油和辣椒酱爆炒。如果有一杯酒，加上点儿花生米，不喝醉。再找点儿事做，把账还清了，还是可以过日子的。儿子出来，让他学一门手艺，厨师也好，美发也好。已经看过这些学校，三五千，那他就有一技在身。总还是个儿子，总有希望的。昨天的酒还没完全醒，要解酒，必须用酒，以毒攻毒。这法子是哪个发明的？这人在哪里？要问他害了多少人。但多年来自己因酒没了其他食欲，酒是唯一的食欲。可以一天不吃饭，但不能一日无酒。想到酒，就想到城管的王队长，要给他提两瓶酒去，白云边十二年的就行了，别人不是这么做的吗？可以管你摆三个月摊没人过问。社会如此，你拗个什么呢？……

这样就到了菜场那儿，只要了一瓶啤酒一碗面，加上免费的花生米。正吃着，王阴鸟趿着一双棉拖鞋出现了，手上举着一张报纸，径直朝公胡子走来，喉咙里挣扎出嘶哑的痰音高声说道：

"胡子，你出名了！"

这一叫，吃东西的、买东西的、卖东西、走路的、认识的、不认识的，全都朝他这边看过来。公胡子手上挑着一绺面正欲往嘴里填，却也填不下了。王阴鸟已经在他眼前指着报纸上一条大黑标题念道："长江野猫滩大桥一男一女抱着跳桥被拉回。野猫滩大桥成自杀者的'金门大桥'。"

本报讯（记者吴中有，实习生胡）：昨晚约十一点，本市一大胡子中年男人公某欲在野猫滩大桥上跳桥，巧遇另一欲跳桥的外地打工女子，后二人商议一起翻过栏杆跳桥。正双双抱着欲跳时，女子突然反悔，大喊救命，被开车路过的原省武术散打队章先生赵先生将其拽回。据悉，公某是因为欠债等问题，加上饮酒后精神恍惚而产生轻生念头，女子跳桥原因不明。野猫滩大桥因极像美国旧金山金门大桥，金门大桥是世界有名的自杀大桥。近年在野猫滩大桥跳桥者增多。但两个陌生人一起相约跳桥尚属首例。警察就此提醒大家，珍惜生命，远离大桥。（报料：苟先生　奖金八十元）

是苟警官，昨晚在墙上看到了的。苟警官呀，你就算穷疯了，也不能卖别人的血泪隐私给报纸。守着这桥，你可永远有小钱花了。怪不得当时在想，你为何总像个记者问这问那，在电脑上不停打字的，还以为你敬业呢。

公胡子的脑袋炸开了，里面像蹦出一万个炸弹，在这周围跳跳蹦蹦。要炸死王阴鸟！你早晨起来就看报纸是个蛮爱学习的人？还看得这么仔细！有六十四版，为么事刚好这个消息就让你瞄到了呢？你是不是我生死冤家前世仇人？这要否认，这可不是小事，这没死成倒落下个笑柄，还让不让人活的！

“你、你么样证明就是我呢？又没有照片，老子昨晚哪里都没出去，在家里睡大觉。”

他想找个帮腔的人，发现大家都围着他咧着嘴笑眯眯的，等待下文。都是看热闹的，黄鹤楼上看翻船。

“呵呵胡子不想出这个名？你这个姓在武汉还有第二个？你这把胡子还有第三个？你欠了债喝醉了还有第四个？你昨天说了要跳长江的，还有第五个？蛮扎实伙计，说到做到。服你！但这好的运气哪就是你占了？又回来了！欢迎欢迎，热烈欢迎！欠我的钱有希望还了。不要想一跳了之吵，有么事不好商量的咧伙计。”

周围的人炸了，在喳喳哇哇议论，在抢报纸。

就像老话讲的，公胡子恨不得找个地缝钻进去，他浑身火烧火燎，快疯掉，五脏六腑快爆炸，他要脱身。

“你说是我就是我？好，就是我，跳了么样咧？又不是你老特。”

“呵呵，你是硬角伙计。你歌唱得那么好，这下更成明星了，是不是准备上‘中国好声音’‘星光大道’先造个声势呀？”

有人就插嘴说了，胡子你么样想不开咧，未必没把你社保？还真揭不开锅了？有的说胡子是不是怄气了？好歹有一个说王阴鸟，要他少说几句，胡子心情不好，欠你的钱总是会还的。真逼出人命都下不了台。

“不是我，你们瞎操些心！”他大声否认说。

他想了想，还是否认。这不能承认，他知道这些街坊工友，每一张嘴都是一个粪缸，要臭死你的，要封住他们的嘴。这乱糟糟、臭烘烘的人堆世界，就是想死，也不得让你安宁呀。

好事不出门，恶事传千里。

这一天，厂区报摊的报纸一抢而空，人们奔走相告，唱《咱们工人有力量》的那个男高音跳桥，是跟一个年轻女子一起跳的，没死成，被救回来了，上报了。这人没什么事啊，很正常的，么样一下子想死呢？还有一个女的……

什么样的议论都会有的。公胡子把自己关在屋里不出来了，耳不听眼不见为净。他买了一袋子馒头包子。有人敲门拍窗的，不理他！特别是些不相干的人。

到了傍晚，有一个人在外头大喊：“公胡子，给你提酒来了。”这声音一听就是工友老腻子。老腻子过去是宣传队打响器的，锣啊鼓啊三角铁啊镲啊铃鼓啊响板啊木鱼啊沙槌啊。老腻子下岗早，一个女儿在东莞打工，他一个人住。胸前常戴个大毛主席像章。他住十字路口的矮平房里，在自家窗台上装了个小喇叭，每天播放《毛主席语录》和红歌。

老腻子送酒来，是把咱当难兄难弟。再者他敲门是乱拍的，不开门会把门给你拍烂的。门打开，老腻子胡子拉碴，趺趺撞撞，失魂落魄的样子，就好像跳桥的不是公胡子而是他。公胡子在他的面前，突然的，找到了一点点活下去的理由。他在想，像你这个样子，我才不会活了。老腻子笑着提着酒点他的脸，哈哈说：“我怕你在屋里一根绳子挂了。”

酒提着不放下，公胡子不知道是不是送给自己的。当然是老腻子喝的高粱酒，塑料壶装的，两斤。盯着人酒看是不争气。那老腻子就从口袋里摸出一个类似平安符的东西，说：“我们毛主席著作读书会一帮老家伙刚去韶山了，这是在韶山开了光的，我三十元一个买回来的。给你倒一杯酒压压惊。”

他随手拿起个杯子，拧开酒壶，咕噜咕噜地倒了一杯，再把酒壶盖上，还是提在手里，要公胡子先戴上平安符再喝酒，公胡子跳桥前的绝望心情又一下漫过来了。不能给他开门的。你这叫花子一样的人，原来是自己顾不了自己的人，为何来安慰我呢？

“你忘了毛主席是么样教导我们的：我们的同志，在困难的时候，要看到成绩，要看到光明，要提高我们的勇气。你要死，不能自己去找死吵。”

他那什么高粱酒也没心思喝了，虽然酒的香味在勾引他。在想与这位老工友喝上几口，说点儿贴心贴肝的话。但是他说：“老腻子哥，哪个逼我？我听不懂你说的话。我没有想死。你听谁说的？我这两天好好的，哪个放屁吵！”

“算了算了，你还给我们老街坊打马虎眼。又不是没人看到，你妹妹半夜三更把你领回来的。”

这是谁跑到那野猫滩大桥派出所去探听消息了？谁这么无聊？这些下岗的老家伙们，没事可做，就爱打探别人的这些污烂事来消磨时光，活该下岗，活该让你们没吃的！什么人哪！……活得像老腻子这样了，还要无限“关心”他人的事。苟警官又不保护他人隐私……

公胡子好难受，一杯酒吞进去又在眼眶里打转。“你、你还是到你姑娘的东莞享福去吧，吃了咸饭操淡心是为么事咧。”当着这种人哭没啥意思。虽然没有死成，但这一跳，也突然明白了好些事理，好些事情的理突然也就顺了通了。

老腻子僵在那里，不知哪句话说错了。瘪着嘴望着，望着含了他高粱酒的公胡子。“我可是专心给你送平安符来的，希望你参加我们的毛主席著作读书会，大伙心里有个依托，不然心是虚的不亮堂七想八想做错事……”

公胡子终于将含着的那口酒吞进去了。喉咙里一条线地火烧下去。老腻子好可怜，也许他是好心。他是个好人。可是好人为什么这么可怜又这么讨厌呢？

过一会儿，还没安神，又一个拍门的，死拍，喊“胡子，胡子咧”。这声音是孙太婆的。应该叫师娘的。唉，太婆啊，你何必来看我呢？开门，老太婆没恶意的，她又在哪儿听到的这些鬼话？

“伢咧，你还好咧？”

“蛮好的蛮好的，太婆。您这是……”公胡子发现她手上提着鸡蛋。用一个垃圾堆捡的小篮子装的，给他的，有十多个。过去吃过她老人家的鸡蛋，说不要不要，吃一个八九十岁孤寡老人的鸡蛋，那不遭天雷劈！

“您坐下啦……看这屋里，坐的地方也没有……”

孙太婆伸出手来摸着公胡子的蓬乱的头发，心疼的像看自己的孩子。可孙太婆没孩子，老伴也就是公胡子的师傅是锅炉爆炸死的，孙太婆一辈子就吃老伴儿的几个抚恤金。在厂区围墙边的狭长空地上刨松了种些蔬菜，还围了一块养几只鸡。“胡子伢咧，你瘦了吵，么样心里不舒服噻？”

“您把鸡蛋拿回去自已吃，好太婆好太婆，我哪能吃您家的鸡蛋！”他不想跟一个八十多岁的老人说那些说不清楚的事。

“你这伢嘞我又没有什么东西，几个鸡蛋我吃不完，帮我吃下不行？”

“真的我不能吃的太婆。”

“随么事不要往心里去，过一天得一天。我都过得蛮好，未必你比我这孤老太婆还不如呀？我这鸡蛋是五六只鸡生的，我还不是提了到菜场卖的。几只鸡不晓得几能还债，每天都有双黄蛋的，给你提的全是双黄蛋。吃我的蛋听我这老不死的一句话，不到万不得已，千万不要走那条路……”

公胡子又不高兴了，“太婆，你不要听人瞎传，我没有什么事，是哪个鬼呱的您家不要信。”

“我不是听他们在我那厕所里说的吗，我耳朵还灵的。我也不相信，心里惦记你，就说来看看你。你师傅生前你对他几好，他去世也是你操办费心。再怎么我也要看看你的，只要我不死……”

那个厕所是乡村式的两块板子搭在一口破缸上，是孙太婆为了浇菜地蓄肥的，可说是臭不可闻。就是这种地方，也有人在议论我的事……

恨不得把鸡蛋砸了，不是出孙太婆的气，是恨这世界。

不能出去，心里郁闷。我又没做什么坏事。但这就见不得人了？到了晚上，想买个灯泡，灯坏了很久。可几个徒弟来看他。什么也没说，要拉他去中华馆子里喝酒。事情传开了，不然他们这些徒弟平常是见不到人的。肯定是中华跟他们说了。那就去吧。教过他们开电瓶车、火车，还教过他们唱歌。切了一堆卤菜。没说别的，心照不宣。师徒永远是师徒，虽然这位师傅活得蛮栽，心疼地看着他，劝他喝酒。这次是二十多块的关公坊。扯些很远的话，网上的，听来的。车堵不堵？地铁挤不挤？哪个江边钓起来一条九十斤的鲶鱼。再就是有人找到了一个话题，要师傅将胡子剃了，说剃了精神些。有人说不要剃，这是师傅的标志，师傅因为歌唱得好，这一部胡子绝对是加分的，根本不像是工人，是音乐学院的老师。如果打扮好点儿，到街上回头率肯定百分之百。然后有人就劝："师傅，你喝啦，你吃菜。"公胡子对这气氛有点把持不住，问小张怎样？问小李的生意怎样？都不敢多说，怕触到他的伤心事，唯恐多说一句话。唯恐多说一句厂里的话，还唯恐扯到家庭这个话题上去。都扯野棉花。这事总是要说的，在这些徒弟面前还装个什么。他喝着喝着就大哭起来。这一哭，气氛就不对了，大家就劝他，说师傅不这样，不这样吵。你是不是喝多了难受？

中华卤菜店里的秋蚊子也怪，只咬他一个人。估计是 A 型血或者太脏。中华给他赶夜蚊子，打扇。公胡子越哭越伤心。伏在那油腻桌子上浑身抽搐。中华对大家说，让他哭，哭出来了好受些。说，师傅活得也很累，主要是车丢了货丢了，放牛伢赔不起牯牛，加上师娘跑了，儿子又折磨他，人有时候确实承受不了。

可徒弟们没有办法帮他。都没有办法。就凑钱，凑了几百块钱，看师傅不哭了，情绪平静了，抬起头来，就把钱给他。可公胡子不要，他望着这些人，陌生的一样，一个个望着，很慈祥地望着，像是要把他们一个个记到心里。这望得他们也不好意思了。说："师傅，有好日子的，我们这些人以后总有人会发的，发了养得起你。"公胡子摊着两手说："我又不是个残疾，我不要你们养。"他说，"你们放心吧，我公胡子不会就这么死的。"

"有人嚼舌根子，您家莫要怕。"

公胡子站起来决然地说："我怕个什么！"

四

要活下来。他给自己说。他起身走时，他们又怕他有什么事，中华说："师傅是不是回去？"因为他往另一边走的。公胡子就说："我去买灯泡。"中华就抢先跑去给他买了支节能灯，9 瓦顶 60 瓦。这灯光温暖。中华选的黄光，节能灯特别亮，还节能。他躺在床上，想先把这晦气的大把胡子剃了，糊在嘴边也不舒服，蘸汤带水的一副脏相，别人以为你装文艺，其实是长得太快，人懒了，不想修理了，由他去。如果再脏一点，就不是怕瓦落地（帕瓦罗蒂），是怕长头虱。

走进剃头铺，那个郊县黄陂来的师傅很高兴地给他围上乌漆墨黑的围布，说："你剃么事咧，你咧好的胡子，就跟本·拉登和过去日本的奥姆真理教教主叫什么麻原……彰晃的一个样，几好看咧。"

"剃了。"他说。

"赌气？剃了不好长咧，冬天一到，这胡子头发长得慢噻。你反正是出钱，我反正是找头剃。拐子（大哥），我下了手就没得了的。你是不是怄气吵？听说前天晚上怄了点气？……"

"怄么气？"

"呃……呃，"面对这人变脸了，剃头师傅语塞了，"我是瞎说的，那全剃啦？"

"不全剃，找你做么事？"

"那光头？"

"你快点下手。"

这人因为啰唆，很割破过几个人，有一个人还得了乙肝，找他扯皮，又没有证据，再说他常常吹嘘一个表弟在市公安局。有人说你有这硬的后台子为么事不去开按摩房开麻将室还在这里一个头五块钱刮死人的受罪？这乡下人话多，把自己的脖子勒得快窒息了，这时就听有人喊：

“师傅手下留情！”

公胡子歪过头一看，喊话的是工友毛师傅。

“跟我走！”

公胡子正好趁机脱身，跟着毛师傅出来，仍不明就里。

“有么事？”

“你是闲得蛋疼。跟我搞事去就没那么多歪心事想了。老子整天忙得喘不过气来，哪有心思想死活呀。”

有活干了。没想死的时候没人叫，现在关心的多了，好人处处有。

一夜轻松，没有噩梦。

是的，我要重新生活，我有心也有力，这不算什么。老子活了五十岁，就活腻了？

早晨就被毛师傅喊醒，跟他去了。路上才告诉他，他与人合办了一个小化工厂，村里的人经常来嚼舌根扯皮，说污染了他们环境，保安没个厉害的，要他去帮站站。“我要的就是你这部胡子！”

这活儿！

果然有当地农民用车倒土渣在路上。最不习惯的是，一进入那个化工厂就有刺鼻的气味，而且不到半天身上就开始痒起来。和几个农民对峙，毛师傅送来了墨镜，自己看镜子里戴墨镜抱着膀子的人，加上那部茅草胡子，就是个打手坯子。果然，农民都瘦，没有胖子，何况你手上也有锹，还有两个也是一个厂里的。有一个是当过兵的。这化工厂虽然气味难闻，黄水翻腾，黄烟弥漫，但又听到机器运转的声音了。这让公胡子有一个幻觉，仿佛回到了过去的工厂。很想哭，喉咙发哽。机器保养得很滋润，地上会有各种混乱的电线，有各种开关、按钮、配电盘、钢索、吊车、叉车、扳手、钳子、锤子，这真的很好，一切似乎又重新开始了。

可是，有严重过敏的他浑身发痒，起红疹子，抓得皮肤破溃还是不止痒。有保安给他皮炎平搽，搽完了还是痒，再用有人给他的风油精，溇得疼死。这可活受罪，受不了咧，毛师傅生产的什么东西呀，这大的毒。

结果保安与农民打起来了，有工人参加，齐声吼，冲过去把农民的三轮车掀翻在水田里，农民把厂门口的灯呀玻璃呀全砸了。那天有几十个农民，有妇女有儿童，毛师傅吓得不敢出来。公胡子没有动手，他借口身上痒，提前开溜了。

晚上去找过去的厂医何胖子。何胖子看了，眼睛鼓得像灯泡，嘴唇发出嗒嗒声，说："胡子你这是么搞的吵？"公胡子说："你说咧？我又不是医生。""你到哪里搞的？""毛师傅他们的化工厂，刚做一天，痒得不行。""化工厂啊？是在哪个按摩房里滚了的。""何医生，你这是么话？""开玩笑开玩笑的。"但何医分明怕跟他的皮肤接触，像避瘟疫似的，赶快戴起手套，生怕传染了什么，"你这也怪，过敏啊？哪这严重！我行医几十年还真没见过，看你抓得血糊糊的咧？"他的眼里就是性病、梅毒、艾滋病……

"给我按过敏打，死了我负责，又不要你负责！"公胡子说，带点哀求的意思。

"说是这么说，我不负责？那是痒，这是……"

"就是过敏，你以为我是艾滋病是吧？"干脆说出来，你鬼鬼祟祟，还会到处瞎讲去的。

"我不是这个意思，胡子，我是说，身体是自己的，一定要爱惜啊，现在社会到处都不干净……"

"我两年不晓得女人是么味道！"

"是的，是的，你还是要到大医院查个血。"

"我查么东西呢？你说？"

"查了放心些，家里也安全。"

"我就一个人。"

"病没查清楚我不敢下药，胡子，有个么事，你我都担待不起。"

说两年没有那是哄别人。年初有一次，是个同学，也是离婚了的，来跟他学唱歌，一身的赘肉，人家还有意思组一家，你一上床就悔死。是多喝了两杯。下面干崩了，进去恨不得带把水枪。那家伙挣扎进去，里面又空又涩。

只好坐两站车到远处的药店去买药。一说，人家就明白了，就开了些药膏，搽，当即痒就好多了。不就是皮疹吗？弄得如今谁都怀疑我做了不洁事，只因那张报纸。谁知道他们是么样传话的？死不成，还让我活不成了……

但脸上已经折腾得不成样子，红斑和血痕累累。

毛师傅电话要他再去，他说了十个不，“不害死我了。”

“人到丰都走一遭，要脱层皮的。”有人见了他的脸，这样说。

看着他走进来，有人就兴奋起来了，纷纷招呼他。他真的成了明星。

“到这里坐。”有人老远就丢了一根烟给他。还上了火。这过去是没有的。献哪门子殷勤啊！他是想吃个盒饭。

点火的人是有意图的，这就说了：“胡子，你当时想真跳还是假跳？你有死的心？老子还真不信。站在那桥栏杆外头时，不吓死？你胆哪这大啊伙计？”

苍蝇和人都围上来了。

“听说，”一个喝小酒的酒糟鼻子说，“野猫滩大桥有个野猫精，一到晚上就上桥勾引人往下跳。有人用手机拍到那个野猫精抓人跳桥的录像，网上搜得到。这些年，自桥建起，跳下去多少人！一到起雾的时候，野猫精就出来了……”

大家愣愣地感叹。有人就问他：“胡子，是不是真的？你看到野猫精没咧？”

他不回答这个，他低头吃饭。

“看你脸哪，不是被野猫抓了的，吓人！”

这一说，食客们都来看他的脸，看西洋景一样。

“那个一起跳的女的肯定是野猫精，害你的，哪这巧？胡子你要戴个观音菩萨避邪咧！”

但一个老者说：“这是什么话。哪有什么野猫精，还不是日子过不了了，不是逼到绝路上，哪个爬那么高往江里跳？你们去跳哈子看啦。上次报纸上说的那两老伴，老特病了不想连累伢们，两老一商量，就那么跳了桥，拄着拐杖去的，要几大的决心！”

“哎哟，想不开，活着么样不好吵？”一个剥着卤花生的说，“喝点儿小酒，吃点儿小炒，打点儿小牌，睡点儿小觉，管哪个当官的几套房，几个老婆，再好喝的人参燕窝汤，不如老子的弯骨藕汤好喝。”

大家说对对。“千把块的烟，还不是这么长，1916 的，还比红金龙短些，七八块钱一根，不到一分钟就烧完了，么意思咧！……”

"话又说转来，抽烟的不买，买烟的不抽……"

他们这么兴奋地说着，看到公胡子鼓着腮帮子嚼着饭扬长走出去，抬起头来泪流满面呢。这胡子？！……

抓破的地方感染灌脓了，只好去打吊针。这就是我寻死的惩罚吗？活过来真要脱层皮，真像他们议论的去了丰都？

望着滴得让人发疯的针剂，后悔去给毛师傅当打手，这是报应。他躺在输液床上，细细地理思绪，理活下来的头绪。不能东一榔头西一棒子，要活，就先应该把这些雪地靴处理了，当垃圾清理了也行，看着人就霉。做点什么呢？有人给他提议开个歌唱班，绝对赚钱，能招收得到学生吗？再者自己没理论，天生嗓子好，就这点优势。如果赚不到钱，儿子的眼睛……你如果跳了，什么儿子、眼睛是另一个世界的事了；现在没死，事又回来了，你还得面对。是啊，没有消息，得赶快去看看。哪个不想治呢？再怎么是自己的。就算他是个不争气的伢，那人家的伢瞎了瘸了痴呆脑瘫是不是也要养一辈子？……

想想这些年的生活，已经死了心一样。鞋子没洗过，皮鞋没擦过，地没扫过。床单睡半年翻过来再睡，裤子上到处是油，衬衣领是黑的，这就是他目前的生活状态。一个人家庭生活失败后，会让他精神彻底垮掉。而一个人生活的动力，是来自精神而非肉体。老婆是怎么走的，他从不在意，没有珍惜这些概念，一切都随便了。车与货不见后，他一下蔫了，王阴鸟和张歪嘴三天两头找上门来，他心烦，对老婆也不客气，寻碴子打骂，摔碗，二两闷酒从早喝到黑。老婆不能归家，为了躲他发酒疯和王阴鸟他们的逼债。你回娘家去了老子还安逸些，不拦，让她去。感情有没有？这个年纪就是过日子，不讲感情。穷家小户，哪那么多感情因素。别人介绍，匆匆见面，大龄青年，不敢挑剔，说个"不"字的权利也没有，只要是个女的，只要不是老菜薹，只要一男一女成个家。你公胡子虽然会唱歌，但人闷鸡子，不灵醒。不然会"剩"这么久？三十五六，人家二十七八。瘸腿的老特，文盲的姆妈，一个姐姐在新疆。就这么，结婚了，旅行结婚，去了趟新疆，吃了几天的羊肉葡萄干，看了伊犁河谷天山马，看了帐篷和戈壁，回来有了儿子。也不能帮丈人家里一把，也不能让她吃香喝辣，听说她过去谈过朋友堕过胎，那是人家的过去，他也没资格追问。

书上说，你想谁谁就在想你。想到这事，前妻上门来了。

来是干什么的？未必良心发现来看他，向他慰问死里逃生？也许人家是来会过去街坊邻居的，还是办什么事的？根本不知道你是死是活，那关她什么事呢？她未必还每天看六十四版的都市报？这么爱学习？从来不看有字的东西，电视除外。

但事情不那么简单。你看她英姿飒爽，满身格斗状态，眼里没一丝同情，只冒着赶路过后的热汗和绿莹莹的怨愤。

"活着在，啊？"她说。看着他，还不是那个胡子拉碴衣领黢黑的栽麦子霉货。

这话说出来就噎人，让你不好回答。心一下又冷冻了，嗖地掉进冰窟。

她竟提了几个鸡蛋来？太阳从西边出！当公胡子开门看到前妻出现在这个门口，欲进不进的时候，当一个人脸在幽暗的走廊像一个大瓷盘照亮他的时候，当前妻的表情是那么僵硬和不好打理时，当两人都分外尴尬，当突然愣在那儿，公胡子竟想哭。他想哭。那些鸡蛋。只一瞬，他哽着喉咙不让哭，把哭意压下去。因为，哭是不可能的，他虽然有这种冲动。不可能再在这个人面前哭，虽然，他只会碰到眼前的这个人想哭一下。

"你……"他还来不及想好说什么，因为从鬼门关回来，人是另外一个人了，有些吃惊兴奋而不知道说什么。这怎么可能呢？永远走了的，自己将她打跑了的。她声称是打跑的，但他喝多了酒根本记不得了，打是打了，心里有苦处，只好拿老婆出气，他承认。

她是欲进不进的，但还是进来了，进来就马上撇清，撇得一干二净：

"我是给孙太婆拿衣裳来的，我老娘的旧衣裳要我拿几件过来，你莫要想错了，她给了我鸡蛋。我怕坐车撞破了，你煮了可以给毛子拿去吃。就这。"

很干脆，说了。站着，没想坐。也没看看这位死去活来的前夫现在过的生活，狗窝也好，天堂也好。对这些都没有兴趣，基本是死了心。你就说，往刀口上说，痛恨、嘲笑、愤怒，都行。我能承受。

“他不是吃鸡蛋的事，他眼睛快瞎了。”

“这我不管，儿子交你了。公胡子，我早就听说黄胡子骚，你这一下巴的黄胡子，我现在才明白，什么车不见了，货不见了，全塞那里去了。”

“你说这话？你今天是来吵架的？说话要有根据。”

“根据？你不是跟一个婊子抱着跳长江了吗？钱花光了，啧啧，看你的脸！啧啧，烂的！性病烂死的！”

“我在毛师傅的厂里过敏抓的。莫要胡说，老毛病又犯了。你就不能说句好话吗？你就这张臭嘴专程跑来臭我的？”

“噢，你上班了？能开工资了？好呀，我是来拿钱的。”

“钱？你没想给我烧点儿纸钱？”

“你又没死成。”

他大吼：“我这不是跟死掉一样吗？我跟死有两样？”他就想朝她吼。

前妻不怵，“好，你是死人，你一边去，你是鬼魂，我来清理遗物，把房产证拿走的。”

“你没有这个权利！”

“鬼不要说话。”

“老子还不是鬼，问你发哪门子疯？”

“公胡子，如果你跳了，你还要这个房产证卵用呀？死了不就一个两百块钱的刨花板盒子一装完事。我不是来跟你嚼筋的，”她拉开前夫没打开的窗户，眼睛这才对着他，好多年没这样看他了，她的眼睛很哀怨，很沧桑，一个苦女人，也老了，生活到头了。公胡子心里一阵剧痛。

“这房子——我要赶快过户到伢的名下。”

“为么事？”

“不赶快就是别的骚女人的了！再跑出来个伢，野伢，跟毛子抢？拿啊，拿出给我，没听见？！”

她去扯那遮住了光线的旧窗帘。那是她曾经自己做了挂上去的。一起去挑选的，现在已经旧了，很旧了。她什么都能做，还有个缝纫机，她一看就会，说节约一点儿是一点儿。挂窗帘时，她没站好，从凳子上摔下来，腰疼了半个月。他突然想到过去。他本来想发火，与这个女人狂吵一顿的，他却进了房间，把房产证土地证找出来，丢在桌子上。他还把门钥匙也从裤腰里取下，他想把上面那个跟了他几十年的挖耳匙取下来，但那个钥匙圈生锈了，无法掰开。他只好作罢，与两证一起放在桌子上。

“我不会带走么事的。”他说。

这很干脆。这让她难办。她听得真真切切。她站在那里，低着头，有点想哭的样子。言下之意不是要再死吗？又是断头话。怎么会这样呢，生活？为什么会是这样。她现在环视了一下这个曾经温暖也曾经让她惨叫的小屋，过去是一些年轻的单身工人住的，一间住五六个，没有厕所，没有厨房，但当年结婚时分到这一间，是多么的开心和幸福。这里有幸福，是的，这里有新婚，有伢的出生，有坐月子，有看着伢爬，看着伢长牙，看着伢喊妈妈爸爸，也看着工厂垮台倒闭，工人四散，看着一切变得衰败，自己变老，看着在这个人的拳头下生出仇恨和离意，看着家散了，看着伢坐牢……

“你还是想死？那……王阴鸟他们的钱呢，找我？”她指着那两证。

“这个你不管，我会了断的。”

“你死活与我没关系！威胁我啊？！”女人突然提高嗓门，把难以置信的嗓子喊破一样，似乎要唤醒对方，“你打我你这么凶狠，个婊子的活着为么事不狠咧？就没活路了？人家拿刀子逼你跳了？啊？你说呀，个婊的没用！你把打我的力气用上三分活，也不会活得这栽吵！大男将好意思跳！丢不丢人，啊？！”

之后沉默。她也许想，达到目的了。反正她要这么说。

她看着他走了。他只拿了一包烟，一个火机。他双手哆嗦，步履蹒跚。

他走了很远，走到靠近工厂后院堆放破铜烂铁的地方，一棵大梧桐树下，点燃烟，狠狠抽着，大颗大颗的眼泪流下来。没有哭，甚至不伤心，就是流泪，止不住。没有人看见他。他在这静僻的角落，尽情地流了一把眼泪。“开闸放水。”他自言自语地说。

在外晃荡到了天黑，他知道他无家可归了。但还是摸黑回去看看，门是掩着的，进去拉开电灯，钥匙还在桌子上，只是两证没有了。

五

少管所虽然很森严，但有漏洞可钻，可以带东西进去。

门口那个小卖部的老板跟公胡子混熟了，告诉他一些门道。“可以通过个别的年轻警察将香烟带进去。”老板说，“有些小警察在这郊区无聊，在我这里玩角子机，很熟。通过他们带几包烟是可以的，风险大点儿还可以带小瓶酒进去。这个处分过，刹不住。里面也有小卖部，但贵得吓人，一瓶老干妈十五块。带进去的烟，讲根出售，一根五块。”真的看到一个年轻警察在小卖部玩角子机，公胡子就给他说帮带两包香烟进去，那小警察不置可否，铺子的老板给他丢眼色，示意将烟塞给他。公胡子就买了四包烟，放警察手边说只给他儿子两包。儿子从小在社会上混，十三四岁就学会了抽烟。

心里想着，这一生好歹给儿子留下了三十几平方米的房子，也算是一笔遗产。我住狗窝睡桥洞也不要紧，儿子还小，犯点儿事不怪他，对我没感情也没事，总还是我儿子。我生的没给他好的教育和好生活是我无能，怪谁呢，怪自己。

荆州籍所长见了他就说：“好，好，太好了，正准备去找您郎嘎来的您郎嘎就来了，快筹钱把儿子送医院，等不得了，不然眼睛真要瞎的。”

公胡子心里紧张，被带去看儿子，哪还是儿子？右眼肿得像包子，人却瘦得不见了形，就像是只非洲大猴子，牙齿饿得惨白，嘴上全是死皮。所长说：“眼底出血水肿，角膜坏死了，要换角膜，不换就是瞎子。”

“您郎嘎儿子多大？”

“你这不是有登记吗？十六了。”

“唉，还小啊，明年出去十七。还要谈女朋友的。要您郎嘎筹钱，么样这几天消失了呢？”

他不好回答。他问：“要多少钱咧？”

“一两万恐怕够了吧。”

“我哪来的这多钱？”

"您郎嘎是么搞的，这个钱都拿不出来？造孽！那就等啰，等哪天眼科医院公益角膜移植。不过可能等个三年五年十年八年的啰。"所长笑着说。

"我瞎了你养我？"儿子这时在一旁叫起来，声音震天，一肚子愤怒，"管不管我的？"

"老子没管你，打得还少吗？"

所长哈哈笑说："管不是打，你们家长爱得不得法。靠棍棒底下出孝子，这套老办法不灵了。孩子出事，还是教育的问题，家长负有不可推卸的责任呀。"

公胡子说："所长大领导，我承认没管好他，你也没管好他们呀。"公胡子心里颤抖着说出了一句他非得要说的话。

"你，嗬，你一个一个地跟着他们？把他们一人关一个房间？中国哪有这多的房子？"

"快把房子卖了它吵！"儿子声嘶力竭地喊。

儿子怒号的唾沫向他喷来，他没有擦，他后来走了。他对所长说："看来，我是彻底地失败了……"

郊区的公汽那个颠啊，人又多，车又少，挤上去了，没坐的，在人的胳肢窝呼吸狐臭。看窗外，灰色的景致，破烂的房舍，垃圾堆满的沟塘。我怎么救儿子？我刚被别人救起来又要救别人，想解脱解脱不了……车上广播说希望大家保管好自己的贵重物品，依次下车。他坐下来了。看着司机那兢兢业业的背影，忽然想，过去的那种想一死了之的想法是不负责任的一时冲动，我就是死，也要把家里人特别是自己的伢安顿好，或创造点儿财富，留下点儿什么。太匆忙了，他庆幸又回来了想这人间事。比如，应该把儿子交给中华，让他跟他学卤菜手艺，有个饭碗。万事有个交代，那样匆匆忙忙死得不明不白，儿子不知以后怎么活，死了还遭人议论，让人瞎呱，成为别人狂欢的对象，背个污名，太不值。你死了，街坊邻居同事会兴奋几天，终于给他们贡献了一个谈资，言必说死者，好像活着的人比死人优越。几天就销声匿迹了，谁会怀念你？只有亲人。可我因为没给亲人什么，连亲人也不会怀念，我凭什么要死？现在，我应该做点儿事，好多事，一是让人改变对我恶劣的看法；

二是老子就是死，至少也要是个英雄。比方说，在车上抓个小偷，拿出刀子将我捅死了，见义勇为，这样死，不可以让儿子得一笔抚恤金吗？债就没了，一举两得，儿子的眼睛肯定保住了，还有余钱生活。嗯，就是这样的。

这个想法非常圆满，让他亢奋。立即行动。他忍不住在车上搜索，因为郊区的车听说是很乱的，因为进城的人多，有些是揣着钱去打货的。但是，几圈下来，没找到可疑人。有什么老人晕倒，孕妇生伢的事也好，只要撞到，我会全力去帮人家。求张表扬信，这也不错，周围的舆论就不是现在这个样子。

一路靠站，一路丢下乘客，人也快下完了。病人没有，小偷没有，天下太平。再静下心来想着到哪儿找钱，不是还钱，是怎么让儿子去医院，让他把眼睛保住。干脆告诉所长是别的少年犯打的，应该让那些狗杂种赔。这有什么不对？这是可以的，你把命赌了，谅他们出来真敢报复？报复不就是条命吗？……

下车就到了东湖边。有许多游人。他现在最热切的是希望有人落水，最好是小孩。或者有难度的施救。把一个人推上岸，自己没了力气沉入水中……

他坐在湖边，往人多的地方坐，盯着紧挨水边的人、玩水的人、小孩。

这样坐了一个下午，完全没有这种机会，什么也没发生，世界太平。他想，这种好事也轮不到我，真是人的命背火呀。

我应该找谁？找亲戚借钱，这是不可能的了。找单位……没有了，没有领导和组织的人在关键时刻好茫然。找找社区？他们能解决问题吗？他们好像只管计划生育，管吸毒人员，管交党费的，也开个证明盖个章什么的，还有可能为你的低保说说话。但我们没有资格吃低保。

没有人可找，这就是他的现实。想到这里，绝望又一次漫上来。现在，绝望的情绪会顺着内心的一条很熟悉的通道涌上来，这个绝望多么顺畅地再次出现。无助。是的，无助。

他还没到厂里，王阴鸟就跟上来了，躲都来不及。他想躲开他，越快越好。他走快，王阴鸟走快；他走慢，王阴鸟走慢。他老远看得到王阴鸟的阴笑。他跨过铁路，想走入横七竖八的菜市场，但是，在上台阶时心急，一个趔趄，王阴鸟抢上来扶住了他。

“胡子，你过点细吵，急个么事，抢火？”他盯着他的脸看，“胡子，你烂成这个样子了？”

“我不会死的！”他这么喊，一点儿底气也没有。

“那就好，那就好，你死了我可什么也没有了，我不拉你拉哪个吵，我要保护你，我恨不得在你门口给你站岗。”

“鸟啊，你跟着我为么事咧，有钱会给你的。你晓得我儿子眼睛快瞎了？你若同情我不要让我再去跳，你借点儿我。”

“啊？再跳？你吓我！你儿子不是在少管所吗？”

“眼睛坏了。”

“哎，你总找理由，到底还是不还的？你一年还个万把块我也好想些吵。不行，你把房子抵给我跟张歪嘴，我看马上要拆了，你不能就这样拖呀。找个中介把价估估，你说行不行？这么拖，翻脸了不好。要是真像你说的，你再去一跳，我们到阴间找你去？找你伢？你伢毛子又是个不成器的，不晓得关到哪一天。又是眼睛瞎了，你是么样这栽吵胡子？我说的是真话，不是逼你，你这套房子，你是保不住了的，还是老话，欠账的还钱，杀人的偿命。你盘给我们，还可以找点钱你租个房子再搞点儿生意……”

“你们打我房子的主意啊？”他突然浑身发冷，牙齿也稳不住了，“不该不该……”他喃喃自语，“我公胡子来人世走了一遭，就这点儿东西留给伢的，你们不能挖我的蔸子，鸟啊！”

“哎，胡子，再怎么说，欠债不能不还毛痞吵。看你是从鬼门关回来的，没说什么。你死有别的隐情，成了公众人物，你是不是没给警察说真话，把钱真塞那里了？”

“那里能有多大？”

“哈哈，没看见贪官是么样给情妇的？几千万也塞得进……”

“这么大的只有把你捅。”

“我不捅。你是花完了，伙计，没得了……”

“赌了一万个毒咒！”

“你看看你的脸上身上，毒气发着了……”

“我直接告诉你吧，鸟啊，我现在是两手空空，房子你来晚了，我前妻下手比你早……”

六

他在想找谁借钱。为什么我总是找人错钱？我从阎王殿爬出来就是为了继续找这个世界上的活人借钱？这多少有点滑稽。

当他说儿子眼睛快瞎了时，他知道这是让人讨厌的。但因为喝了一杯，他还是在中华面前说了。没想到中华去他收钱的抽屉里拿出一扎钱来给公胡子，说：“师傅，拿着赶快去给他看。”

这钱是不能要的，这让公胡子硬着脖子推过去老远：“不是找你错钱的中华，一点点钱没得用，我是说说，怪我这张臭嘴。”

为什么我会成为一个负债累累的人，又不赌不嫖，一个好人，老实本分的人，吐口涎水都怕把蚂蚁淹死的，么样走到今天这个地步？他没想明白，已经死过一次还是不明白。越穷的越穷没有路，越富的越富万条路。

其实他已经隐隐在朝那个方面想，就像王阴鸟说的，把房子抵押估价贷款。房子不能抵押给王阴鸟和张歪嘴，一抵押全部是他们的了。银行他知道，时间太长，差不多要个把月，来不及。只有找一家贷款公司，靠得住的。这个想法就能匀出活钱来救儿子。

他是在想换钥匙环时这么想出的点子。也就这个房子了。他过天桥的时候，看到许多挖地脑壳（摆地摊）的，突然想换个钥匙坏，人有点新鲜感。这个冲动出现对他来说是山崩地裂，翻天覆地，也顺理成章。一块钱一个，新的，锃亮的。吊在裤子上的那个几十年，成为文物了，锈得像是垃圾堆里的，从没有想换。看看别的（过去哪注意这些呀），钱夹（要不着），身份证夹，一块钱三个，鞋垫。难道鞋里的垫子不要换了吗？那个臭！一块。挖耳匙，新的，一块。指甲剪，两块。我的那个剪子剪不动了，锈了，指甲剪得缺头凹脑。针和扣子难道不要买一点儿？黑线白线，针买大的，裤裆破了，拖鞋也破了，就几针的事，从来没想到缝一下，就这么，敞着裆去见阎王。这么看着，买着，发现小摊上的东西全用得着，一件不能少。唉，我过去的生活！

再继续想。

儿子是最大的事。这么多钱，只有房子。趁拆迁之前抵押，拆了卵都没抵押的。如果我两万加利息还不了呢？那时已经拆迁，你贷款公司要什么？还建房？八字没一撇。你也不敢出售。到时我总会赚到两万块钱的。大不了还是卖雪地靴，低点头给城管队长，送两条1916给他。冬天四个月，一月赚三四千吧，也就到手了。这么想清楚了，突然很轻松，头脑也清醒了。怎么原先没这么想呢？还是恨，恨意充盈。不会低头。活了这大年纪，到死了，还没学会这个。人家，天天收保护费的，你犟，只有关门。都不是忍吗？懂啦。

那个活扒鹌鹑的血淋淋的市场在政府旁边。他的妹妹与活扒蛇蝎、活扒青蛙、活宰鸡鸭刺猬的一群人在一起。妹妹呲着鬼牙，高捋袖子，非常专业地重复着每天杀死三百只鹌鹑的残忍动作。

这个妹妹，是差一点儿被他扼杀了的一个生命。当然，如果真正扼杀了，数以万计的鹌鹑就不会死得这么惨。

后妈有习惯性便秘，还有严重胃气胀，开了大瓶的酵母片和泄药在家里。酵母片是甜的，趁父母不在家就偷偷给她嚼。三四岁的伢以为是吃糖咧。要喝水，就把泻药碾碎了放进水里。这伢，整天就是拉，那还不日渐消瘦，瘦得像三寸铁钉。后妈是个凶狠角色，常常不给公胡子饭吃，还用手拧他的肉，隔着衣裳拧，不让他父亲看见。但是，公胡子的冒险竟然没让后妈发现。每到夜里，拉得嗷嗷叫的鬼牙妹妹被父母送到医院打吊针，少年公胡子就会格外轻松，呼呼大睡，梦里唱歌。止泻，不打针，就吃药。鬼牙妹妹犟，不吃，父母就用火钳撬开她的嘴。她还是不从，就呼天抢地地哭，哭得眼里全是血，看不清东西，栽跟头，长期发育不良，身体畸形，一口鬼牙越来越亮。后来，公胡子觉得太过意不去，生了些恻隐之心，才停止了这个恶作剧。但恢复后的妹妹非常霸道，经常欺负公胡子，甚至骑在他头上拉屎拉尿。后来，终于顶替死去的后妈去菜场杀猪了。再后来，国营菜场关门，她就干起了这伤天害理断子绝孙的扒鹌鹑活儿。

走到这个菜市场连他自己也有点不解。要她去帮前妻说说房子抵押？还是找她来借钱的？鬼使神差！

鬼牙妹妹在几个被鹌鹑血浸泡得发黑的小铁笼子边，手势飞转，一只光溜溜的小肉鸟就从她手上放下了。那小鸟没了皮毛，鲜嫩可人地在地上蹒跚尖叫，走了几步，倒地抽搐，咽下最后一口气。再从笼子里抓出一只，从颈子下手，动作神速，一下那个小东西连皮带毛扒光了。买鹌鹑的少妇带着个小伢。小伢瞪大眼睛，浑身乱颤，少妇赶忙捂住小伢的眼睛不让看。这时那个倒地挣扎抽搐的鹌鹑又使劲爬起来，小黑眼里是单纯的乞求，还想看一下这个残忍的世界。那个小伢抬起一脚就将它踩死了。也许是不忍心看它痛苦挣扎吧。

一滴血溅到公胡子脸上。

"你跑起来搞么事的？"近似男将的声音，喉咙像一块磨刀石。

"不是找你错钱的，"他这么说。还想说什么？"就找你要个电话。"

他就这样改变了来意，就要个电话。他发现在这儿凶多吉少，市场的血腥味就像杀过人的。有一次，他路过区民政局，一对离婚的，男的把女的捅了。那现场的血腥味浓得让人直作呕，跟这儿没什么两样。不过人的血腥味更腥。他突然想到那一幕。

"告诉我菊红（前妻）的电话。"他说。他什么也不想说了，越快走越好。

"凭么事要告诉你？复婚？"鬼牙举着剐了半截的鹌鹑，用血糊糊的手背抹了一把鼻子。

"毛子眼睛快瞎了。"

"瞎了关我什么事。"

这就是她的回答，一个姑妈的回答。

"就一个电话。"

可能是扒累了，鬼牙不看他，停了手中的活儿呼呼喘气。她应该去洗手，然后拿出手机。他原是想自己反正是要再死的，要活人的手机号码有什么用呢。如果鬼牙态度好点儿，他会提在家想好的那两个请求。

手机号码她极不情愿地报出来了，证明她们之间多有来往。

"你先前，究竟给菊红说了哪些话？"

"好事咧！说你走桃花运，死的时候找了个野猫精。"

"你说我在外还有伢？"

"有桃花运再有个伢，不是大好事，跟皇帝一样，生二十几个伢，有钱养咧，这有么稀奇咧。"

"你狠，你是狠角，么回事咧，这么损我……"

"你反正掉得大伙计！"鬼牙看着地上几只挣扎的鹌鹑说。

"我掉哪样？你说下看？我偷了抢了？……"

他还能说什么？这时卖菜买菜的眼睛都到这边来了，他得赶快离开这血雨腥风的地方。

刚迈开步子，"噗！"一个塑料袋丢到他脚下。

"给你几只吃饱了再去跳吵！"

是刚剐的鹌鹑，他没有要，他吃不进，血淋淋的小鸟跟他一样在哭。

他一路在想，这也许是报应。谁叫你小时候把鬼牙往死里整呢。人在做，天在看，活该活该！

谁在唱呀，巷子里。

"黑皮牙膏，一挤一飙。骑马嘟嘟骑，买糖糖吃。小明像个苕，吃饭不用瓢；小明的头，像皮球，一踢踢到黄鹤楼；小明的妈，真邋遢，洗脚的水，打粑粑。一哈子哭，一哈子笑，两个眼睛放大炮。好哭佬，卖灯草，丢到河里被狗咬。咕噜咕噜锤，咕噜咕噜叉，咕噜咕噜三娘娘，管金叉……"

没有人，心里的，这是小时候的歌。他与鬼牙妹妹两人唱的歌。他感觉他有严重的幻听。耳边总是有歌声。儿歌，语录歌，民歌，少数民族歌，都有。

七

当他给前妻说儿子治眼要一两万时，想将房子抵押贷款时，话才开头，前妻就把电话挂断了。她不让他说。

再发短信，说道不是他用钱。

没有回信。半夜有一条回信。但早上起来才看到："就这点能耐。"

"还有三条路，一是把我杀了剐肉卖钱；二是去抢银行；另一条你懂的。"他回信。

"休想打房子的主意！"她回信。

抵押贷款不见得房子以后就不是你的了，这道理你能给她说通吗？前妻没有文化，不讲道理。你跟她怎么也说不明白，不会拐弯。再者，别人不信他，以为他是要还赌债、吸毒或是给别的女人去的。一次跳桥终生冤枉，说什么也没用，没一个人相信你。加上穷了，没尊严，也没信誉。

公胡子伤心地坐在老铁轨边，雾霾在眼前枯萎的蓬蒿间流蹿，铁轨像两截被斩了尾的大蛇，消失在朦胧的沉雾深处，不知去向何方。我是没有能力，但一个人有没有能力与家庭有关，与他的运气有关，与自己的努力也有关。我不努力吗？我这么努力，可老天不帮我。努力有毛用。莫非像我们这种人就只有死路一条？

儿子在你少管所，与人生隙，用香烟熏，你少管所没责任？那些熏眼的小流氓没责任？这说得过去吗？肯定有，现在学生在学校出事，学校要负责任的。儿子怕，不敢说，坐禁闭坐怕了，但你有理，荆州籍所长会乱关人吗？他未必不讲道理？

去找所长！

他想好了。就这么，被逼的最后一条路。不能忍，不能退。退也就是一座野猫滩大桥了！伸起头做一回人。老子死过一回的，还怕个什么？这世界一切的一切也不怕了。想开了就这回事，到头来不都是一把灰，所长也是一把灰，局长书记也是一把灰，有的灰都没有。如果我跳了，到哪儿找灰去，浪到江边，野狗啃了，你怕他们，他们也怕你，我早是个鬼了我怕人？死要面子活受罪。

没有烟酒茶现金送。所长平易近人，有乡下人的淳朴，不跟他衣帽取人，不会那么贪的。道理在这里，怕么事！

他突然想到要拿上那张报纸。好歹留下了一张，这有用。

"是这样的，所长，我是死了的人，说白了，一是逃债；二是儿子的事我没法按你的筹钱，所以走了极端，好在命大。我没给你讲，蛮掉底子的，今天如实说。如果还是要两万块钱，我只好转去再跳了……”

开门见山。

所长愣了一下，很认真地去看报纸，翻来覆去，时不时朝公胡子扫一眼。

公胡子再唐突地来了一句："我今天没准备在你少管所跳楼……"

所长听到这话，尿都快吓出来，扔下报纸，以侦察兵的速度挡着窗户，"公师傅公师傅，您郎嘎冷静，莫干傻事！"

公胡子心里想笑。这些人都怕吓。他就说："自己的伢本来应该自己负责，但伢是在所里面被人用香烟熏的，所长不相信吧？"

"您郎嘎还说些！"

"我不哄你，我今天来就是向你说这个事的。"

"真的假的？"

"我伢给我说的，他不让我说，他怕坐你的禁闭。眼睛都要瞎了我还不说就没机会说了，但你给我传个话。我说了，今后哪个敢报复我伢，我必杀了他，绝不食言！"

一把弹簧刀放到所长桌子上。

"你敢带刀到这里？"所长不称客气礼貌的"您郎嘎"了，一把夺过那刀，掂了两下，说："这里不能这样来呀！这搞不得的，你说的我们立即调查，是真是假现在很难说。查出是真的，哪个敢报复，不怕'二进宫'！"但是，所长话锋一转，"您郎嘎不要太信儿子说的，我们这里管理非常严的，应该不会出这种事。"

噢，他死不认账。他肯定维护自己的名声。你如果不承认里面可以抽烟，当然就没有烟熏之说。他很泄气。家丑不可外扬，人人都是这样。他不会为你的一个罪犯小孩把自己的娄子捅出来。

所长又说："我们调查，我们调查，好不好？"他送客了，他把报纸给了公胡子。

公胡子还能说什么。公胡子拿着那张报纸出来，因为所长已经起身，要送客的表示。所长并且还有点生气地对他说：

"刀子这是搞不得的，带到我们这里，绝对是犯法的，我就不追究你了。

您郎嘎不太懂腔板，这搞得的？弹簧刀是管制刀具！”

所长已经将他“送”出了办公室，说特批让他去看看儿子。

儿子出来了。那只眼睛用纱布蒙着，根本不看他。

他不知道给儿子说什么好，心乱如麻。他的办法想尽了。如果所长拒绝或者讨厌他的多管闲事，这在半夜想好的得意一招也将以失败告终。

“我说了房子抵押，你妈不干。”他说。

儿子不吭声，看着脚下。他一只眼睛，很疲劳的样子，不想看他。

他也很疲倦，有一种从头到脚的疲倦。他感到自己真的死了。这个儿子，他把他引到这个世界，他死后还管这摊子烂事吗？他真的死了，儿子知道后会是一种什么表情呢？他会不在乎，有时会想到他。但儿子瞎掉了，会在没有父亲之后，重新做人。学盲人按摩，到归元寺门口算命。他那一辈子就这样过了？我要让他跟中华学卤菜。我要安排好的。我一定要中华答应。他想哭。

他跟儿子什么话都没得说的。儿子好陌生。他甚至害怕这个自称是自己儿子的少年，他有了胡子，光头，穿着监狱衫，脸上已经有轮廓了，满身戾气，眼露凶狠。过去，这少年却是怕他这个凶恶的父亲的。当然更早，他们父子有笑声，儿子骑在他头上，在三十平方米的房子里走来走去，让儿子头碰上门框，咯咯发笑。他更记得在儿子七八岁时，一次偷了他五块钱逃学去游戏机室玩游戏，背后书包里的书呀，一个几十块钱的任天堂游戏机呀，包括铅笔盒都被游戏机室里面的小流氓偷走了。回来那一顿好打，把他绑在窗户上，脱了裤子用衣架抽屁股，准备抽死算了。屁股肿得像南瓜，血檩子横七竖八，几天不能坐。下手这么狠，也不知为什么。想想还是单位破产清算工龄买断，人失了魂，心烦，迁怒于孩子。有过忏悔，夜深人静之时。但儿子不听话，打是应该的，但不该下手这么狠。现在，他“死”而复生，“死”后回来，看到这一切，看到这个孤苦无依被人熏瞎了眼的少年，他已经长大啦，成为武汉小流氓啦。心里一阵阵扯疼，像一把针刺在心尖上。

“我今天来，是想要所里对你的事负责，把你送医院去。你是在里面出事的，不管么样，他们脱不了干系。”

“你把我说的讲了？”儿子抬起头来，一只眼里聚集了两只眼的愤怒与生气。

噢？你这小子胆只这么大，关进来就怕了，老子想告诉你没有什么可怕的，树怕倒起，人怕卯起。想开就这么回事。

“说了。”他淡然地承认。

儿子气得拉长脸龇着牙好半天说不出话来，“你、你、你！”

“我说了我负责。”

“你是要我死吧！你么样不跳桥死了的，死了还好些！你晓不晓得出去我就没命了？！”

“老子天天拿刀跟着你。”

“你去死！去死！”儿子跳着脚回头跑了。

他坐在那儿，一动不想动。

儿子愤怒叫嚣的声音还回荡在空空的少管所食堂里：

“你去死——你去死——”

“嗯。”

走到街上，很虚。满街都是儿子的喊声：“你去死——你去死——”

没准备坐车，就这样恹恹地信马由缰走路，丢了魂一样，僵尸一样。

难道我这么冒着巨大风险说的话所长一点儿不听吗？难道另外几个整儿子的小流氓不会受到处罚吗？这世上还有没有天理？让这个奇怪世界，闹闹嚷嚷的世界去闹腾，到另一个世界可能不这样吧？这世界太扎心。就算有富人、有穷人是命定的，但你让人顺点儿心总应该吧？

天渐渐黑了。这是一个雾霾朦胧的秋夜，但人们并不在乎，因为已经习惯。何况这是大啖小龙虾的季节，叫什么油焖大虾。那个辣，就是让人胃痛嘴烂的。一个个在马路边上摆开架势，啤酒白酒轮番上，一堆堆人们嚼碎吐出的龙虾壳，在大街小巷堆积如山，满街的油腻溜滑，满街催人泪下的辣味，也勾引人们的口水。公胡子在想这些人的胃口么样就这好，总是吃得兴高采烈，食欲狂飙。而灰霾在他们的酒桌上旋转，笼罩。他们咋就这么开心，这么熟视无睹呢？

走过破烂肮脏的巷子。修自行车的、擦皮鞋的、无证诊所、发廊按摩店、卖甘蔗荸荠油炸臭豆腐的。一个城中村，房子密密麻麻横七竖八，到处跟他的工厂一样写着“拆”字，一派混乱。打工的农民、大学毕业的屌丝、游手好闲的村民、职业乞讨者、假和尚假尼姑、搞传销的、捡破烂的、偷窃的……

顺着雾霾不知怎么走进了一个小店，店主比中华还热情，也是武汉人，都用武汉话搭腔显得很亲切，老熟人似的。一瓶毛铺老酒，一盘虾球，一碟免费的花生米，够了。外面，漫天的雾霾依旧，灰尘滚滚，管它的。

人喝舒坦了，也喝晕乎了。在雾霾中腾云驾雾，好不畅快，就跟梦游没两样。好几次，差点撞上了汽车、摩托。脚上一溜，踩上了一堆狗屎。如今城里狗屎成堆，到处是“地雷”。

恍恍惚惚的，听到一阵喇叭里传来的《毛主席语录》歌曲：“我——们共产党人，好比啊种呀子……”以为是耳边的幻听，但再听是真的，到了厂里，歌声是从老腻子的窗台上传来的。他突然想到，年轻时听这个歌，总把“种呀子”听成是“桶呀子”，呵呵。

他想着一件事，脑子虽然迷糊混乱，但死死记着一件事，今天千万不要忘了，常常在屋里记得，走出门就忘九霄云外了。这就是托付中华，等儿子出来，一定收下他跟他学这个卤菜技术。你不中用的师傅就这个儿子放心不下，别的没啦。

刚到中华卤菜店门口，手机响了。手机铃声非常亲切，让他刹住恍兮惚兮的思绪，清醒过来。是前妻？肯定是的！

“喂！喂！”

不是。

一个陌生男子的声音。

“你找哪个？”以为是广告推销的，特别是卖房子的、卖保险的，一天到晚骚扰。

竟然是那个肥嘴马踩。

“你找我么事？我没在厂里。”他答非所问地说。

“我看见你了！”

抬头一看，马踩就出现在他的面前。他是么样找到这里的？又是么样找到我手机号的？是那个苟警官？

公胡子一只脚就迈进了中华的店里，他凭直觉来者不善。因为马踩那张被马踏过的天生肿嘴藏着祸心。

马踩飞快地拦他不让进，他感觉公胡子要避他。但公胡子身板很大，一扇门一样。中华晚上在灶上忙，没有食客。

“拐子，我跟你谈点儿事，你跑什么？”

“跟我谈么事？我不认得你。”

“看你说的。”这马踩明显精神萎靡，惊头慌脑，好像有满腹的委屈。

中华看到喝多了酒的师傅跟一个人拉拉扯扯，感到事情不对，就撩起围裙揩着手过来，对马踩说：“你是哪个，在这里有么事？”

公胡子赶紧摆手要中华莫管，说：“晓得的？你去忙你的中华……”拉着马踩就一边去了。

他不能让马踩说出他是那个跳桥女人的家属。这事早就了结了（或者也没了结，还在传……），这事他不愿提起，不要跟任何人扯上跳桥，这事是噩梦，说起来会打牙嗑，不自在。

路上没什么人，一个老太婆在打扫卫生，捡垃圾的流浪汉在翻垃圾箱。

马踩那张肿嘴在幽暗的路灯下像一个籀斗，黑乎乎地对着他，没有铺垫就大声质问他：

“拐子，你是么样认得我老婆的？”

“你是么意思？我哪个认得，你吓老子！”

“那你是不是跟她说了，我们一起往下跳？”

“你老婆想死，我不帮她一把！嘿！”

“拐子你说这话就不好听了，我实话告诉你我老婆有产后抑郁症，你晓不晓得？她是趁我没注意跑出来散步的，你差点儿害死了她。她本来跨不过去，你把她掀过去的，你这一多事就完了吵拐子，她真的完了你知不知道？好害人呀，她现在问题严重，一惊吓，本来蛮多奶水的，这下奶水回转去了，一滴没得了，儿子饿得钉头细颈，皮包骨头，又不吃国产奶粉，吃进口奶粉又吃不起。我老婆住到医院里了，一惊吓病越来越重，我哪有钱给她治呢，医院天天催款，我天天急得吐血。我们是打工仔，好可怜，一年混个肚儿圆都不容易，一分钱余钱都没有，你说怎么办拐子？”

马踩把双手摊到他面前，是不让他跑的，双手因激动不停地抖颤，唾沫从厚嘴里喷出来，像虫子乱飞。

“与我有么相干吵？你这人还好玩些！”

马踩不示弱，盯紧他：“不找你找哪个？那你说。医院要赶她出来，回家你管啊？她老在那儿大喊大叫，水、水、水、水……水都不能喝了。看到水就摔杯子，看到吊水的瓶子就要砸，要扯，拔针头……她已经疯啦，她哪是去跳桥，是散步加上雾霾太大走迷路了！你说，拐子，你真害死人啊！你自己要跳你跳，还拉个女的给你陪葬搞么事咧？你又不是皇帝，拐子，我么办咧？警察都说你有故意杀人之嫌，我是叫天天不应叫地地不灵呀，哇嗬嘿呀我的娘呀我都不得活了，我陪你去跳桥算了……”

马踩哭哭啼啼哇哇啦啦，扯着公胡子，从口袋里掏出一把纸，是医院的账单，硬要塞到他手里。

公胡子马上明白是什么，他哪敢接，一接就一屁股屎了。马踩一把鼻涕一把泪地哭着硬要往公胡子怀里塞，公胡子只好躲闪。

“哎哎哎……你莫赖到我，你神经病找我敲诈，你找错了人……”

公胡子嘴里发苦，心里更苦，心乱如麻。我去寻死哪晓得有你老婆也在那儿，她明明往栏杆外翻的！……但他也猛然想起那个晚上的鬼魅氛围，雾霾蒙蒙的，就像梦里。他内心也感觉有了一丝怀疑，如果她只是扶着栏杆呢？当然，那个桥没有人行道，从江这边可以有一个通道，但他老婆从哪里上桥的？这本身就很疑惑。但是，只要是想自杀跳桥的人，总有办法上桥……这人长得怪，究竟是不是人，他老婆是不是人？是不是传说的野猫精？他就是野猫精的男人，男野猫精，缠上我了，或者他们就是一个野猫精，要来害我的，一会儿男，一会儿女，甩不掉，挣不脱……

“滚！你搞错没？找我的歪？你究竟是搞么事的？！”

他吼，他要摆脱精怪的纠缠，他恐惧，他伤心。他感到是不是如老人说的，自己身上火气太低招惹了邪秽东西？这个人，越看越像鬼怪，是从江里跑出来的，黏糊糊的，在这雾霾笼罩的晚上，野猫精又现身了……

“我是搞么事的，我是卖酸豆角的。抵赖啊？拐子，派出所都有笔录的，我不害你！”

还“派出所”“拐子”“笔录”，这些词你学人的话，学武汉腔，你这水里的妖精，脸跟死人一样的……

“你究竟是搞么事的？”他狂吼。他要跑，但已经被马踩逼出了很远。他也有意离中华的店远些，以免让闲人听见看热闹。

“你讲狠拐子？”那个人也吼，一点儿不怕他。

“你想搞么事？朝我凶？你吼哪个？啊？你刚才吼哪个？”

“你么不讲道理噻！”对方的声音也越来越大，越来越恐怖。

这么，让街坊工友听到，还不知我又在做什么呢。好在这是晚上，好在这个厂里没有了什么生气。他希望此时不要出现人，最好是不要出现认识的人。把他引到哪儿说呢？中华店里，不行，一下全都知道了，没意思。围墙边？孙太婆种菜的那儿，有个敞开的茅厕的、臭烘烘的那儿，要么样了断就么样了断，是鬼也不怕。

他这么想就开始往那边移动。他压低声音给他说：“我们到那边去说话，不要在这里发飙。”

他心很虚，从来没这么虚过，但也似乎没有退路。硬着头皮就是一条路——那儿黑咕隆咚，靠近长着齐人高荒草的废弃铁路。但这没有办法。

黑暗的夜，黑暗，黑暗的夜啊！这是什么时候啊，为什么没有太阳？为什么没有很多人，为什么没有高音喇叭里的歌声，“咱们工人有力量，嘿，咱们工人有力量，每天每日工作忙！……”

耳畔幻听的声音始终没有出现，嗡嗡作响的是一些耳鸣，是脚下的布鞋摩擦水泥路的粗糙的声音。

“拐子，你跑么事吵，我们一起跳桥去算了，我也不扯了。我戴了绿帽子你以为我不晓得。我老婆手上是有钱的，她贴金养汉了，跟别个花光了，然后被野老公拉着一起去跳桥……”

“报上说是‘巧遇’是‘陌生人’，你瞎编。”

“哇嘿嘿，我没编，你没给警察说实话，你们武汉人太精，一口假话。你好歹毒，我儿子哪办？咱们可以私了，住院的钱算你给，以后我不找你了……”

“你要多少钱？”

他问这话的时候想到的是冥钞。眼前是个野猫精，要的是冥钞。冥钞老子给你烧美元，只求你放过我，全烧一万元一张的。哪里找什么住院的女人，在江里咧！全是哄我的……

“我算了下，要八千多块，单子全在这里……”

公胡子不能收，他要推脱，那些纸条谁知是不是阴间的东西，等他回去一看全是冥钞也说不定，沾这个晦气的。他不能。他已经被这个家伙逼到墙角去了，他的后头就是孙太婆蓄粪的厕所，臭气熏天的厕所。他已经靠近了那个小门，有半截破红布的门帘，好像是一条宣传武汉精神的标语。他踏到了那个臭烘烘的缸沿，踩到了污水。他马上要被这个家伙挤倒在粪缸里了。

“滚，你想诈老子！”他喊，他调整身子。

“你蛮凶咧！你把我害惨了你有几狠噻拐子？我们现在一起去跳桥算了，我不想活了！……”

这人黏上他了，他快要站立不稳了。这人的头拱他，是要让他吃屎的，让他一脚下踏空……

“你好恶躁，嘎巴子野猫精！妖精！”他在扶那个摇摇欲坠的茅厕柱子时抓到了那块红布，顺手就把它缠到了这个人的颈子上，缠了一圈——他要站稳，只能死死拉住，甚至两只手都拉住了。他再狠狠拉，像给绳子打结一样。红布薄是薄，但扯不断，非常结实。只有几下，那刚才恶躁喊叫的人就嘤嘤呜呜不出声了。你拼得过我！他是个工人，他很有劲。他终于站稳了。他哈哈大笑起来，看到这个人在他的面前贴着他慢慢软下去，歪倒在肮脏的茅厕门口。

三天以后，在看守所里的公胡子得到通知，他儿子被送进了医院，荆州籍所长派了个政委亲自来看他，说感谢他的检举，那三个少年犯还查出了更多虐待他人的犯罪事实，个别年轻警察也在等待处理。儿子得救了。戴着脚镣手铐的他，终于睡了一个安稳觉。

农妇·山泉·有点田

一

以下的故事有些我知道，有些我并不知道。不知道的事情都是我哥哥梦中告诉我的——一直以来，我都以为我与我哥哥有某种灵犀，仿佛是一个人似的，谁叫我们是孪生兄弟呢。事情的来龙去脉大致是这样的：

三年前，母亲死了。母亲在田里干活，一块石头砸下来，死了。当时还请了山下很好的老中医来看过，喝了大粪和童子尿，母亲还睁开了一下眼看了我们哥儿俩，后来就死了。母亲死后，爹疯了一阵子，把田里的庄稼全拔了。我跟哥哥商量着就准备出去打工。我们山谷有不少人在河南挖煤，我们也准备加入那个队伍。给爹说了，爹那时候吃了些药，病情控制住了，点点头算是表示同意和给我们送行。我们从羊家村出发，沿着落羊溪河岸，跟在一群光屁股的纤夫后头，一直走到十堰，再坐火车到了河南挖煤的地方。

走的时候，鲍家姊妹一人给我们绣了一条汗巾，说是擦汗的，上面绣了些喜鹊梅花的图案，当然也像是樱桃。每到春天来临的时候，哥哥就拿出那汗巾说樱桃开了。因为鲍家门口有一棵山樱桃树。樱桃开花早，花事很盛。每当樱桃开花时，一定是春雷滚滚的三月，细雨润物的三月，哥哥就使劲地抽着鼻子说："樱桃的花好香。"他一定会丢下手中的农活去看鲍家的大女儿鲍早霞。

哥哥拿着汗巾说了三年，三年没回去。这怎么也说不过去，然而事实如此，甚至三年没有和自己的意中人通书信来往。但是有一次，爹来鬼鬼祟祟地看过我们，后面还跟着一个派出所所长的老婆。那个女人是我们出了五服的三表姑，我们叫秀三姑。爹见了我们，劈头一句话："还活着啊！"这是什么话！爹说是随秀三姑来河南办什么事的，要我们给几个钱。爹的疯病好了，这是我们高兴的。还带来了鲍家早霞晚霞的口信，说是希望与我们哥儿俩尽快把"会头过了"（就是办喜事）。哥哥很高兴，说总得把房子修修，两张新床总得打吧，就给了爹五百块钱。爹拿着钱就与秀三姑一起走了。

回去的时候，情况并不是这样，爹跑了。爹扔下奶奶一个人孤苦伶仃，跑了。哥哥走进自家房子里的时候，房子歪歪欲倒，就像全家人都去城里打工去了一样——凡是全家去城里打工的人家，房子都是这么一副七歪八倒的破相，门前荒草丛生，草中小兽扒出的浮土成堆。还不止这样，哥进村的时候人们一副难看的眼光看着他，说："大双还是小双？"当证实是大双之后，又说，"活着呀？你究竟是人是鬼？"热气腾腾走得大汗直冒的哥哥惊诧得不行，我不是个活人吗？他就说："我不是个活人吗？"那些人说："唔。真还活着哪。"他们握他的手，手上是热的，还一股子狐臭味，这是大双小双。他们说："唉。"哥哥万分不解。可一想也是，山谷里有几个死了。到煤矿活着回来也不易。就给他们说："我跟小双下矿井，是分开班次的——他下我不下，我下他不下，万一有事，总有一个可以回来。"可他们说："说是你们两个都死了。"

咒人死的人不得好死。哥哥心情极坏地走进屋子里，从黑暗中伸出一双死尸般的手，还有个死尸一样的声音说："大双，是大双吗？大双真回来了？……"这就是奶奶。奶奶已经没有了人形，花白的头发一团一团的，没有牙齿支撑的嘴巴和腮部，已经变成了泄气的皮球。奶奶说："给我口水喝。"奶奶说，她有三天没吃没喝了。没人给她吃喝。她摔了一跤，爬不起来了。奶奶说，她经常挨饿，经常病，起不了床，就这么饿着，连家里的狗也饿死了。

可人是顽强的，奶奶虽然三天没吃没喝，却吐字清晰，看人准确。如果不是哥哥回家，她不会三十天没吃没喝吗？就算三十天没吃没喝，奶奶还会活着。这就是咱山里的人，跟石头一样坚强的人。

爹不见了，修理过的房子呢？新打的床呢？没有。哥哥就说："奶奶，我是给爹五百块钱了的啊！"奶奶说："鬼的钱，连一头猪都被你该死的爹背走了。"

"我跟您去找您的儿子奎友回来！"哥哥说。

他就去村里问，看爹奎友是到哪儿去了。走出门去，狗都咬他，都是些新狗，不识人。有一家人家正在放鞭，听说是生了娃儿，请客坐流水席，派出所所长也来了，就要我哥大双去喝一杯。大双盛情难却，上了二十块钱的人情，正准备进屋，派出所所长出来了，姓艾，大家私下叫他艾滋哥，脸上长着许多疱疹，鼻子发紫，牙齿发黑，常年吞云吐雾，连舌头都是黑的。这个长我们一辈的派出所所长见到我哥哥，眼睛睁得大大的，嘴咧得开开的，牙缝里夹着绿莹莹的蔬菜，说："鬼啵？"

我哥哥吃得很难受，艾所长又拿很难听的话取笑他，主人看派出所所长的面子，赔着笑。派出所所长说的很恶毒，大意是说那么多人死在窑里了，你为何活着回来了；还说，说死的没死，没说死的死了。

我哥哥当时还是蒙在鼓里，直到他去了自家的田里，才明白了事情的真相。他走到自家地头，有两亩多上好的阳坡地，一挂流泉从石上逶迤下来，田土被泡得松松的，苞谷苗比别人早出半个月。田里果然出了苗，迎风摇曳，绿得让人直想流泪，想都没想究竟是谁种的，爹或者奶奶。可有人从山石背后钻出来了，竟是邻家的梁毛子。

"大双小双呀？"

那梁毛子竟一屁股跌坐在地上，眼睛直了，好半天吐出一口气来，摇摇晃晃站起来，拿上锄头，说了声："我中了圈套了！"就飞也似的跑下坡去，眨眼就跑得没影了。

我哥哥甚为吃惊，恰好上来个打柴的人，就问刚才梁毛子为何躲着他，说什么中了圈套？那人想了想说："可能是他见你回来了，这田又要回归你名下。"我哥说："这田给了梁毛子？"那人说："哪不是，都说你们死在河南了咧，你爹疯了也不见了，田就给了毛子种了，这可是一亩顶十亩的好地啊，哪能闲着。”

我哥望着碧绿的苞谷苗，这地成了他人的地。我哥哥前思后想，不是个滋味，地旁有妈的坟，坟塌了，青草黄草杂乱，我哥哥就跪在妈的坟前好一阵痛哭。哭过之后又用泉水洗了一把脸，决定去野羊尖鲍家。

二

应该是第二天。

应该是第二天吧。这天夜里，雷声轰鸣，好像世界要翻覆过来一样。我哥哥是送走了梁毛子，雷才开始打的。梁毛子是个可怜虫，爹死得早，娘又再嫁了。娘想管他，后爹打他，从小在外乱窜，与我们年龄相仿；后来是被他的舅舅找回来的，村里二轮承包已经分完了地，村主任就说等谁死了划地给你，就要他吃百家饭，像个小康工作队队员一样，吃派饭，到了吃饭的时间，只消拿个碗去别人家就行了，点着吃，有腊肉吃腊肉，有活鸡吃活鸡，你若不干，就找村主任来，大家恨死他，巴不得他得急症死了，或吃鸡让鸡骨头卡了喉咙。奇怪的是，那几年村里没死一个人。可如今回来，我们哥儿俩成了死人，田给了梁毛子。梁毛子怕我们哥儿俩，那时因他偷吃我家一只鸭子，揍过他，揍服了。梁毛子就来给我哥哥说：“地我退了，损失我找村主任算去。”还给我哥拎来了一块麂肉。后来雷就打起来了。

这个晚上的雷声是我哥哥听到的最不安的雷声。在我们落羊山谷，是个雷暴多发区，只要打雷，那一定是惊心动魄，电光闪闪，火球滚滚，树啊，人啊，畜啊，谁沾上谁亡。雷本来是最好的，漫长的冬天过去后，雷会把阴暗潮毒的秽物彻底打跑，让阳光春光回到这遥远的山谷，让河水解冻，土地酥松，墒情爆发，万物昂扬。听着这山谷的雷声，还夹杂着雨的欢歌，躺在暖和的被窝里，重回故乡的感觉应是无比安逸的，就像一首歌所唱，像回到了母亲的怀抱。可我哥哥听到那尖锐严厉残忍的雷声，就像是自己的心肝放在磨刀石上来回揉搓撕刮一样。风在狂烈地吹着，下起了冰雹。雷还不走，在村子上空无耻流连，像个无赖，寻找着下手的目标。

我哥哥认为这雷是冲着他来的——有一会儿他这么想，可我哥哥没有找到他被雷打的理由。我哥哥跟我一样，都是个善良的人，三年暗无天日的煤矿生活，在坚持不下去的时候，我们就会念着“农妇，山泉，有点田”互相鼓励，这一切，都是为了这个目标，赚点儿钱，回家娶个媳妇，养儿、种地、过日子去。

第二天，是雷暴过后的寻常日子，天晴了，田野和山谷清亮过人，云彩像洗晒过的棉花，远处的山峰历历在目。而且植物的气味会更重，开花的花蕾只要晾干了水珠，就会绽放出来，碧绿的叶子会更清纯，像少女的羞涩。猪在烂泥里叫得欢，牛铃的声音亮晶晶的，村庄像天堂一样干净美丽。哥哥向野羊尖走去时，在路边看到一棵被雷劈断的巴山冷杉，烧得黑乎乎的。他的心情本已经被早晨弄好了的，看到那树，又惴惴不安起来，并且心跳突然紊乱，这时，就看到了鲍早霞，我未来的嫂嫂。

我未来的嫂嫂为什么这样子呢？我未来的嫂嫂烫了发，还染了，染得黄麻拉叽，嘴巴上亮晃晃的，好像拔过胡子一样，一看就是个妇人。最要命的她是从山下来的，敞着怀，两个松松垮垮的乳房在毛衣里乱窜。我哥哥怎么想呢？我哥哥想过一千次，看到的早霞应该是像初升的早霞一样出现在樱桃树下，眼波如泉水，微露尖细的米牙，可能会对着山下唱两句晃晃悠悠的山歌，一定要带着让人心痒的神秘和调皮，当然了，还会有一丝他所理会的放荡。一个女人不放荡，就简直不是女人。

哥哥说：“早霞！”

那早霞正埋头爬坡，听到一声熟悉的唤她名字的声音，就站住了，抬起头，看到逆光里的我哥哥，大双。

“你……你！……”

早霞盯着哥哥，上前来，抽了他三个耳光，说：“是真的？”

早霞的手打麻了，一下抱住我哥，悲也似的大哭起来，还找他的嘴，要亲吻他，安慰他。

我哥哥被她的动作搞得连连后退，差一步就要退到悬崖边摔下去了。我哥哥推开她，远远地打量她，带着愤怒和遗憾打量她，说：

“你从哪儿来的啊？”

“我问你从哪儿来的？”

“家里。”

“我也是家里。”

“下面？”

“下面，你还活着呀大双，我已经死了，我嫁了个老公叫艾滋！……”

这是一个晴天霹雳，一个晴天霹雳就是早霞的话。

他们互相搀扶着上了野羊尖，野羊尖的樱桃蔫了，野羊尖的鲍家老屋，弥漫着一股腐臭，他的未来的弟媳——晚霞双腿溃烂，眼睛已经瞎了。

“……我每天早晨都要上山来，取下在树上接的露水，为晚霞洗眼睛和双腿的。”

早霞从那要死不活的樱桃树上，拿下一个大盘子，那里面存积着晚上收集的露水，来给晚霞洗眼睛。可是晚霞在号叫着，捂着她的腹部，她萎缩的双腿流着奇怪的黄水。

我哥哥越来越感觉不到真实生活的刺激，他像在噩梦中迷路穿行一样，听着一个年轻女子的怪号。另一个花枝招展如女妖的女子手拿着从山上承接的露水，为这号叫的女子擦洗着眼眸和身子——而这女子已经病入膏肓。

“哥哥，大双哥哥……”这个女子喊他，声音带着痛感。

“你会好起来的。”

这时她们的父亲，一个瘸腿的老男人蹲在门槛上悲声大哭起来，手捧着干瘪的脸腮。他这一哭，把我哥哥弄得更加惶惶不安，心里尤其难受。

“啊呀！……哇呀！……”

狗也汪叫起来。

“没有用了，怎么都治了，没有用了，家产都败完了……”早霞伤心地说。

后来，因为那个老男人的哭声止不住，早霞也被勾引了，哭声从喉咙里冲了出来，同时捶打我哥哥的肩膀：

“你呀，你呀！砍脑壳的，都怪你们两兄弟呀！……”

事情是：在我们去河南打工的第二年春天，樱桃花开之后，早霞就想去找我们。于是姐妹俩就去了河南。可找不到具体的地方，只好坐火车回到宜昌，在宜昌碰到一个神农架的熟人，那熟人就神说鬼吹地要姐妹俩去福建上班，说是一个月吃了喝了一千块钱，还不加班。早霞不为所动，晚霞动了心，就与几个兴山、秭归的女孩子一起跟那人去了福建。在一个小鞋厂里上班。没想到半年以后就开始头晕、呕吐、肌肉发颤、萎缩、视力下降。没撑到年底就回来了，回来眼就看不见了，不能正常走路了。后来找对方赔了三万多块钱。这钱治病也花完了……

早霞讲完这些，无望的、无神的眼睛看着门外，解冻的泉水在屋后流向前面的悬崖，发出欢跳的碰撞声。春风像一个孩童，在森林里左一下右一下地奔跑着，躲藏着。那声音像一个遥远的梦境。

我哥哥说：“是所长带你去要的钱？”

早霞说：“是。”

我哥哥说：“是你们两个去福建？”

早霞说：“是。”

我哥哥说：“那时还是你干爹。”

早霞说：“是。”

我哥哥说：“那时就出血了。”

早霞说：“大双，你说什么呀！”

“他要你出血，我也要他出点儿血！”我哥哥咬牙切齿地怒吼道。

“我有血吗？”晚霞问，后来她又坚持地问了几声。

门外的春风依然和煦，还带着阳光的明亮。狗这时向山冈狂吠，他们看到山冈上出现了一些从冬眠中醒过来的野兽的影子，也许是熊，也许是别的。反正，春天来了，这是事实。

“……当时，都说你们兄弟死了，瓦斯爆炸。四呆就来找我提亲……”

“哪个四呆？”

“老艾的侄子，咱们的同学，毕四呆，毕家山药材场的。每天死缠，还唱歌，彩礼都挑来了。老爹就要我求老艾，找人整了三桌酒席，拜他成了干爹。老艾就应允了，就把四呆抓去了……”

“打了吗？”

“那还不打。”

“现在他在哪儿？”

“好像在巴东长江码头挑磷矿粉……”

三

我哥哥感到他成了无家可归的人。就在这天，在这野羊尖上，望着茫茫的、乱石滚滚的落羊山谷，四周的山峰直插云天，野羊咩咩地哀叫着，狂乱的春风在河谷里奔窜，四处驱赶着那些好好的腐叶和陈年的果球。成群的苍蝇和蝴蝶在寻找着花朵，忧伤的山歌从一个牧羊老汉的嘴里混浊地发出来。

他在一个路边酒店喝了两杯苞谷酒。那可是咱山谷地道的苞谷酒。他想先去找父亲，我们的爹奎友。想问问那土地的事，毕竟爹是户主嘛。

爹就藏在山里面的毕家山药材场，与那个老艾的老婆秀三姑过。

我哥哥从一个死火山的底部往上爬，看到了许多搅乱心思的鹰，它们的爪子上都抓着猎物，不是蛇就是兔子，或是小羊。这时候，他看见一只鹰和一条蛇在空中搏斗。那蛇虽然在老鹰的爪子下，可身管粗大，死缠着那鹰，鹰突然摇摇晃晃起来，忽高忽低，最后一头栽了下来，栽倒在死火山口里。“它被毒蛇咬了！”我哥哥这么想时，就想人是要反抗，要毒一点儿，要咬那些浑蛋一口。他想，如果我什么都没有了，连老婆都被别人占了……

我哥哥带着混乱的大脑和疲惫的身心走到毕家山药材场。这是一个十分偏僻的山坳，在巫山雁门口的旁边，平常只有采药人和猎人才会踏足此地，可它也生长着奇花异草——它们全是上等中药，如党参、灵芝、三七、雪胆、红景天等。山上依然有残雪，因为这里海拔很高，空气凉飕飕的。他后悔不该让早霞回去，如果让她陪他来见爹，兴许心情会好一点儿，他没有想到为什么艾所长过去的老婆会跟爹在一起。直到走到村口，碰见许多恶狗，他才突然想到这个问题。可一个带路的老头却不走了，说：“你自己往里走吧，千万别说是我指的路。”我哥哥问：“为什么？”那老头说：“如果我把陌生人带来找他们，特别是那秀三姑她是要把我撕烂的，她沾染了一些坏习气，还以为自己是所长老婆呢。”

我哥哥走进村子，在一个山坡上的一间木屋里找到了我爹。我爹见到我哥，面部肌肉开始抽搐起来，好像疯病要犯了。这时秀三姑进来了，用身子挡住我爹，恶狠狠地对着我哥哥说：

“你想干什么？”

我哥哥说：“我的地没了，我们的地没了。”

那秀三姑说：“我的家还没了呢。”说完就扯下自己的衣服露出两个煎蛋般的垂奶来，“这都是老艾打的！”

我哥哥看到秀三姑胸前、背后，全是紫色的伤疤，乳头都好像咬掉了半边。我那爹这时也站出来说：

“你想让老艾来抓我们？”

据说我爹操起小薅锄，就来薅我哥的头。他已经是愤怒和烦躁到极点了，终于疯病犯了。我哥躲闪不及，肩膀终于被他重重地薅了一下，当即差一点儿倒在地上，那后果就严重了，会让我爹把我哥碾成齑粉，薅成烂泥。我哥哥跑出门去，门口的钉子把我爹的衣裳挂住了，他在那儿挣扎。秀三姑这时不拉我爹，反倒教训起我哥哥来：

“你要娶的那个小骚货啊！天底下没见过这么贱的贱人！你不去找他们来找我们哪？你不能把那贱人鲍早霞一顿死打？”

我哥哥说：

“我凭什么打她？你还不是跟我爹跑了。”

我爹挣脱不了钉子，暴跳如雷说：

“大双，有种的把老艾杀了！”

我哥哥说：

“应该把你杀了，你诓走我和小双的五百块钱，你为什么不告诉我们真相？

你还把奶奶丢下了，把家里的承包地丢了——我们明明活着，你为什么不告诉村里？你现在在这里逍遥自在，真不要脸！”

看热闹的人多了起来，全是那些种药材的临时工，有从陕西来的，有从重庆来的，有从四川来的。我哥哥看那些人巴不得他们父子打起来，没一点儿劝架的意思，就捂着受伤流血的肩膀赶快溜了。

那天晚上我哥哥躺在山上的一个岩洞里，呜呜地哭了一场。天气很冷，他决定还是到野羊尖鲍家去，去候早霞。他怀揣着五千块钱，是准备回来与早霞办喜事的，这钱带在身上，像一钵开水，让他很不自在，生怕碰到了打劫的，就是不怕死豁出去了，自己身上没有家伙，对付不了别人，钱抢走了不说，说不定还会赔一条命去。

他不想死，我哥哥。还没有到非死不可的地步。这一步是很难达到的。在煤矿里三年，每一天都是在地狱里煎熬，现在青天白日，更没有理由去死。我哥哥捡了根粗大的棍子，摸夜路上了野羊尖。还好，还没碰上坏人和野兽，跟鲍家父亲挤了一夜。第二天，早霞又来了。

再回过头来说这一夜。这一夜也是煎熬。

晚霞的号叫声那是相当瘆人的，如果只是与她在一起，你一定会吓个半死。在这荒山野岭，一个年轻女子的惨痛声音忽高忽低、忽大忽小、忽亮忽哑，你怎么也睡不着的。如果要说有鬼的话，这女子就是鬼，活鬼。可另一头的她爹却睡得相当瓷实，呼噜像深沉的林吼，非常有节律。我哥哥爬起来，帮晚霞揉肚腹，给她糖水喝。他看着这个瞎子，这个未来的弟媳，心乱如麻。他找到她爹的烟叶点燃了一锅，吸得呛咳不已，又拨燃火塘里的火，坐在火边望着柴棍在火里燃烧，发出好听的声音。他想，就是为了弟弟，也要把她送到医院去医治，不然弟弟回来会怪罪我的。这五千块钱也没啥用了，如果给晚霞，治得稍好一点儿，让早霞感动一下，回心转意，日子还是不错的，我不在乎她跟谁结过婚。在神龛上面的相框里，有早霞和晚霞的照片。那个扎着辫子的、围着围巾的、被照相馆的强光照得小了一圈的早霞，就是他心中的仙女，认定了的老婆。他还无法接受这个现实，早霞成了他人妇的现实。

他还抱着一线傻乎乎的希望，一切都会回到过去。

“应该给她治。”我哥哥对早霞说。我哥哥突然从怀里拿出那一个用煤矿的信封装的五千块钱，放到桌子上，同时扣着衣扣说：

“这些钱总能治治的。”

他拿这些钱出来的时候，早霞看见了他的每个手指甲周围还有无法洗去的煤迹，指壳肥厚怪异。他的鼻子两边也乌黑。早霞不同意，早霞说：“那是花冤枉钱，谢谢你的好意。这钱我们鲍家不会要你的。”她还说：“我没欠你们的，没收过你们羊家的半分彩礼。”这很对，可我哥哥铁了心。越是这样推辞越让我哥哥坚定了决心。钱就这么定了，下一步就是行动。他背上晚霞，就这么背上了晚霞，往山谷里走去。

四

也许是绝望吧。我想。我哥哥那时一定是绝望，三年等来的绝望。不过他这样想，三年前早霞晚霞都像照片中一样水灵，像两棵鲜嫩的白菜，一碰就碎。可现在呢，一个嫁了个长辈，一个残败了。神农山区的妮子们可一个个都是水灵灵的，水好，皮肤就好，然而走出去，什么也没换回，却换来了一身残败；外头就是残败你身子的啊！我哥哥背着晚霞，背着一个腐臭的身子，一步步的，哥哥背着她往县城走去。

景色是依人的心情而出现的，或者说什么样的心境就有什么样的景色。落羊山谷的雾上来之后，就是雨下过了。这儿的植物绿汪汪的，茶坂上，满是那种给人营养的奇特芬芳，仿佛死在这里也可以。牛踏着方步向山冈上走去，咖啡红的身子平稳如船。赶牛人和他的牛，被初升的太阳拖着长长一线，一直拉下山谷去。云彩像一群在草原上散步的白色大象。我哥哥的心情，随着一股烧砖窑的白烟，优美地上升。这一切，因为他的旁边，还走着早霞。

群山像蓝色的波浪凝固在远方。

我哥哥心甘情愿地背着。因为伏在我哥哥的背上，加上这广阔的山谷有春风滋养，芬芳扑鼻，空气里有着撑胸扩肺的活力素，晚霞安静多了，人也有了一种山野的轻松。

“大双哥哥，我们真是到县城去吗？”晚霞问。

“我们正是，”哥哥答，“正是往县城走的。”

“我们正是往和尚岩和黑松峡走吗？”

“我们正是往和尚岩和黑松峡那儿走的。”我哥哥说。

“这样就会近些。”哥哥说。

“姐姐，是这样吗？”

“正是这样。”早霞答道。

太阳像一盆沸腾的铁水升上了天空，一只鹰像一片黑乎乎的树叶被气流卷上天空，土地在翻腾着身子，万物在心底里放声歌唱。

太阳一定是很红的，光也很红，不然晚霞不会说出如下的话来——

“……大双哥哥，如果我死了，就让小双送一件红毛衣给我上路啊！……大双哥哥，小双一定不知道我病成这个样子了，好丑。千万别告诉他啊！我死了也别告诉他，就捎信给他说，我想穿一件红毛衣去看他……”

我哥哥大双流着泪，回答着她的话。早霞在一旁也不停地抹着眼睛，并用手帕堵住嘴，怕哭出声来。

“可是我要回去。”早霞说。她拿开那堵嘴的手帕。

“你不能离开晚霞。”我哥说。

“她总是要死的。”早霞说。

那时他们坐在石头上，晚霞在一边躺着。

怎么劝，早霞也要回去，因为没给老艾说。

“他一定会抓住我们一顿好打，说我们私奔了的。”早霞说。

“莫非他就总是害人吗？”

“反正他也不会成全别人，除了他自己。”

“警察的心都这样吗？”

“有几个像他这样。”

“那你为什么还要跟他呢？”

“不跟他跟你，你也会打我，会一辈子不原谅我。”

“你怎么知道？”

“天底下的男人不就是为那一下戳出女人的鲜血来吗？”

“我不，还是跟我吧早霞，我会原谅你的，我回来就是要跟你结婚的，我盼了三年，当牛做马赚了三年钱，就是为了和你成个家，过一辈子的。现在我什么都没有了，你就这么狠心丢下我，让我成个光棍吗？”

“你会原谅我跟一个四十多岁的男人睡了？假如你什么也不知道，假如我没有答应跟老艾结婚，把那一夜他强迫我的事马虎眼打过去了……”

“我会！我保证会！”

“让我回去吧，大双，我现在是别人的人了，有我的家，不能跟你一起去县城。”

“是跟晚霞一起。”

“她就是具死尸，饶了我吧，大双，我对不起你！……”早霞朝我哥哥跪了下来。

“我不会放你走的，”我哥哥说，“为了晚霞。”

他们继续往山谷里走。

脚步是机械地向前迈动的。他们走得很快。应该是他，我哥哥。如果这么走，要三至四天才能走到县城。我哥哥不知道下一步怎么办，他认为只有走，只有不停地走，才能把早霞拉到身边，只有背着晚霞，早霞才会跟他走。

如果说这叫绑架的话，这也可以说叫绑架。把她绑在一个垂死病人的身上，让他们三人同归于尽。这样就渐渐地清晰了：绑架，或者同归于尽。

我哥哥过去是一个十分软弱的人，在家里都让着我八分，在哪儿都是忍气吞声的。可是三年的煤矿生活，当今天他站在早霞的面前，他掩饰了他一切的过去，一切的可怜，而是表现出他坚硬、跋扈、不容抗辩的陌生一面。这是煤给他的，地下三百米深的矿洞煎熬给他的，可以称这为苍凉。

太阳渐渐地往西山滑去，山谷的阴影正在扩大。他们正在向一个山洞爬去，早霞突然哭喊起来：

“我作算回不去了！”

我哥哥没有搭理她。他无法搭理，不好搭理。这时早霞又哭喊道：

“我算完了！”

“他又能把你怎样？莫非你就没一点儿自由吗？莫非给你妹妹治病他也不行？”

他们进到一个山洞，电闪雷鸣，天要变了。接着天像锅底一样黑起来，雨就从林子深处向这边卷过来，风雨如磐。

好在洞里还有一些采药人来不及烧完的柴，我哥哥把柴拢成一堆，点燃了火。

没有吃的，早霞去洞口接了些雨水自己喝了，再给晚霞喝。

“这样，还不到县城，晚霞就给冻死了，”早霞说，“她会死得更快。”

“那你回去吧。”我哥哥对她说。

“还回哪儿去？这样的天，这大的雨回哪儿去？你让我摔死，喂野牲口？”

有时候人是认命的。让一个女人认命，其实很简单，只要你横蛮一点，只要你不顾一切。女人毕竟只是女人。这样他就有些心疼早霞和晚霞。这么冷的天，我把她们弄出来做啥哩？我这不是害了她们吗？我为什么要这样？

没有小柴，只有烧不燃的大柴湿柴，洞子里弥漫着令人窒息的、催人泪下的柴烟。我哥哥想给她们去弄点儿吃的，或找一些干柴，看来这都不可能了。洞外是昏天黑地的雨，雷暴变得越来越激烈，金钩闪电到处撕裂着天空，天空碎了。晚霞因为惊吓，又冷又饿，发出了被超强凌辱掐扼的嘶叫声：“哎呀！哎呀！哎——呀！……”——这洞里有鬼！

两个好人不知道把病人怎么办，况且他们早已精疲力竭，头昏眼花。在惊雷声中，传来了隐隐的野兽的吼叫，号叫。

两个好人——我哥和早霞恐悚地你看我，我看你。早霞还保持了她的矜持，总像个陌生人一样地与我哥哥保持着一种令人压抑的距离。可洞外林子里的野兽声十分顽固地在周围游来荡去，可能是在大声抗议这暴雨把它们的洞巢给毁了。

必须有火星，我哥哥就跪下来拼命地吹火，嘴都吹酸了，早霞也知道眼前的危险，也接着去吹。终于，火又恍恍惚惚地燃了起来。火能退兽。可没两下，又熄了，又变成了一缕青烟和更深的黑暗。

在黑暗中晚霞爆发出了空前的哭号声，声音穿出洞口，刺进森林里。早霞不顾一切地扑过去，去扪她的嘴。不能哭叫啊，哭叫引来了野牲口我们就完蛋了啊！

我哥哥知道她是去扪晚霞的嘴，接着就听见晚霞那憋气难受的呜呜声，又听见晚霞在地上四肢踢蹬，我哥哥揿燃打火机去看，早霞死死地捂着晚霞的嘴，眼里是竭尽全力的惶恐。那晚霞已被她姐姐捂压得没气了，脸已经成了紫色，像贴了一层茄子皮。我哥哥去拉早霞，说："使不得！住手！放开她！"可早霞就是不放，像按着一个坏人似的。就这样两个人你扯我拉。一个惊天炸雷在洞外打响了，一团火腾地冲进洞来，早霞这才放开晚霞，扑到我哥哥怀里，过了一会儿，才听见晚霞的嘴里吐出来一口气。

雷声偃息了。我哥哥因为太疲倦，就靠在洞壁上睡着了。

醒来的时候，发现没有了早霞。可是她的一件衣裳盖在晚霞身上。我哥哥走出洞去，分明看到有一串湿漉漉的脚印，正往山下的密林而去。

五

我哥哥欲哭无泪。他站在石头上，望着雷雨后格外清新的山谷，视野极其开阔，可以看得到镇子上的桥，搁在落羊溪上。蜿蜒的河水像一条银鳞闪闪的长蛇，游入目力所不及的地方，变成一片云雾。

晚霞在洞里呻唤着。他不可能把一个活人甩在荒野，让野兽啃吃，或是让她饥渴而死。况且这个人现在急切需要诊治，而且是他坚持要背出来，要去县城医院的。

现在晚霞成了他所有的负担。

"如果这么狠心，扔下了自己的亲妹妹……幸好没让这样的女人成为我老婆，否则的话，我生了病她不一样也把我扔掉了？老天爷长了眼睛！……"

他庆幸着自言自语地说。

他背起了晚霞，重又背起了晚霞。他说：

“阴错阳差呀，阴错阳差，让她跟别的男的去，让老艾……恶人自有恶人磨……”

他一路走一路嘀咕。

去往县城的路是如此的漫长和险峻。路上碰到了一对去县城照婚纱照去的山谷男女，每个人都穿着套装，容光焕发。

“这是我妹妹，我陪她去看病。”我哥哥这样介绍说。

那两个幸福的人将食物分出来给他们吃，那个男的并且脱掉了套装换我哥哥背。男的是个瘦高个，脖子很长，头发曲卷，女的却水灵丰满，身材适中，极有看相。有时，她的动作极像早霞，这使我哥哥的目光总会忍不住在她身上多停留片刻。他们是石砚村的。男的给我哥哥说，到县城里照了相背回来可不简单，婚纱照大概有这么大，还是玻璃。他比画着。我哥哥问到价钱，男的说，要两百块钱左右，贵是贵点儿，但一生就只一次。我哥哥说，你老婆这么漂亮，应该照几张好相。女的说，他还说我配不上他哟。男的就说凑合着过吧，漂亮也当不得饭吃。

“往黑松峡走，可有豹子。”女的说。

“我们四个一起，不会怕的。”我哥哥说。

路十分地险陡。两个男人费了好大的劲儿，才把晚霞抬过一个“鱼脊背”。那个即将的新娘自己走。

晚霞昏昏沉沉地在两个男人背上换来换去，头脑已不是很清醒，只是一路哼哼着。两男两女的身影，在这沉密的森林中转来转去，上上下下。

这一天晚上，豹子的叫声异常清晰。

我哥哥守着晚霞，把衣裳全给她盖上了。那一对新人依偎着睡在一起。在火光中，那女孩的脸越看越像早霞。多么甜蜜安宁的一对。人这一辈子没有事最好，就像他们，什么事都没发生，就叫幸福。他听着那对幸福男女的鼾声，望着垂死挣扎的晚霞，心想着早霞会不会良心发现，追来与他一同行走呢？莫非她就真狠心不要这个妹妹了？

松林中的月亮正在像一只气球往上浮升，山冈上传来了麂子的忧伤的呼唤。麂子的叫声总像一些唤母亲回家的声音，十分稚化，喉咙窄嫩嫩的。娃娃鸡也在哭叫，也像柔弱的娃子。好像这个世界有许多孤儿在黑夜里迷失了一样。没有什么凶狠的东西在这个春夜行走，除了一两声粗壮野蛮的豹吼。很可能是因为它们在争夺母豹吧。

他想着早霞，我哥哥。他浑身疼痛地想着早霞，如果她也依偎在我怀里，交颈而眠，寒冷是不算什么的。可现在很冷。奶奶还没有吃的，卧床不起。我这是不是忒自私？我这么做，莫非真是想救人一命，胜造七级浮屠？我不过就是想做给早霞和她们的爹看，怀着卑鄙可怜的希望想让她心回意转……

半夜时分，晚霞冻醒了，也清醒了许多。她问我哥哥：

"我们还是去县城？我还有救吗？"

"你会有救的。"我哥哥说。

"你一定会好的。"那两个被吵醒的男女也说。

"可我姐姐去了哪儿呢？"晚霞这么问，睁着坍塌的眼睛问。

"我就是你姐妹。"那个女人说，用手摸了摸晚霞只剩下骨头的脸。我哥哥看见那个善良的妮子——未来的新娘哭了起来。

月亮像一面金黄色的旗帜挂在了天空，在碧海似的天上飘着。未来的新娘安抚着晚霞，拍着她的背让她睡去，两个男人睡不着，就抽着烟说着话儿。我哥哥问他家里种了几亩地，那男的说，有六亩地，我们那儿山高些，三月底才下的苞谷种，用薄膜。鄂玉2号能耐旱，忒好。另外三亩种了党参——那地正在东南向，天生是种党参的，现在又不交农业税了，种啥都自己得。"可党参也要肥要水啊。"我哥哥说。那男的就说他们村领导是做事的人，专门引了山上的泉水，每块田都可满灌，水是不愁的。"现在'房党'（房县党参）也用大棚栽培了，我家两个大棚。"那男的说。女的插过来话道："明年就要搞到四个。"男的说："明年就要添口了，不发展不行了。"女的说："咱还没嫁过去呢，你就晓得添口？大言不惭！"男的嘿嘿笑说："迟早不是咱的人，婚纱照都要照了，你还敢嫁别的男人。"后来，两个男人又讨论党参怎么烘干能得原色（白黄）佳品，不知不觉，天就亮了。

他们继续行走。

依然是两个男人轮流背着。就像老话说的，天有不测风云，人有朝旦福祸。在过另一个“鲫鱼背”时，已经把晚霞都背过去了，可那个未来的新娘子却一步没踩稳，掉下了悬崖。

人是死了。好在翻过了鲫鱼背就是一个小村庄，有几户人家。喊来村民，大家到崖底把那个女的背了上来，男的哭得几次闭了气。我哥哥和那个男的各出了二十五元钱，雇了匹骡子，配了两个箩筐，一边装死了的那个准新娘，一边装没死的晚霞。

穿过三十里黑松峡，再走四十里雷刺爪子湾，才到了县城。到了县城，先把晚霞放在县医院门口，那男的就说：“大哥，我直接去火葬场了，这照婚纱摄影的钱想必是能火化一个人的。”这可怜的未来的新郎在县城的街头找了两块大灰砖放进另一边筐里，问清了火葬场的方向，就赶着骡子走了。牵骡子的人在前头，他跟在骡子的屁股后头。望着那个善良的男人，我哥哥一句话也没说。那男的后来又回过头说了一声：

“大哥，她娘家人以后若问起来，你可做个证啊！”

我哥哥终于说：

“我老婆也等于是死了，她跟艾滋病结婚了——就是她姐姐！”

他驮着晚霞。我哥哥站在县城的大街上，他感到他背着的不是别人，而是思绪纷乱一团乱麻的自己。

六

晚霞是到医院的第五天死的。

一路的颠簸，惊吓和风寒，晚霞又患上了肺炎，这样的人哪经受得起如此蹂躏。在输液的时候，不声不响地就死了。我哥哥看着滴液不动了，就去摸晚霞的手，手冰凉，再看人，已经没气了。我哥哥想可能是他害死了她。

可安安静静死在医院里，也比疼死在那野羊尖的屋子里好，至少，这种死会受到关注。那么多医生、护士和护工会说，这个人死了，这一床死了。还有化妆的人，还有火葬工，都会关注这个人。不声不响地死去是最没有味道的。

那个化妆的老头把她画得很好，很健康，涂了胭脂。那个老头都说，按现在城里人以瘦为美的标准，这妮子是个大美人。

我哥哥去县公安局，终于找到了野羊尖派出所的电话。到第三天，他在太平间的门口，等来了艾所长和早霞。

艾所长夸奖他：

“你可是个活雷锋。”

我哥哥指着冷冻柜子里的人说：

“她可是我弟弟的女朋友，我的弟媳妇！”

一句话义正词严，不多不少，恰到好处，弄得艾所长一脸无奈，只好去县公安局叫车，还让县局办公室送来了一个大大的夸张的花圈，极尽奢华。花圈的白色挽带上还写上了晚霞的全名，后面还加上了“同志”二字，另一边则写着“县公安局全体干警敬挽”。后来，艾所长又自己掏钱买来了一个同样的花圈，这次写的是“落羊乡派出所敬挽”。后来他打电话，又叫来了一个送花圈的歪嘴歪牙的人，上写“落羊乡个体工商协会敬挽”。我哥哥代表他的弟弟也就是我，到商场给晚霞买了一件红毛衣，了却了晚霞生前的一桩愿望。晚霞穿着红毛衣进了火化炉。过了两个小时，我哥和早霞等到了冒着热气的晚霞的骨灰。早霞用一个铝皮勺往骨灰盒里盛着骨灰说：“人真是没一点儿意思，到头来就这把骨渣子。”我哥哥说：“你很有意思啊，所长的夫人。”早霞说：“最后还不就是一把骨渣子吗，大双，看远些，找个好的去。”我哥哥说：“我就要你这把骨渣子。”早霞叽叽一笑，装好了骨灰，盖上盖子，站起来说：“好了，终于不叫唤了，我妹妹也不会再麻烦你了。我代她感谢你。”

“我们哥儿俩一个也没得到你们姊妹俩。”

早霞掐了我哥哥一下，又把他的手捏了一下。

他们把晚霞的骨灰盒放到我哥哥住的医院招待所，老艾到县局接受宴请或者请局长去了，早霞就说埋到那山上去算了。她指了指窗外的山坡。我哥哥说为什么？早霞说老艾不同意带这个东西一路回去，这怎么都晦气。我哥哥就说，我把她背来的，我把她弄回去算了，弄到野羊尖，让你爹看看再埋下。

“这怎么行啊大双！”早霞叫起来，“大双你是个好人！过去我咋没发现！……”就一把掀开自己的上衣，痛哭流涕道：“你看，全是老艾烫的疤，那天晚上没回去，他往死了打我要我承认是与你睡觉了的。”

我哥哥看着早霞捋起的胸前，果然有不少的新疤，像刚刚烫的，用烟头烫的。他又想到秀三姑身上。早霞白爽爽的胸乳，错落有致，该红的地方樱桃果般红，该白的地方香瓜般白，乳晕一大块又是紫檀般紫。我哥就握住了那乳房，就把头埋下去，就去吃。早霞这时突然热力起来，叽叽哇哇地快速脱掉上衣，又给我哥解上衣，又脱鞋、袜子、裤子。我哥哥与早霞狠狠地做了一回，还做了几个新奇的动作。做完后，早霞汗流浃背，说：“大双，你做过啊！”我哥哥说：“我这是第一次，把童男身给你了。”早霞说：“鬼信，你这么多动作，比老艾的都多。”我哥哥说：“是在煤矿看录像看的。”早霞又掐了我哥哥一把，说：“在我身上搞实习啊。”我哥哥想，终于让老艾戴了绿帽子，我搞了他的老婆！

他们做男女之事的时候，晚霞的骨灰盒就在枕头旁，似乎还散发着悠悠的热气。之后商量了把晚霞抱回去的事，老艾就来了。

我哥哥因为有了强烈的也短暂的身心愉悦，涎皮起来，就把他的愤恨表露出来，喊他：

“艾叔。”

“叫我所长。”

“晚霞我抱回去了，就不叶煞你了。”

“我已经做到仁至义尽。晚霞的钱是谁要回来的你知道吗？这么多大花圈不是我老艾的面子……”

每当我哥哥想说话早霞就去拦，叫着大双，她怕大双一时被兴奋冲昏了头脑，说出刚才的事来，或者流露出来，老艾是个老乡警，很精明。

“你凭什么要打早霞？啊？”

“大双！大双，你放什么屁！……”早霞拉大双。

“我打过她吗？她给你说的？”

“我没说，没说，大双你别瞎说啊！”早霞急得快哭起来。

“就算打了，她是我老婆，你还会管闲事咧。”

“她是你干女儿，你是她干爹，长一辈。”

“呵呵，老牛啃嫩草嘛。你到我这个年纪了也有这个想法——这是人性的弱点嘛。”

“你无耻！”

“我不跟你说。”

“你无耻！”

“我不跟一个毛头娃子说，我是有身份的人。”

“无耻的干爹啊！你可是我的叔啊，我们的叔啊！”

“大双，你莫烦了我。”

“你想怎样，叔叔？你已经把我弄烦了，把我逼到没有退路了，把我家逼到没有退路了。我爹是可怜秀三姑，收留她住了一夜，你就说捉奸把我爹他们捆起来，你就有由头把秀三姑一脚蹬出门去，好娶早霞，我爹也没脸回村了，并且说我们哥儿俩死了，你霸占了我女朋友，让村里收了我们家的田地。你要还回我们家的那两亩多地来！”

“你怪人不知理哩，摸错了码头。村里收你家地的事你找村主任去，找我呀？你莫弄烦我……早霞又不是我抢的亲，你真莫惹我……”

“我们没有死，你说我们死了……”

“又不是我传出来的，你真是……”

“你就死了，”这时早霞蹿出来说，“大双你不就死了吗？跟你弟弟小双一起死了！不死三年咋没个音信？咱山谷在外头煤窑里死那多人，你们咋就没死呢？死了！你就是死了！没下你的户口就是好事，按规定两年失踪就要下户口，别说收田，我们老艾没下你户口就不错了！……”

早霞怎么啦？她疯狂地给老艾帮腔，刚才招待所发生的事没有吗？她指着大双，脸涨得通红，好像眼睛太用力说话都胀出泪来了。

“……你就是死了，你以为你没死啊！……”

七

我哥哥抱着晚霞的骨灰盒，被早霞的一顿猛喝给逼退走了。他只得离开他们。他不理解早霞为什么这样要咒他死。我哥哥恨不得找个地方大哭一场。他流着泪在大街上走着，在县城陌生的街头走着。他看着手上的骨灰盒，心里对晚霞说："她疯了，你姐姐她咒我死呢……"

"可我什么也没有了，"他给晚霞说，"弟妹，就你这么陪我了。"

我哥哥想，再这么原路走我也会死掉的，我不能死。他想起招待所，想起早霞的那句话："在我身上搞实习啊。"这句话给他不想死的所有理由。他决定坐班车先去巴东，再从巴东走回落羊山谷，这样虽说要坐两天车，花去不少的车费，但会绕过黑松峡和雷刺爪子湾噩梦一样的行程，县里电视台也在播，说黑松峡豹子伤人的事。

买了一张车票，在车上竟然碰到了那个好心的石砚村的男娃子，也捧着一个骨灰盒，可身边却有一张大大的婚纱照，还是彩色的。我哥哥心里一惊，以为不是在人间，糊涂了一瞬，那男的才说出原委：是用他们随身带的一张旧照片在电脑上合成的。

"就两张脸是我们的，身子和衣裳都是别人的。"那人说。

我哥哥看着那张电脑合成的婚纱照，泪水又一次滚滚而出。这是一对多么善良的男女啊，可是险恶的山路生生拆散了他们还没开始的幸福。我也被生生拆散了，也是还没开始。可是早霞有些淫荡的话"你在我身上……"时常在他快绝望的时候冒出来，给了他一丝天高地阔般的幸福感。

到了巴东，我哥哥突然想起四呆，他就去码头上找四呆。他恨四呆哩。他捧着骨灰盒找到了四呆。四呆满身的磷矿粉，跟在煤窑里的我哥哥没什么两样，只不过一个是黑的，一个是白的。四呆拍着身上白色的磷矿粉，指着我哥哥手上的那盒子问：

“你这是干什么？哪个的？”

我哥说是晚霞的。

“晚霞的送我这里来干什么？”

我哥说：“我是大双。”

四呆说：“你甭说鬼话，你已经死了，我不跟死人说话。”

我哥说：“胡说，我不好好活着吗。晚上我请你吃白酥肉。”

巴东的码头上，一入夜，便有许多卖卤菜喝酒的人，卤菜又以凉拌的白酥肉最入口，有辣椒、蒜子、生姜、酱油和醋。辣子酱、酱油尽管放，随自己口味。等坐在了人家的桌子上，等拌得有红是白的白酥肉端上桌子来了，四呆还在说：“我不跟死人说话，也不跟死人吃白酥肉。”

“我敬你三杯，我先喝了。”我哥哥说。他喝掉了三杯苞谷酒，又倒了一杯放到晚霞的骨灰盒面前：

“我再敬晚霞一杯。”

“晚霞不是早霞，我晓得你是为早霞来找我的。”

我哥呼地一下站起来，一盘白酥肉就朝四呆砸去，然后一把掀翻了桌子，连晚霞的骨灰盒也砸开了，骨灰散落了一地。

“你把我害得好惨。”我哥哥说。

四呆的脸上贴着些酱油和蒜子，额角正在往外渗着血。我哥哥砸过之后气消了，就去地上拾掇晚霞的骨灰。四呆也蹲下去，帮我哥哥拾掇骨灰。

后来，他们坐在长江边上，抽着烟，说着话。

我哥哥说：“你东不找西不找，高不找矮不找，为啥偏偏找上我的女友呢？”

四呆说：“美女人人爱嘛。”

“可那是名花有主了。”我哥哥说。

“大不了是个遗孀，”四呆说，“就是传你和小双都死了嘛，去煤矿的有几个能回来？你们又不给音信，连你爹也不知道你们死活。”

我哥哥说：“就是死了，也要家里去收死亡费二十万哪。”

四呆说：“现在的矿主哪个不黑心？好多失踪的不稀奇。”

我哥哥说：“咱村里又没电话。”

四呆说："要是真爱早霞连封信也不写？"

我哥哥说："可去年春上我爹去我还捎了封信回来的，早霞也捎了口信去。只因我爹不是个东西，诓了我。"

四呆说："你还是不爱早霞，爱她不一天一封信吗？"

我哥哥说："早霞再怎么瞧不上我，也应该更瞧不上你，你四呆不屙泡尿照照，长得歪歪扭扭，翘七塌八的，也癞蛤蟆想吃天鹅肉！"

四呆说："我怎么了，哪桩比你不强？是如今我那艾滋老叔说我向早霞耍流氓，抓了我。我当初是副场长了，毕家山药材场脱贫致富第二带头人，新农村建设的积极分子，和谐社会的先进典型，只是现在有家不得归，三个大棚的党参也便宜兑给别人了，呜嘿嘿……"四呆说到这里哭了起来。

我哥哥就劝他。四呆说："女人是祸水，女人是祸水，我信了这古话了。可是再怎么她也瞧不上老艾滋叔啦，还不是看人家是所长……"

我哥哥本来想把前两天在招待所的秘密说出来的，幸福有时极想说出来给他人分享。可我哥哥还是没说。我哥哥却说了另一个问题：

"是不是男人都想搞跟自己女儿一般大的女人？"

"那是畜生。"

"是不是都想搞干女儿呢？"

"只有你到时认一个干女儿了你才知道。"

四呆又问："你打算怎么办呢？你准备捧着你弟妹的骨灰盒往哪儿走？落羊山谷莫非还有哪个姑娘等着你？"

"早霞是我的！早霞肯定是我的，谁都别想！"我哥哥说。他信心十足地说。他从来都没有像今天这么有信心。当信心上来的时候，所有的晦暗都一扫而去。

八

我哥哥到了野羊尖，找鲍家父亲要了一把铁锹，把晚霞埋在了那棵樱桃树下。然后，他回到了羊家村，剩余的事情就是睡觉。奶奶还活着，得亏了左邻右舍的照顾，特别是梁毛子。他给我哥哥说，他还为羊家的老奶奶做过一顿毛野鸡蛋吃。奶奶证实了这件事。梁毛子说，他看见刺丛里野鸡咕咕地叫着，去扑鸡，没有扑着，却捡回了一窝毛野鸡蛋，有十几枚，全是绿壳蛋。“春天了，它在孵儿哩。”

春天了，夜晚的山里到处传来野牲口们求偶的呼唤，有带蹄子的，有带爪子的；有圆毛的，有扁毛的；大的，小的……

春天了，晴爽的丽日，薅草的队伍上了坡，山里的人兴互助薅草，可以轮流在人家里吃饭喝酒，人多闹得欢，薅得快。我哥哥往田坡上走去时，听到了那片田里唱开了薅草歌：

清早起来雾沉沉 / 敲锣打鼓出了门 / 歌郎歌妹把路引 / 来到山上扎大营 /

一请东山弟兄们 / 来到东坡扎大营 / 要把杂草锄干净 / 看到苞谷长成林……

听着那丁零当啷的锣鼓声，我哥哥远远地站着。薅草的人一字排开，向前挥锄，锄头的刃口在阳光下闪烁着，像照相机的闪光灯。

我哥哥走到自家的田头，梁毛子赶快给他递来了香烟，说：

“我给村主任说不要你的地，村主任说我说了不算。说你们兄弟三年没回来，还有你爹。三年前你妈死了，你爹疯了，你跟小双走了，地就撂荒了。那年还兴农业税，你们有几百块钱没交哩，找人不着，村里还养着你奶奶……村主任说咱这儿人多地少，好地更少，不能荒着……村主任说县里备了案，改地难办哩……”

这些他找过村主任，都听过，就是不能还田。还说了，让我哥哥等着，只有等村里有人死了再给他田。跟当初村主任给梁毛子说的一样。咱这山上的老人粗茶淡饭，清心寡欲，又不知山外的事，每天与阳光、森林和云雾打交道，知情在理、中规中矩地活着，阎王爷没有任何理由收走他们，所以咱山里的人个个长寿，等他们死等于是盼地球爆炸，他们一个个都活成精啦。

确实是乱石滚滚，石多土少的山谷。村主任也不是故意为难咱。在犬牙交错的石坡上，只有一尺宽的土窝，土窝里也点种了一两株苞谷或者洋芋（都是有主的地儿）。山上缺的是土，就算我大双狠下一条心自己开荒，也没有荒可开，总不能在石头上种庄稼吧？可我哥又一想，就算把那几亩地要回来，我一个人种吗？我种了庄稼又是为何呢？我哥哥看着在田间劳动的成双成对的男女，不禁摇头。有了地也没啥意义了，因为早霞没有了。

我哥哥睡到第三天，早晨起来，给奶奶的桌子上压了两百块钱，就悄悄出了村子，他去了镇上。

小镇坐落在落羊溪边，只有三四十户人家，而且差不多是农家。一条过去贩盐的川鄂古道铺在镇子中心，可也痕迹模糊，残缺不全，只是两边的有些古旧门楼的房子，可以看见当年曾有的热闹。而如今，也差不多被风雨和虫子蛀空了，廊檐下堆着乱七八糟的杂物、木柴、干薯藤、棺材和风车。牛粪正在街心的草丛里散发着臭味，流水正高高低低地向下游流去。溪河边，有些古老的大树，正在和春天争夺着形象，枝繁叶茂，造型老辣，大开大合。

就在这样的一株皂角树下，就是派出所所长老艾的家。我哥哥记得有一年赶集，与妈一起在秀三姑家喝过一杯茶。秀三姑当年是这家的主人，如今是早霞。我哥哥从尚未涨水的河溪蹚过去，沿着老树根爬上坡，就有一个老青砖粉墙的后院。狗朝他疯狂地叫着。他等待着，没听到人喝斥狗。他用石头砸狗，狗怕了，呜呜地舔着伤腿进入一条篱笆小路。

他接着就在屋子里看到了早霞。他无法与早霞联络，怕屋子里有老艾，就学夜鸟叫。没有发现其他人，或许老艾已经睡了？早霞躺在沙发椅上，一动不动，蜷成一团，并且时不时听见她嘴里发出哼哼声。

“霞！……早霞！……”他压低声音叫。

早霞终于有了反应，撑起肘子，抬起头来，朝后窗看。

“哪个？”

我哥哥是做好了跑的准备的，后山的路他熟。他白天在一家农民家门口偷了一把柴刀，别在腰里，就有了底气。那把刀约有一尺长，又厚又称手。

后门正待打开。门闩拉开了半截，早霞知道了是谁，声音很小但很严厉窘迫地说：

"你还不走！"

可我哥哥那时什么也顾不得，硬是生生顶开了门，然后，在昏暗里，一把抱住了早霞。

"我身上疼！"早霞死劲捶打我哥，并把他往外推，我哥哥虽放松了双手的劲儿，但还是揽着她，问她是怎么了。

可早霞不说，我哥把手伸进她毛衣里按着的某地方，她就"哎哟"叫起来。——那是伤。

"又打了你？"

"你这该死的轻点儿。还不是为你，还不是为你。你走吧，大双，我求求你。你不要瞎想了，不可能了！"早霞向我哥求情说。

"为什么？为什么不可能？他打了你！为什么？我是来告诉你我已将晚霞带回家了，入土为安了……"我哥哥语无伦次。

"谢谢你，大双，你走吧，不能再添乱了。事情不可再回头了……"早霞狠狠地把他往外推。

"不！"我哥说，"不，不能，不行。"

"你真得走，大双，不然我们两个就死定了！"早霞铁定了心要把我哥撵走，这确是很危险的，我哥哥那时一定是丧失了理智。

就在两人拉拉扯扯、推推搡搡时，忽然早霞一声尖锐地惊叫："啊！"我哥哥一看，早霞竖起她的手指——正汩汩地冒出鲜血。

"你……"

早霞咬着嘴唇，没有说话。我哥哥猛然明白了，是藏在腰上的柴刀，划破了早霞的手指。

"快，我给你包扎！"我哥哥从腰下摘出柴刀，放到地上，把早霞的手指捏住按着。这时早霞看到我哥从兜里拿出一个手巾来给她包扎，是一个喜鹊梅花图案的汗巾！就一把夺过去，看看汗巾，又看看我哥，眼里好不热切深情！

“还在呀！”早霞将那汗巾重塞进我哥的兜里，从茶几的抽屉里寻出了纱布。我哥哥给她包着，他们坐到沙发里。包好了手指，早霞又掀开衣服，让我哥哥给她背上擦药水。早霞已经不避他了，我哥就是这样一下激动起来，抱住她，把头埋在她怀里，像饥饿的难民见到馍馍，又揉又吃又叫喊：

“霞，我要你，我不能忍着不要你，你是我的，我的！……”

事情狂风暴雨般地发生了，又狂风暴雨般地过去了。他们发现沙发已经摇摇欲坠——这是在两个人平息之后，冷静之后，退潮之后。

“我本来浑身就疼，你把我弄疼了，大双……”

“我要把你弄死！”

“你跟老艾的心一样狠呀！”她这时咬了我哥的耳朵一口，神秘地指指房内，“你这是虎口夺食……”

刚才我哥不顾一切地做了，什么都没有想。早霞这么一指，倒让我哥抽了口冷气，捡起地上的柴刀，就蹑手蹑脚地进了房里去——他以为是老艾喝醉了在沉睡。可房里没有人，没有谁，床是空的。床前的五斗屉上，放着早霞和老艾的照片，就像一对父女。

“你在吓我哩。”我哥舒了一口气捏着早霞的鼻子说。

早霞靠在大双怀里，说：“大双，你是真心爱我？”

我哥说：“那就是假的。”

早霞说：“你究竟是爱我的人，还是爱我的身子？”

我哥说：“人、身子一起爱，你所有的一切我都爱，都是我生命的一部分！”

“你可害了我，”早霞就落泪了，一会儿，说，“大双，我什么都给你了，快走吧，真让那个该死的撞上了，你我的小命就没了。”

“那就一起死呗。”

“不！”

“那就一起离开这里，到城里去，远走高飞，我可以拼命干活养活你……”

“太辛苦了，你那几个钱，是用命赔的，我消受不了。”

我哥说：“你是不是以为我板凳上睡觉——这辈子翻不了身？”

“不，不，老艾已经感觉到了，他说了……”

“他说什么？”

“他打我，往死里打，他说我迟早要跟你一起……”

“怎么？”

“私奔的……”

“你说了什么？”

“我说了我喜欢你不喜欢他。”

“你怎么当着他的而这么说呢？……你真的这么说了？”

“说了。我是气他的，就是让他打，把我往死里打，打死了就好了，我也就解放了……”

正说到这里，门外突然响起了拍门声，并伴有老艾含混不清的被酒精泡着的声音：

“开门，给老子开门！……你死了没听见？……”

早霞的脸唰地白了，“快跑！”她起身拉开后门，用无穷的力把我哥猛一推，我哥就出了后门。狗叫得凶。

九

我哥哥顺利地溜进黑暗里后，那两个字就渐渐亮了起来：“私奔、私奔、私奔……”这两个字像号角在催促着他，蛊惑着他。我哥哥幸福而落拓地坐在山上的山洞里，回味着不断累积的快感，还有早霞的话，早霞对他贴肉贴骨的恩爱缱绻。他坐在寒冷的山洞里，想着此刻本来应与早霞在那温暖的被窝里，而这种时刻被老艾占去了。在山洞里一个人过夜也是有的，这是在很早前，他与爹和我进山去采药，走失了。但后来被爹找到了，然后就是升起大堆的柴火，然后爹再给我们烤带出的干粮，然后就是有爹守着洞口，我们两兄弟可以美美地睡上一觉……而我哥哥此时抱着双臂想，现在，我为了本应是我的女人，却成为孤独的野人，随时会被野兽吃掉和冻死的野人，好日子被无情地撕碎了。在那深深的煤窑里，每个挖煤工在暗无天日里念叨的不就是“农妇、山泉、有点田”这未来的希望吗？不就是想赚几个血汗钱回去过这种朴素平静的日子吗？只要不死，只要哪一天不透水，不瓦斯爆炸，这希望在每个人心中，都是顽强存在的啊。

我哥哥躲在冰窟似的山洞里，听着枭鸟的叫声，听着娃娃鸡的叫声，听着那森凉严厉的流泉声，听到隐隐的雷声，不知道明天是否还能偷鸡摸狗般地与早霞相会。

在滚滚的雷声中，我哥哥决定还是到野羊尖鲍家去。于是，他冒着被雷击和野兽袭击的危险，摸夜路去了野羊尖，终于敲开了鲍家的门。

我哥哥暂时找到了一处安身的地方。他与早霞的爹一起吃饭喝酒，给他劈柴、拾掇菜园，帮他采药、熬药，伺候他，也就有了名义与早霞见面。早霞上山来的时候，看到她爹有了个伴儿，还有了个照应的人，甚是喜欢，也与我哥缠绵亲热，但就是坚持不在山上过夜，这让老艾抓不到任何把柄。老艾是不会管早霞的爹的，这让早霞也找到了上野羊尖的由头——总不能丢下腿脚不便的爹一个人在山上吧。

有一天，早霞上来，还没进屋，就在樱桃树下，拼命地呕吐起来。我哥哥有些警觉，问她怎么了，早霞什么都不说，只说是不舒服，早晨上来，吸了冷风云云。

过了两天，早霞再上山来，又是吐。她爹和我哥哥都急了。早霞依然什么都不说，说是胃有点不舒服，云云。我哥哥发现有问题，就把早霞叫到屋后追问这事。早霞被逼到墙角里了，只好说：“怀了你的孽种！”我哥哥一听，如雷贯耳，脑壳蒙了半天，回不过神来。我哥哥喜得跳了起来，说：“你怀了我的娃？你真怀的是我的娃子？”早霞说：“那是哪个的呢？老艾我一年没给他怀。大双你可害了我，你可是一枪就中的神枪手啊！”早霞说，是在医院招待所里的那次怀的。这事只有晚霞知道，可惜晚霞死了。我哥哥手足无措，看早霞怎么看怎么深情，要给她做好吃的，要听她肚子，早霞就骂他傻。我哥哥喜得团团转，也急得团团转，问咋办，问老艾知不知道，老艾若知道了咋办。早霞说，只好把它打掉。我哥哥一听不干，说我好不容易种了个娃子，有了传宗接代的，说什么也不能打掉。早霞说，不能打掉放你肚子里去怀。躲得过初一，也不能躲过十五。我哥哥死活不肯，说那就跟他走了算了。早霞说："说得轻巧，吃根灯草。人是能说走就走的东西？我爹呢？让他一个人在这里，有他的活路？就算走了，走哪儿去？逃外国去？逃到天涯海角老艾也能把咱们抓回来，老艾是干什么的啊！"我哥说，那就跟他离婚。早霞笑话我哥还像个小娃子那么幼稚可笑。有什么理由离婚？他不离你没办法。外人也不理解呀，派出所所长的老婆，那不是在天堂里过生活，吃香喝辣，要什么有什么。

商量得没个结果，早霞就回镇子了。

这之前，早霞算准了与大双在县城的那次会出事，还是做了许多准备，给老艾打马虎眼，大张旗鼓地去庙里拜送子观音，还找一个老中医，弄来了一大包男吃女也吃的治不孕不育的药，并且一改往日的逆来顺受，在夜里主动与老艾温存。老艾晕晕乎乎，也没朝其他方面想，可是，终于在这一天，老艾从外面回来，看到了早霞在后门外的河边，吐得死去活来。

"咋的啦？"他问。

早霞知道这一天总会要来的，就故意轻描淡写地说："没咋的，可能是有了。"

"真的？"老艾喜。可老艾生性多疑，在屋里走了两圈丢掉第二根烟头就心里打起鼓来。

"真是我的？"老艾摸着早霞的肚子，像摸着一个犯罪分子的头。

"不是你的是哪个的？干爹，我的血都是让你戳穿的。"早霞说。她有时叫他干爹，是希望他能给她一点儿温情，不要像打狗一样地打她，让他想到自己是长辈。

会有一些作用。每当早霞叫他干爹，他就会有所收敛，就会色眯眯地看着她。

"唔。"他说。他内心这么说："迟不怀早不怀，那大双一回来她就怀了，还一个晚上没回。"他是指那一夜背晚霞在山洞的事。他又想："迟不吃早不吃，这时候非得要我吃药……"

老中医的药真的这么神效？观音真的有求必应，想要啥啥就来了？

老艾是彻底的无神论者。

老艾越想越不对劲，可也沉得住气，装着关心早霞的样子，还给她杀了一只鸡，说是补补身子。两人在那儿吃着鸡，各想各的心事。半斤酒喝完了，老艾就睡下了。

睡到半夜，老艾突然把早霞从被窝里拎出来，不让她穿衣服，像提审犯人似的让她站到堂屋里，问她说：

“告诉我，是怎么怀上的？”

早霞说：“干爹，你还没有醒酒。”

老艾说：“我今天不想要这个娃子了，我想把他踹下来。”

早霞冻得簌簌发抖，吓得瑟瑟发战，打着牙磕说：“干爹，你未必是孤老心？”

老艾说：“老子就是孤老心，要娃子做什么！”说着飞起一脚就踹早霞的肚子。早霞捂着肚子“干爹啊干爹呀娘呀爹呀”地号叫着，在地上连滚带爬，最后躲在水缸边。那老艾就踹她的背。踹累了，又爬上床睡去了。

可怜的早霞为护肚中的娃子，背脊骨都差点被老艾踩断了，疼得大喊小叫一夜。第二天早晨老艾起来说：

“早霞爱妻，昨晚我做了个梦帮你流产，是不是真的？”

那老艾还抬起脚来做了个动作。早霞连连说：“没有没有，干爹喝醉了，睡得蛮死，没帮我流产，我好好的呢。”

老艾说：“还真是个梦咧，爱妻我热鸡汤给你喝。”

十

早霞浑身疼痛难忍，在家睡了三天三夜起不了床。

我哥哥在山上可着急了。见不到早霞，他就像掉了魂似的。

这天晚上，还没有等到早霞上来，等不及了，就溜下山往镇子里去。

镇子上一片死气沉沉的浮烟。狗叫得很急。我哥哥感到这一天很不对劲，心绪烦乱，在路上连摔了几个跟头，就像是有人在黑暗中故意绊倒他一样。起来一看，不是石头就是树根。

走到老艾和早霞后院的河边，已听到流水的响声，开始涨水了。

这一天晚上，又是如此——老艾又买了羊腿，给早霞做红烧羊腿吃，说是保胎气的。半斤酒下了肚又呼呼睡去了。到了半夜，老艾又假装梦游把早霞提溜出来，要早霞提前给他把娃子生出来看看。这老艾整人很有创意，早霞防不胜防。

“你不大产就叫你小产。”老艾说。

“是大双的，又怎么样啊？！你不要娃子，早霞我不能不要个娃子！”早霞被打得三魂渺渺，七魄飘飘，要活不可，要死不能，就这么赌气说了。心想反正是死，说出来让他早点儿打死了还好些，就解脱了。

老艾一听，头皮一炸，酒就窜到了脑门，说：

“真的？承认了？”

“承认了，是大双的，气死你！”

老艾就疯狂了，抓住早霞的头发，就往板凳上磕。早霞的头像磕鞋帮子那样，可口里还是那句话：“大双的，大双的，气死你！气死你！……”这是个倔女人，口里说那句话，双手不护头护肚子。老艾踹不到肚子，就踹她的脸，把她的脸当西瓜踩，想踩扁了算事。早霞抱着肚子满屋乱滚，大声尖叫着仿佛是向整个小镇宣告“是大双的，大双的”。至少在言语上是戴了绿帽子的老艾那还不恼羞成怒，气急败坏地将早霞往死里打。

就在这时候，突然后窗一阵哗啦咣啷的碎响，一块石头砸开了窗子，从外头跳进一个人来，身子湿漉漉的，带着一身山野的莽气，挥起拳头朝发疯的老艾打去，这正是我哥哥。我哥哥低吼着说：“不许你打早霞！”老艾脸上挨了一拳，胸口挨了一拳，抗打性不错，手是将早霞放开了，却顽强地站着，与我哥哥对打起来。可老艾毕竟喝醉了酒，脚跟子软，又加上年纪，已经跟早霞消耗了不少能量，一拳被我哥哥打倒在地上，四脚朝天，却还上气不接下气地说：“好啊，好啊，大双，你自投罗网了，你这不是找死！”

早霞那时在地上天旋地转，睁开血淋淋的眼睛看到是大双，就笑了，就张开了双手。我哥去抱她——不，是想去扶她，把她扶起来。在暗角落里的老艾这时不知怎么抓到了一块劈柴，趁大双扶早霞背过身去时，跳将起来就将劈柴打去，我哥哥这一下脊梁听得一声响，人就往前一蹿，扑倒在地，压在了早霞身上。老艾占了上风，反正已经疯了，又劈了过去。我哥哥年轻，灵活，侧过身子用手臂一挡，手臂也给砍得折断了似的疼痛。他这下终于有了缓冲，迅速爬起来，上前去一把抓住老艾的手腕，把那劈柴夺了过来，正要以牙还牙朝老艾头上砍去，早霞这时却飞一般上来，抱住了我哥。

“不能，大双！”

我哥那一劈柴下去，一定会出人命的，因为两个男人都打红了眼，在这春意盎然的夜晚。

老艾在笑着，浮肿的脸上全是惨淡的笑意，鹰一样的笑意。忽然，他爬起来就往房里跑。早霞反应很快，大喊一声：

“他去拿枪了！”

我哥一听这话，心中一紧，就飞起一脚，将老艾蹬翻在地，老艾的身子在地上滚了几尺，头就磕在房门上了，这一下，他可是磕晕了，就像喝了三斤苞谷酒似的，头始终抬不起来。我哥架着早霞，说了声“走”，就强行将她拉出了后门。早霞虽口里咕哝着“不行，不行”，但还是与我哥一起消失在了暗夜里。

老艾一个小时后才清醒，叫来了乡里另外两个警察，说他的老婆被羊家村的羊大双给绑架了。然后又向县公安局报警。事情就是这样。

第二天上午，十几名警察加上请的十几个农民，开始搜山。

一个农民，绑架一个派出所所长的老婆，肯定是一个重大的案件。因为老艾说了，说羊大双我哥哥坚称村里收了我家的田，是老艾散布了不实的消息，说我们哥儿俩死在了煤矿，因此半夜绑架了他有孕在身的老婆。还说他姨妹晚霞也就是大双我哥的弟媳的死，也是老艾造成的，就这么，犯罪分子气焰十分嚣张地在半夜砸窗进门，打伤了派出所所长，挟持走了早霞。当然喽，老艾也不否认羊大双是为情铤而走险，因为他老婆早霞曾经与羊大双我哥有过一段感情瓜葛，但早霞早已不爱羊大双，但羊大双仍死死纠缠，企图用暴力来使早霞就范，早霞和老艾夫妇奋起反抗，还是让犯罪分子得手，将人绑架而去。

十一

我哥哥和早霞知道问题的严重性，但我哥哥不知道他已经成了被通缉的要犯，而早霞也不知道她意外地成了被绑架者。

绑架者和被绑架者互相搀扶着，爬上了一个山冈，这是狐茅岭。他们是从铜水垭进入狐茅岭一带的，在铜水垭，向山下看，眼尖的我哥就看到了警察，正在路上行走着，还有一条大狼狗。狐茅岭上，起起伏伏的全是去年的茅草，新生的茅叶也在茅根下钻出了绿色。去年的茅穗经过一个冬天的打击，依然摇曳着白花花的穗子，从远处看，依然气势磅礴，看不见一线委顿和褴褛。奇形怪状的石头埋伏在茅丛中，像一尊尊踞伏的野兽。

我哥哥和早霞都伤得很厉害。他们倒在了一片茅草中，从石头的上方往周围看去，全是黑压压的影子和荒凉的簌簌声。早霞已经走不动了，我哥坚持要她走，拦车，远走高飞。

“我们这可是上哪儿去呀，大双？……”早霞伤痕累累，神情恍惚，失魂落魄，她不能走，也不想走。

“我们必须离开，必须远走，必须避一避。”我哥说。

“我爹呢？他没跟上我们？……”早霞说。

“顾不上你爹了，等我们到外面，安顿好了，我会来接他的。”

“……一切可都完了，一切都完了……”早霞喃喃地说。

“没有，不准你胡说，等咱们出去，生下咱们的娃子，一家三口……对，还有你爹，一家四口，会很幸福的，你可不要那么想啊！”我哥说，想把她唤醒。也许是没睡觉，也许是被老艾折磨暴打，也许是没吃没喝，早霞的头脑有些迷糊了。

“……不，不，不要娃子，不要他，是个孽种，要不得的！不要！不要！”早霞无力地闭着眼捶打着自己的肚子。

我哥赶忙制止她，他给她用树叶兜来了水，喂给她喝。没有吃的，什么都没有。这是第二天的下午。

他们走着，猛然，我哥看见了山坳子下升起一缕淡淡的炊烟，或是烧荒沤肥的柴烟。可我哥哥突然想起那就是石砚村，在村子上头有一扇巨岩。岩顶有个石窝，那就叫石砚。想起石砚村，就感到有救了，因为他想起了那个同行的男的，那个不走运的朋友。

我哥哥在山上安顿好早霞，扒开草丛向石砚村走去。很顺利就问到了那个人的家，果然有党参大棚，果然在大棚里找到了他。

那人看见是我哥，很惊诧，说：“公安局到处抓你，没抓到你呀！”

我哥说：“我跟艾所长打架了，抢出了他老婆，不，是我老婆。”

那人说：“我知道是你老婆，就是那个晚霞的姐姐嘛。可你不该这么冲动，后果严重呀！”

我哥说：“你的老婆被人夺走，你也这么说话吗？”

那人说：“我老婆被阎王夺走了。你现在想怎么办？可不能住在我家里牵累我们。”

我哥说：“我是想找你买二十个火烧粑粑。”

那人说：“买什么，我给你烧便是了。”

那人就要我哥躲在暖融融的大棚里，自己回家去了。过了一会儿，用布袋子提着一大袋东西，我哥就闻到了香味，还有香喷喷的酸白菜味。那人说：“我还是劝你投案自首，以后可以少受些苦，”又说，“老艾口碑不好，你这是替咱山谷的人出了一口气。”

我哥恋他的暖融融的大棚，不想走，说：

“能不能把我老婆弄来今晚在大棚里歇一夜？”

那人发火了，说：“还不快些走！往雁门口走！已经成了人家的老婆，就不是你老婆了，吃亏是福。”那人指着路说。

我哥走是走了，却回头大声地告诉他：

“人家的老婆，怀的可是我的娃子！”

我哥哥钻进密林回到山上，早霞见到酸白菜，像狼见到了羊，硬是一次就将塑料袋子的酸白菜给吃下去了。她可是真怀了孕。

我哥哥看着早霞狼吞虎咽，直想流泪。但为了早日远离这山谷，我哥要早霞再走一会儿，可早霞因为吃了太多的酸菜，又呕吐起来，样子十分难受。早霞给我哥说，实在走不了了，让我哥一个人走。我哥当然不，只好抱着早霞，把她放在膝盖上，在一个山洞深处生了一点火，与她一起进入了梦乡。

一些奇怪的梦和蝙蝠回洞的吱吱声把我哥吵醒了，早霞还在昏睡，在梦中瑟瑟发抖。白昼从湿冷的浓雾里钻出来，树上滴着冰凉的露水。我哥摇醒了早霞，要她吃粑粑，对她说：“这雾很好，我们趁雾多走几步，这儿危险。”可早霞依然浑身无力，连站起来的勇气都没了。我哥望着雾中的树林，他决定背上早霞，背着她走。

我哥背上早霞，早霞可不是晚霞，加上有身孕，又不能太压迫她的肚子，只好双手把她的屁股抄得高一些。可我哥因为与老艾搏斗，伤情也很重，特别是手臂疼痛，不能用力。

早晨的露水里有许多吸血的蚂蟥，怎么扎紧裤腿，蚂蟥也能钻进去，仿佛是孙悟空一样。早霞的双腿吊在我哥的手前面，可也依然被草尖上的蚂蟥时时逮住了。我哥有时一捋她的裤腿，就可以看见几个吸得圆滚滚的蚂蟥，于是就腾出一只手来与蚂蟥拔河，把它们从腿上扯下来，并且踩死。

就像背了个死人，我哥又负着重又要与蚂蟥较量，喘着此生最沉重的气，心里说：“早霞啊，难道你就死了吗？就不能说一声让我歇歇吗？难道你就不能这么说一句，说大双啊可苦了你，让我自己走；说大双啊，你一定要坚持，走到巫山河，弄一条船，咱就一切 OK 了。”

雾还是浓浓的，好像天有些阴谋，估计太阳不会出来。翻过一个山坡，到了山顶，就听见雾里传来了人声和狗吠声。我哥凝神屏气听着，听那声音“往这边”“应该是往那边”地喊着，吆着狗，就知道不是当地上山采药人或是套兽人。

“有追我们的人！”我哥说，就拍打早霞，早霞这时突然清醒了。我哥把她放下地来，像卸下了一座山，就挽着她，往更陡峭的山上爬去。

人和狗越来越近，狗该不会嗅着气味上来吧？这时早霞从身边捡起一块石头，就朝山下丢去。石头不小，一阵哗哗的响声，石头在灌丛里滚动，碰撞。早霞又捡起一块石头向更远处丢去，就听见喊："那边！那边！"狗也上了当，循着灌丛里石头不绝的撞击声，呼地向山下扑去。人和狗终于与他们背道而驰了。

我哥见早霞巧妙地引开了警察，拉着她往上一指，就向上面爬去。

“大双，我们是往天上去吗？”

这话不吉利，我哥就喝住她道："不许胡说！"

“我们不能老在山里打转哪！”

雾开了，云很重。

两个人都不行了，又是不停地爬山。山越爬越高，路越走越深。而且只能走一截，背一截。

群山齿齿，沟壑叠叠。

为了躲避警察的围捕，他们走的是没路的路。方向应该是对的。我哥哥抱定一个目标，一个向巫山地界的方向，向西，向西，向太阳下山的那边走去。

可是，他感觉不对，这一天的下午，他走着走着，感觉面前的一座山头是他们走过的，脚下倒伏的草不是别人走出的，而是他们自己。一股浓郁的、令人头昏脑涨的植物的气味弥漫在空气中。

“这不是迷魂塘吗？！”我哥哥惊叫说。

“迷魂塘？”

是的，迷魂塘就在这一带。我哥哥心里一直祈祷着千万别入了迷魂塘，要避开迷魂塘，却在浓雾中迷失了方向，误入了迷魂塘。

他看到了一具白骨。这就是迷魂塘，白骨旁还有许多绳子和一个腐朽的背篓，这是个采药人，进了迷魂塘，走不出去，死在了这里。

迷魂塘有四十八座一模一样的山头，长着几乎一模一样的树。大量的使人头晕的植物在这四十八座山里生长着，据说有着最珍贵最神奇的药材如千年党参、百年黄芪、一亩地大的金钗、成百上千斤的五灵脂。因为人迹罕至，常让人迷路，一般采药人不敢进入，有些胆大者进入采药，十有八九出不去……

我哥看到早霞一见着那堆人骨，一阵哆嗦，还唠了起来。我哥忙把她拉走了。我哥也哆嗦，心里一个不祥的预感像石头一样压过来。不过我哥是镇定的，因为不只他一个人，还有一个，一个他心爱的女人，还有女人为他不惧一切怀的娃子。他心里说："我们一个都不能死！"他说：

"总有人能走出去过，要相信自己！"

他给早霞说，他天生就有很强的方位感，有一年跟爹一起进山采药迷路了，还是他带路出山的。可是他心里清楚，爹一生也没敢进迷魂塘。有一年，我们父子三人追一只岩羊子，羊已受伤，跑进迷魂塘，爹硬是喝住了我们和狗，打了回转。

我哥诅咒着该死的雾，那也是枉然。他和早霞不停地走着，不敢歇息。除了蚂蟥，还有不知名的恐怖的鸟叫兽叫。

一轮明月升了起来，像一个慈祥的母亲忧心忡忡地看着他们。过了一会儿，一阵乌云把月亮遮没了，早霞扑通一声倒在地上。我哥在黑暗中去摸她，发现她却哼一声也没哼。"就这么死了？！"我哥内心惊悚，俯下身去摸她，摸到了她，不是被野兽袭击了吧？警惕谛听着周围的动静，没有，什么也没有。早霞呼吸均匀。她一定是累了困了，她走着走着，倒地睡着了。

我哥哥见她睡着了，自己也犯起了困，睡意像山一样压来。他真想好好睡上一觉，可是不行，山里头冷，地上毒虫爬行，这么睡，就会睡成一具白骨！不，是两具白骨！而且还可能在睡梦中被抓住。我哥哥狠狠掐自己，抽自己嘴巴，掐舌头，并且用石头把牙床磨酸，酸得像吃了一缸醋。他费了好大的劲儿把睡死的早霞背起来，让她继续趴在自己背上睡。他拄着树枝，也抽打草丛开道，硬硬地朝自己认定的方向，闭上眼睛朝前摸去。

这一夜他竟然没有掉下悬崖摔死，也没有遇到凶恶的大兽。一般来说，兽是怕人的。人横了，什么也不怕。

混混沌沌地走着，天边露出了昼光。

“早霞，你醒过来没有？天亮了！早霞，天亮了，我们快走出这鬼地方了！……”

天亮了，早霞还在昏昏睡着，眼前的景物不曾相识，这表明他走的是对的。天空像一张死人的脸，散布在群山的头顶。他找到一处凹壁，放下早霞，摇晃她，让她醒来，又从壁上接水洗脸，让人清醒，再接来水抹到早霞脸上。我哥见早霞半死不活的样子，其实自己也接近了死亡边缘。他感到自己挪不动腿了，站起来都很难，并且拉起了肚子。

当他大喊早霞“醒醒”的时候，早霞在醒过来的那会儿，突然呼吸急促起来，嘴里发出了在噩梦中被虐的呼救声：“啊……啊……我要回去！……回去！……”

鸟从崖畔惊飞，哗哗拍打着黑色的翅膀。草丛里有小兽惊动，我哥就拍她脸，说：

“你别叫，小心让他们听到了！……”

这是气压极低的一天，空气能拧出水来，到处是灰蒙蒙的雾气。蓝色的花从阴暗的地方钻出来，开了一大片一大片。这些花朵总喜欢在天阴的时候开放，并带来更难闻的毒气。崖上的映山红在雾里挣扎着，翻动着身子。杜鹃鸟的叫声，正凄清地划过天空，一声接一声。山风大了，山高了。可更高的山还在上头。这里依然是那没有尽头的落羊山谷，四十八座迷魂塘山头不过是山谷千万年的一堆小坟冢，荒凉是它的大部，村庄挤在山谷的裂缝里，好似不轻易见人的几只蟑螂。

我哥被骤起的一阵山风惊醒，当他凝视前方想看看究竟是哪里时，突然记不起这已经是在山中几日了。他的意识在突然想问题时模糊起来，好似大脑被人下了麻药。他想这是第几日呢？他想到最后，牢牢抓住了一个思维：我是在迷魂塘，我要和早霞还有早霞肚里的娃儿一起走出去，逃出警察的围捕！……

远雷在天边慢悠悠地滚动起来，正在向山谷进发。像固执的石块，迈动着阴险的脚步往这边走来。闪电像燃烧的天火，在云层里翻滚。

“可我是想听到狗叫的啊！我想听到人吆狗的声音！人！我需要人！只要是人，只要是狗的叫声，现在我都会向他走去。”我哥哥趔趔趄趄地背着他心爱的女人，这时候绝望地想。

天地全是闪闪的红光，山雨欲来，树木发出不安的响动，山谷的吼声低沉、暴怒。就算是警察狼狗的吠叫，我也不会跑了，我也会向它走去。我只想见到人，不管他拿着大棒还是手铐……是开山炸石的声响吧？我哥这么想，总之那是人烟。我哥忽然对雷声闪电害怕起来，身子一阵一阵紧缩，热气被人抽干了。他在蓝色红色的花海中蹚着，就像在风浪中蹈行，他的眼前飘浮起两具白骨，白森森的骨头在闪电中像新鲜木头榫接的玩偶，迈动着鬼魂的步子——它们仿佛是这迷魂塘的主人。我哥哥看见那个高的就是自己。他骇然停下脚步，死劲眨着眼睛。幻觉消失了。他要寻找，在滚滚的雷霆声中，寻找人弄出的声音。

接着，他真的听到了狗叫。是狗叫，不是幻听！

一个炸雷从崖上滑下，带来了一大堆腐叶和碎石，并且让山崖冒出了烟雾。他的脚头一震。

“早霞呀！你可醒醒！”

他放下早霞，看到早霞早就醒了，眼睛睁得大大的，露出那眼中美丽的湖蓝色，圆圆的脸上没有表情，两颗美丽的小龅牙惊讶地露出来，充满了幼稚的困惑。

“狗叫了，早霞。”

雷声隆隆，尖锐紧迫。

我哥发现他站在一个高坡上，这已经是迷魂塘的边缘了！无意之间，他发现他已经穿出了迷魂塘，而且他看到了在低低的云层下面，在大雨将至的远方，与巫山交界的雁门口，正像一道大门，敞开了一道窄窄的亮光，在黑色的云层和黑色的山体间分外显眼！——他的手一指：

“雁门口！”

几乎是在同时，一个摧天裂地的惊雷从我哥的头顶劈下，一道金色的闪电像索命钩钩住了他。早霞在我哥哥的手指下望着那天边的山门正待叫好时，就见一道刺目的亮光向她袭来，一个绝响，把她狠狠地推倒——她全身都麻了，双目锐痛。她头落地，然后拼命爬起来。大地在微微抖动，她看见了我哥哥，还站在那里，像一棵烧得黢黑的巴山冷杉，一动不动，身子还冒着淡淡的青烟。

一阵凄厉的狗叫，带来了天空的蓝色——天这时蓝得像床上的缎面。早霞看到了老艾灿烂的狞笑。早霞突然解开了自己的头发——老艾看到，他的女人披头散发，向山谷里冲去，嘴里发出尽情的狂笑声，边跑边手舞足蹈，高声呼唤：

"大双！大双啊，大双！……"

那声音像急遽飘浮的云层，向远处的群山聚集，越传越远，越传越远……

云彩擦过悬崖

守卫在凌霄的人啊，

为我打开蓝色的天门。

——叶赛宁

天刚放亮，我就指着冷杉林中的一条小道，对自己说：“宝良，你挑水去！”我不是在心里说的，而是大声地说。不知道从哪一年的哪一天开始，我就对自己说话了。我怕自己听不见，总是从肺部扯出气力来，斩钉截铁地命令自己：“挑水去！”“洗衣裳去！”“雷打痴了，伙计，动呀，看西南边有没有火情！”“不要再喝了，就这一杯，喝死了没人收尸！”

我下去挑水。

水在离瞭望塔两百多米的地方，在一个陡岩下，一个小小的沁水窝；那是从岩缝里渗出的一滴一滴的水，因为水太少，没有多少潮湿的苔藓，又被箭竹和草丛掩埋了，以至于我在此多少年竟没有发现它。大约九年前，林区派了几个人来，发誓要为我找到水，他们拉网似的从塔周散开去，一遍一遍地寻找，终于找到了这个足足让我一个人开销的水源。于是在下面挖了个坑储水，一天可以挑一担至两担，虽然挑回的水充满了草叶和泥巴，需要过滤沉淀，但这总比到两三公里远的板壁岩和巨锯岩去挑水强多了。而在更远的时候，我吃的水都是山下用拖拉机拉来的，半个月甚至一个月拉几油桶来。水太金贵，那时候，我不到下雨是不洗澡和洗衣的；下雨了，便将大盆小盆拿出来接。冬天呢，冬天就化雪水，将油桶放到火盆边，装上雪让它慢慢融化。雪也不干净，这高山顶上的雪，有许多杂质，是天空带来的，越过秦岭的北方冷空气挟带着细密的沙尘，一直漫卷到这里。

我挑了一担水，喘了口气，就打开楼下的发电机房发电，再回塔里打开电台。我有三个电台，一个是801接收电台，一个是转讯的，另一个是用电池的老式小功率单边带短波电台，无锡无线电厂生产的老古董。过去我就用这个老古董，现在，当没有汽油和机器坏了，我依然用一下。如今我用的电台当然是很高级的洋玩意儿了，接收机与林区防火办联系，一个转讯机是与山上的巡护员们联系的——他们上山清山清套（套野兽的钢丝）都带有对讲机。我打开接收机，就听见了陶大沟俏皮的声音：

“老哥，还活着哪。”

“那当然，”我说，“大狗子，什么时候上山来喝一杯？”我叫他大狗子。

“算了吧，老哥，只要你没火情，比喝金六福还高兴。”

“没有，今日早上没有。”

“不过这个季节一定要小心呀，几天内还没有雨，风把人的眼窝都刮干了。”后来他突然说：“差一点儿忘了大事，老哥，晓得什么大事吧？”

“什么大事？”

“你猜吧。”

“是不是给我找接手的人……”

“对了，你要下山了。”

“你怎么知道的呢？”

“我昨天到局长办公室去，听局长在同一个小子谈话，谈的正是上山的事。”

“是哪个？”

“关门河保护站的小赖，你知道吗？”

“小赖我当然知道，小赖有小孩了。”

“他们准备全家上山。我看那架势就是这样。老哥，你解放了。”

“好啊好啊，人是要解放了，也老了。”

“你不老，你跟儿子争媳妇啊？！”

我的心里很高兴，我就要下山啦？我终于下山了，我今年五十八了。我想提前一两年下山，看来有希望啦。我之所以想提前退休，是因为我害有严重的风湿病，眼前有严重的幻觉，脑袋和脸皮因几十年紫外线强光的照射乌漆墨黑，麻木。屈指一算，我待在山顶已经有二十六年了，我的女儿死在了山上，我不能再死在山上，我得下山，过几年有人气的日子。

我上了瞭望塔顶。白色的塔柱像蘑菇柄，又高又细，而塔顶的瞭望台就是蘑菇盖，八个斜下来的窗户就是瞭望孔。天上的云很厚重，有时候太阳会把它们顶开。顶得开，天就晴了；顶不开，天就是阴的，甚至会大雨瓢泼。这全凭太阳一时的兴趣。我总是这样看的。因为太阳尚在沉睡之中，在东边，靠兴山和木鱼的方向，层峦叠嶂的上边，天有一块是红中带青的，这表明太阳在出与非出之间。太阳是个有脾气的红脸膛大汉，而月亮却是一点儿脾气都没有的谦谦淑女。但是浓云出现了，是从西南面的巴东和长江一带出现的，近处有下谷坪；正西的云是暧昧的青色，西边是四川和大九湖——就是那所谓的几万亩高山平原，其实是一块大洼地，一个大冰斗。西北边呢，是陕西和房县，近处自然是美丽的板壁岩和巨锯岩了。而顺着猴子石走去，靠竹山县，那儿有一片真正人迹罕至的原始森林，那才是最具有神农架特色的地方，现在，那儿有一个山西来的大胡子老张正在寻找野人，长期露天居住，他跟我一样，完全不食人间烟火。正北是阴峪河、百步梯、板仓，更远也是陕西。现在，就回到东北方向来了，从这儿有小路下山，如果没有车，我情愿走这条小路，穿过闷头沟，到达小龙潭，再到鸦子口。可是闷头沟让人无缘无故地闷头也是一桩难解的事。那儿有浓密的药用植物，灌木丛生，乱石水沟从里间穿流而过，植物的气息和苔藓的气息、腐殖质的气息，让人瞳昽难醒，脑壳发涨，甚至会出现被怪兽吞噬的幻觉。

这是神农顶，华中最高峰，瞭望塔的所在地。其实，在正西方还有一座比这儿高出十几米的无名峰，因没有人去，它就只能叫无名峰了。在这四周，有许多超过三千米的山峰，韭菜垭啦，老君山啦，金猴岭啦，巴东垭啦，杉木尖啦。还有稍矮一些的大窝坑、白水漂、猴子石、天葱岭、药棚垭、踏子垭、凉风垭。在它们的底部，响岩河、阴峪河、双沟、落羊河正日夜不息地奔流着，在属于它们的峡谷里狮吼一片。而在山上，当然声息未闻。这山顶太沉寂太荒凉，可我就要走了。我的脚下，风起过，四围的箭竹发出干涩零乱的喧嚣，一阵一阵。不知为什么，它们在近几年几乎全死亡了，而新的芽子，正缓慢地、稀稀拉拉地从死根上萌发出来。冷杉在风中受到了鼓舞，它们总是很容易亢奋和愤怒，在塔的背后，一片巴山冷杉林总是先锋。它们装鬼，哭号，它们站得笔直，它们枝丫纷陈，阴森恐怖，它们爱闹事，在半夜里会把你呼醒，然后鬼哭狼嚎，有时候，它们日夜不停地大喊大叫，像一群疯子。我说停下吧，停下吧，难道你们就不累吗，这些鬼树！可它们根本不把我放在眼里。有时候烦了，睡不着，早晨睁开通红的眼睛，我也会爬上塔顶去，与它们对号；我大叫，我用双手拢成号筒，“嗷——”我这样叫着，看谁的声音大吧，看谁更恐怖吧。我这样叫习惯了，有时候，我对着夕阳会叫上半个小时，我也不知道是为什么。我叫得喉咙哑啦，气全泄啦，满山遍岭都回荡着我的叫声。声音打回来，还是单调的，有时候，我听见我的叫声回来了，忽忽悠悠地回来了，无比地阴森恐怖，仿佛一头被囚禁的野兽。我问自己：“宝良，你这是怎么啦？”可是后来，我控制不住了，我必须大叫一阵，心里才会舒服些。

风大了，云也浓了，乌云如跑马，重重的山岭突然动了起来，云气呼噜呼噜地往上冒，好像四山着火了一样，在乒乒乓乓地燃烧。可那是错觉，没有烟雾。那只是下雨的前兆。真正的火警可不是这样的。比如云和火烟，都冒白烟的话，云是散漫的，看起来像烟雾，而真正的烟雾是往上冲的，你只要发现往上冲的云，那就是起火了，你就得赶快打开电台报告，那是十拿九稳的。

每天，我要与山下的防火办联系两次，到了秋季的高火险期，可以增加到四次。这是我唯一与外界、与人说话的时候。其余的时间，我就只好沉默或自言自语了。

雨下了起来，同时响起了雷声。在这样入秋的季节，雷声并不稀奇。雷越来越大，雨越来越猛，群山奔涌，天地昏暗，我看到雨打在山坡上，树林里。雾气一团一团地自西向东飘浮，我对眼际这山顶的一切突然感到新鲜起来，因为，我要走了，我的眼光变得忽然好奇了。我就在这里生活了二十多年吗？春去秋来，年复一年？我往塔下走去，我不能扶墙，只好顺着这螺旋楼梯往下走。一到雷雨天气，这墙一摸就双手发麻，整个塔壁都带电。

早上我吃的是懒豆腐，是昨天磨的。我就想，磨子不需要钻了，我得把那把錾子还回去。可是雨下了起来，我如何能把錾子还到阴峪河鲁磨匠儿子鲁娃子的手中呢？我非常急切地想把錾子还过去，我想告诉他们，我要下山啦。我要跟他们告别，我要把山上不能带走的东西给他们。可眼下我想归还那把錾子才是要紧的事，我已经占用人家的这工具太久了。我不停地磨呀磨呀，凿呀凿呀，我想我是不是太霸道了。我就说："鲁磨匠，我给你把錾子还过去了，我早该还了。"鲁磨匠死在我堆杂物和烤火的那个房里。那一年春节，我没有办法，我想回兴山的老家一趟，我记得那一年是我在山上整整过了五个春节之后，而那一年我与我的老婆吵得不可开交，我想趁春节去弥合一下感情，就请了阴峪河给我钻过磨子的鲁磨匠代班，替我守几天塔，反正冬天雪壅得厚，火险很低，不需要开电台与山下联系。我把塔门的钥匙交给了鲁磨匠，还把我儿子提上山的两刀腊肉给了他。当然了，磨懒豆腐的一袋子黄豆也放在那儿。他从家里还带来了不少的洋芋、白菜，又有一大壶的蜂蜜党参酒。鲁磨匠的这个年在塔里没有说的啦。可是我二十天回来后喊门门不开，我只好撬开了门，看到鲁磨匠在烤火的杂物房坐着，手上还端着一杯酒，他早死啦。他不知道这样用水泥建造的砖房是跟他们那四壁透风的土坯房不同的，在这样的房里烤火，把窗户和房门关得严严实实，那是肯定会因为缺氧窒息而死的。恰恰这一点我忘了交代他。

鲁磨匠死了，我没有了钻磨子的人，我还得磨我的懒豆腐，我就借来了他生前用过的錾子，自己学着钻，嘿，竟然钻会了。

雨下得太大，我不能走这样的山路到阴峪河去。在我出门去塔底下抱柴时，我看见鲁磨匠出来送我。我就说：

"我不是给你送錾子去的。你放心，我不会拿走你这把錾子的。"

天色无比晦暗，雨水挟带来一阵一阵的寒流。烟霭如墨，山影如魅。我想我得吃一只腊蹄子，庆贺庆贺我即将下山。我拿起了柴刀，鲁磨匠的影子就散去了。我得给他祭一杯酒，我在想。我刚才看到的影子就是那红扑扑的脸膛，抹着胡髭上的酒沫星子的样子。我并不害怕他，他满面红光，火气很高，这样的死鬼是无须害怕的，这样的死鬼不害人。他喝了酒就会说阴峪河的事，说那家，这家的事。说打猎、守庄稼的事。他还喜欢说巴东、兴山、四川那边的事，因为他背着大大小小的錾子和锤子到那些地方去钻过石磨，他什么都知道，然后我就说："鲁老弟，来，再抽一杯。"他就抽了，喝得吱吱响，喝得那个响法，就像酒是玉皇大帝赐的甘露，他喝酒才真是喝得有滋有味儿哪。跟他喝酒，二两的量可以喝出半斤来，我爱跟他喝酒。那时候，跟他混熟了，他常请我去阴峪河给他的庄稼地看野兽的脚印，守庄稼。我当然得去，有酒喝，而且我的确在行。看野兽的脚印预测它们哪天还会再来。哪天不会来了，不会糟蹋庄稼了。这可是我的一点儿特别技能，没有谁不服的。跟你说了吧，如果一头野兽在一块田里吃庄稼了，它按原迹返回，这天晚上它肯定会再来，今晚不来明晚肯定来，这两天你得好好地守了；如果它吃了庄稼，再笔直地走出田，它就不会再来了，你就不必守了；如果它的脚印跟来时的脚印呈45° 角离开，三天后它一定会来，这两天你就不必守了，如果是呈90° 角离开，四至六天，最多六天它一定会来。所有的野兽都是这个规律，大致如此。野猪、熊、豪猪、猪獾、麂子、獐子，可能有区别，区别不大，我这里主要说的是野猪和老熊，嘿，它们可厉害了。说到我这点技巧，是多年摸索出来的。我在山上，还包括年轻时打猎，我这人就爱琢磨，喜欢安静。看兽迹我过去主要是为了打猎，所以，我最先琢磨的就是：这兽是啥兽呀，多重呀？是小的是老的呀？是活泼的是快死的呀。后来，我能一目了然了——这可真神。健康的兽，脚印踩下去，正中间有一个坑，有坑表明此兽足下有一坨肉，证明兽很健康；无坑印，表明此兽正在衰老或正在生病。寿岁呢，看指甲印，指甲一个长，一个短，不健康；一个弯一个直，也不健康，两个起翘的，证明此兽快死了。足印起包不起坑，也快死了。看寿岁，还可以看足距，后蹄子（爪子）踩到前蹄窝里，有一半寿岁；后蹄踩不到前蹄窝，此兽大限到头了，你追此兽，一定能成。

在阴峪河，我看兽迹，那可是这家请那家接的。一年辛辛苦苦的庄稼可不能一下给野兽糟蹋了。于是这个“宝良哥”，那个“宝良叔”，拉我去喝酒，膀子都拉脱。老的少的，见了我，满目含笑。不过这也只有在秋季，一年只那么一回，其余的时间里，我就一个人待在瞭望塔里，在这方圆几十里荒无人烟的高山上，看着四周的群山，看着森林里的火情，日复一日。

我取下了一只像石头一样的腊蹄子，在炭火上烧了毛，烧了因潮湿和久放而长出的绿斑，用砍刀剁。剁一只蹄子难，煮一只蹄子也难，在这海拔三千米的高山上。我想，反正有的是时间，我放好了作料：野花椒、芫藿，还有紫苏叶子、辣椒，然后再刮洋芋。这一袋洋芋是鲁磨匠的儿子鲁娃子背来的，我给了他两包烟，他推说不要，后来还是收了。我总是吃他们的，我的心里总过意不去。过去，我们是仇人，鲁娃子是准备砍掉我的脑袋的，因为他父亲给我代班熏死在这里了。有几次，他拿着刀，咬着牙齿，守在我的门口，有时候，会一坐一夜，山上的寒露都没把他冻死——那时候，他才十一二岁。他当然杀不死我，但是他的恒心和狠心让我心惊肉跳。这小子，后来，他就给我送洋芋了，送瓜果了，喊我“宝良伯”了。这是以后的事。他说：“宝良伯，我给你拿了点儿蜂蜜。”“宝良伯，这是刚放的酒。”我一闻，香啊，苞谷酒。我就把鲁娃子让到塔里，给他做吃的，然后，我就托人下山给他买棉袜子，买解放鞋。山上的山蚂蟥太多，穿上棉袜子挡蚂蟥。那一阵，虽然他要杀我，我背着枪还是去了他家，帮他家看庄稼。看庄稼是男人们的事，他爹死了，他还小，我就拿起枪给他们照看，帮他们观察蹄印。我还给他家收庄稼，刨地，出粪。我亏欠他家的。慢慢地，他就对我解开了眉头，拿刀子的手也垂下了。

我在咕噜咕噜的肉香中等待着开锅。我斟好了酒。外面的雨还在稀稀落落地下，风把树上的雨簌簌吹下来，死去的箭竹林发出荒凉的、过早到来的冷噤声，飒飒作响。山上现出了秋意，草甸上的凤毛菊算是开了，到处黄艳艳的一片，而紫羊茅、青茅和藁本快枯黄了，柴胡、火绒草藏在它们中间，依然有一些绿意。在东北坡往闷头沟下去的方向，一丛丛的山楂和峨眉金银子正在雨中兀自红着，大红袍在灌木林的深处也暗暗地红着，看上去像洒了一地的血，好似野兽们在那里搏斗过。昨天晚上，有几只九节狸就在那儿呜呜地打斗，它们大约是争食有几个游人丢弃在那儿的食品。总之，秋天来了，而风将更加劲厉，山冈将更加荒凉和冷清。雪虽然不会马上就下——现在的雪向后推迟了，推迟足足一个月。而当年我来到山上的时候，在二十多年前，这山上总是在九月十七日至二十日下当年的第一场雪。我已经摸出了它的规律，大约进入二十世纪八十年代后期，具体是在 1986 年，第一场雪就推迟到十月了，如今，初雪的日期总是在十月上中旬，而且雪也没有那时候大了。

我开始喝酒的时候雨已经住了，西边开了天，云彩在山谷间浮游，已如强弩之末。我给鲁磨匠敬了一杯，把酒洒在火盆的旁边。我用手指卡着玻璃杯子，我想喝上大半杯也就可以了，可是后来我又倒了半杯。我的牙齿还好，能扯得动蹄筋，我的舌头对那熏出陈年老烟味的腊蹄十分偏爱，加上酒的滋润，我就想说点儿什么，我说："噢，我要下山了。"我看了看空空荡荡的塔内，一盆火，两张人造革的露出填充物的破沙发，一个茶几，四把柳木椅子。我一个人喝着酒，西天里的红霞正从窗户外反射进来，它们依然离我很远，给我的感觉是，它们在别人的村里热闹着，不管多大的夕阳，不管多大的朝晖晚霞，离我都是远的，我寻思是因这圆圆的塔内太空阔了，而我显得多么渺小，简直像一只蚂蚁。有时候，我甚至忽略了我自己。整个塔内就是风、夕阳、陌生的云雾和空气，它们直往窗户里灌；而在更高的塔顶，在那个蘑菇似的平台上，我就像站在一只怪兽的脑壳里，它有八只眼睛，空洞洞的眼睛，没有眼珠子，它是个死的，是个空壳，它站在这么高的位置，像巨兽的遗骸，被山风和冷雾掏空了，和巴山冷杉，和华山松、山柳、刺柏与花楸站在一起，站在时间之外，在这里，像一座远古的废墟那么挺立着，而我呢，我当然只能是一个幽魂，一个自以为活着的、快乐的、能喝酒和行走的古堡幽灵。

我喝多了，我啃了一地的猪蹄子，我吐着酒气，我又喝茶。我摸索着到塔底去开发电机，我要与陶大沟"大狗子"联系：无事，下雨哪来的火警呀。

通往大九湖和坪阡的路隐隐约约地印在白水漂那儿。我的腊蹄子就是坪阡的人送来的。八百瓦的小发电机在塔底响着，就让它响去吧，在这日近黄昏的时候。我倒在床上，酒让大脑有些迷糊。我望着屋顶，我在想，我回老家与儿子媳妇住一起去吗？我当然要回老家去安度晚年。我还有一点儿积蓄，我的工资也不错，五百多块钱，他们不会不欢迎的。可是，我碰见了田菊英呢？田菊英也跑来给儿子带孙娃儿，跑来玩呢？那我就回单位，找领导要一间平房也可以的，我没有功劳有苦劳，我是正式职工，我当然得要一间栖身的屋子。我不愿见到田菊英，我过去的老婆。我为什么不愿见到她？因为那都是过去的事了，唉，过去的事情。

我是三十二岁上山的。那时候，我在伐木队伐木，林场的领导对我说："苏宝良，你愿意上山去守瞭望塔吗？你反正一个人，你这人又爱安静。"我说，那就去看看吧。我实在不愿伐木了，一声"顺山倒"，又不知哪一个兄弟被树砸死。我的一个很好的兄弟，在伐场清山时，一根缠着搭挂树的粗大猕猴桃藤把他给弹石子一样弹上了半空，落地时撞到了岩石上，一声不吭地就死了。就在第二天，我答应来山上。我记得那是一个雪天，我和两个送我上山的人背着行李。我们从鸦子口经过大、小龙潭，又翻过金猴岭和巴东垭，到达瞭望塔，山上的雪足有一米厚，十八公里的路程，从早上走到天黑。送我的人说，这还不算最大的雪，最大的雪有两三米深，人一下去就爬不出来了。我进了塔，一切似乎给我备好了，还有千把斤木炭，我说行吧，我就留下来吧。其实那时候我已经结婚了，可是这事我左右没给场里说，我就是这么个人。来年五月的时候，我就把我的老婆田菊英接来了。五月雪还没有化完，山上的冬天足有二百五十天。我的老婆来后半夜不敢出去，把我那洗脸的脸盆拉了满满一盆子尿——那都是吓的！我就说，这像什么话，你要是住不惯，你就走。她果真就走了，一个人哭哭啼啼地下了山。她是个刚烈的女人，自以为是，从来不屈服。也就是从那之后，我们的感情就基本完了。

我上山以后的某一天，风雪弥漫，从巴东垭方向走过来一个人，在雪地里跋涉。他背着两扇磨子，胸前背后各挂着一个。我老远就给他打招呼，我说："咳，过来歇歇脚。"他就从丁字路口往我的塔里来了。他说他姓鲁，在下谷坪帮人打了磨子的，是个磨匠。他跟我的年龄相仿，人也整个像一副石磨，两只眼睛青乌乌的发硬，就是一双豹子眼；十个指头粗短，右手捏着一把黄铜锤。我说："你把这副磨子卖给我吧。"他说："这磨子我跟别人钻坏了，我准备背回去自己用的。"我说："何必呢，我给你钱。"我给了他一块五角钱，买下了这副青紫石的磨子。他说："嘿，嘿！"他拿着钱，说："以后我背洋芋给你吃。"他是阴峪河的人。我推了不多久，磨齿就磨平了，有一次他上山来，我就问："鲁老弟，没带錾子来吗？"他说："你的磨子要钻了？你一个人怎么这么费磨子呀？"我就说："是你的石质不好。"他就火了："也就一块五角钱，我才不愿背这个冤枉呢，我把钱还你！"山里人的脾气真是大，说话不会拐弯儿，就像遍山的石头说话一样，我就给他敬烟。他看了我的石磨，又看了我一大锅煮的懒豆腐，明白了，说："难怪的，你未必一天到晚在推黄豆？"我就说："一个人待在塔里没啥事，不推黄豆干什么去？"我不停地磨黄豆，我的豆腐磨得特别细，一锅煮的豆粉儿，竟没一点儿豆渣，一把黄豆在我的手上，可以磨半天。就是这样，我不停地磨呀，磨呀，来打发时光。

不磨又能干什么事呢？我这人劳碌惯了，一个人坐在塔里，当时又没有什么电台跟下面联系，要是有事，要是发现火情，我就得跑步到十八公里外的山下鸦子口去打电话。我一个人呆坐着，我当然可以去巡山，也就是白水漂到闷头沟隘口的这一段距离。山上的箭竹呀、草甸呀，每一棵正在活着的或死去的巴山冷杉呀，华山松、秦岭冷杉，还有槭树、花楸、山柳、刺柏和两株罕见的数十米见方的扑地柏，我都了如指掌了，熟悉它们就像熟悉我身上的疤癞。有一次，我在闷头沟那儿挖到了一棵人形的黄芪，我把它放在窗台上，让它陪伴我，这是棵公黄芪。有一天晚上我看见它从窗台上跳下来，摇摇晃晃地在塔里走动，向我笑着，给我点烟，倒茶，还翻跟头逗我乐。后来它就变成了我的儿子兵兵。我就说："兵兵，你干什么呀，你可不要玩火。"我看见他给我点烟的时候拈着一块炭火，把火星吹得满山飞舞，真悬。这自然是做梦。可是醒来后，我就更喜欢上这黄芪了，怎么看，都像我的手臂白亮如藕节的儿子，活脱脱他的一张照片。

我三十岁才结婚，因为伐木队里男多女少，我这种口齿木讷、闷声闷气又成分不好的小镇人没有谁会喜欢。我的父亲最早的时候是县衙的录事，因为得罪了县长，字也写得不咋样，这录事就被开销回来了。后来，在小镇的基督教堂里跟一个叫郭约翰的法国牧师抄写经文。我们那个贫穷的、一泡尿可以屙到头的江边小镇上，竟有两座教堂，一座基督教的，一座天主教的。

我的父亲趿着中国的桐油木屐，却穿着一领宽大的牧师袍子，就像裹着一床被单，胸前挂着郭约翰给他的十字架。我的父亲被称为假洋人。在我的童年的记忆中，我的父亲每天在基督像前祈祷，在身上画着十字，他不停地用我们小镇的方言念着那些佶屈聱牙的经文和祷词，真是不厌其烦。在那个长江边的山坡小镇，他面对长江，高声喊道 :“唯愿公平如大水滚滚，使公义如江河滔滔。”其实新中国成立前他曾掩护过地下党，兴山最大的赤色农会组织大刀会，就是在我父亲的教堂成立的，并作为交通点。新中国成立以后，他不知怎么被打成了右派，在我们小镇的制帽厂里学会了踩缝纫机缝草帽。“文化大革命”开始的那一年，他患了重病又要被拉出去批斗，只好一头扎进了长江。在他留下的笔记本上，他最后的遗笔是 :“主啊，我知道舍去并不意味着缺乏，牺牲并不代表消失。将会使更多的生命随之兴起。我愿效法那一粒默默承受舍去和牺牲之痛的麦子，将生存的希望与快乐留给他人。阿门！”他还写道 :“疲乏的，他赐能力 ；软弱的，他加力量。”我记得这句话，我永远记得。我在想这个基督为何有那么大的神力。关于基督会再来的热望我慢慢地淡忘了，我勉强读到初中，因是右派子弟，也不能升高中，更不能安排工作。我的母亲拉扯我们，甚是辛苦，我只能做些小工，比如，背棉花匣子，给收购门市部打包，给食品站下河赶猪。有一天，神农架林区在小镇招收伐木工，有饭吃，有工资，我就报名来了。我的老婆是我的街坊，一个长得没有多少特点、瘦里瘦气、黑不溜秋的女人。过去没结婚前，我对她没有特殊印象，她的家用石头砌在一个乱石成堆的水沟旁，好像随时要垮掉的样子，一大窝姐妹，父母又邋遢又没有文化。镇上的人给我做介绍，说就是田茅匠的三丫头。我努力回忆起那个三丫头，才从记忆里扒出一个灰头土脸的姑娘来。我说，那就结吧。我大她八岁，我给她家拿去了盒装的点心，草纸包的水晶糕，还有一段花布，加上从神农架带回的一只腌了的麂子、两个麝香囊，乌七八糟的一些东西，就成了家。他们都知道我是右派苏牧师老实巴交的儿子，在神农架砍伐木头，三十岁了还没找对象。每年春节回来的时候穿着工作服，脚蹬大棉靴，在伐木队拿工资，还算神气，虽然有点呆头呆脑，长相老扮。

我的第一个孩子是个儿子。来信说老婆生了，我也没多少惊喜，我接到信，在冰天雪地的伐场里，我一个人坐在雪山上看了家里的信。信是老婆请人写的。让我给儿子起个名字，我就回了信，说就叫苏兵吧。就这样，叫了苏兵。我依然在伐木，早出晚归，睡在伐木队的通铺上，吃着没有油水的洋芋和鱼儿掺沙（苞谷加少许大米）。再后来，我的女儿又出生了，又是来信，要我取名，我回信说看着办吧。我想不出好的名字来，后来我回去女儿都有了名字，叫燕子，学名苏燕。我也没问谁取的，就燕子吧。无所谓，我已经到山上守塔了，我一个人吃着懒豆腐，观察火情，筒着手在神农顶上走来走去，远在兴山的女儿叫什么，那关我何事呢？莫非我是个无情无义的人？不是这样。我一年回去一次，顶多两次。有一年夏天我回去，我发现我那淘气的儿子竟在江边玩水，而我那连走路都不稳当的女儿也在江边扔石子。西陵峡的水是相当急的，我吓出一身冷汗，跳进江里拽上我的儿子就是一顿猛揍。我在想，作为一个父亲，应该每天跟在儿女身边护卫他们才是。那一阵子，我成天提心吊胆，生怕他们又跑到江边玩水去了。可是，我无法天天如此，我又回到了遥远的神农顶上，在三千米的高峰上。我总是朝兴山的方向望着，一闭上眼就是西陵峡黄浆似的湍流与旋涡。然而，过几天我就淡忘了，遥不可及的事情，被眼前我的工作，我的瞭望与巡护，我的磨黄豆和每日三餐的烦事儿给冲淡了。就是这样，眼不见心不烦，我与他们，我的老婆和孩子没有了感情。牵挂吗？没有牵挂。说真的，没有。只有见到他们，我才记起我是一个父亲，或是一个丈夫。在生活的漫长暗示和默认里，我以为我原本就是一个人，没有父母，没有家庭，一块山间的无根云而已。

可是我的女儿上山来跟我做了几天伴儿，在这儿玩了一段时间后，我发现我是太爱她，爱他们，我的孩子们了。大约在 1988 年的夏天，有一天傍晚，两个去罗圈套和百步梯清山的护林员带着一个瘦筋巴骨的黑皮女孩来到了塔里，两只猴板栗似的褐色眼睛滴溜溜地乱转。我问他们：“你们带的是谁呀？”他们说：“这是你的女儿。”嘿，我已有两年多时间没回家了，我的女儿当时已经有七八岁，而我最后见到她时，她才五六岁。我哪认得呀，我认不得她了。我的女儿又不喊我爸爸，歪埋着头愤恨地、警惕地朝我望着，手上拿着一个脏兮兮的书包。我说：“你是燕子？”她也不作声，只是瞪着我。到第二天她才喊我一声“爸”，那是因为她饿了。她问我：“爸，那是什么花呀。”这闺女，她对花感兴趣。我就告诉她那是一种很毒的羊角七的花，另一种却是蹦芝麻，圆筒似的，小酒盅儿，麻黄色。我就爱摘这种植物叶子下到懒豆腐里吃。我还告诉她碎米荠花、舞鹤草花。我就带她去山上挖野菜，什么地白菜、藁本叶、山马齿苋，都好吃。特别是这高山上的天葱天蒜，往往一坡一坡都是的，我们到了天葱岭，空气里全是浓郁的野葱野蒜气味，且长得特别茁壮茂盛，好像是神仙撒了一把种子似的，这么高的山，荒凉无人，那不是神仙种下的葱蒜又怎么可以理喻呢？山上的一切对我那个在长江边出生的闺女来说，一切都是新鲜的：从山褶里飞泻而下的轰隆的泉水，整天在树上蹿来蹿去的、摘食云雾草和嫩树叶的可爱的金丝猴、松鸡、松鸦、灰椋鸟、苦恶鸟、歌鸫、雉鸡、毛锦鸡，以及偶尔可以见到的麂子、九节狸、豪猪、野猪甚至老熊，到处的鲜花，激浪翻滚的云海，她都喜欢。我们摘了满满一筐的野菜就回去磨豆子。我推，燕子喂。这妮子鬼得很，她先是一把一把地喂，我就说，你能不能少喂几颗呀？她就少了，她一颗一颗地喂。那推什么呀，全推磨齿，磨齿磨平了，豆浆里还全是。我说，你能不能三颗四颗那么喂呢？她就数半天，数三颗四颗。我说，大致就行了。她说，你要我三颗四颗嘛。她说，爸，你来喂，我推。她硬要推，推又推不动，磨子也推翻了，黄豆、豆浆全撒到地上。我吼了她几句，她竟不吃饭了，就睡在沙发上，也不进房去睡。山上的夜晚虽是夏天，那可是要盖大被子的，还要生火。我怕她着凉了，我抱她进去，她不去，死犟。我说：“那你到塔顶去。”她就去了，嘿，这妮子，那可真是犟木头打出来的。塔顶上没有灯，到了半夜，我怕她着凉，就学鬼物叫。她终于受不了啦，连滚带爬地下了楼梯，冲进了房里钻进被子。我说：“你只有这大个胆子啊。”我嘿嘿地笑，她就哭。第二天，她还是不理我，要她吃饭，不吃。我说：“不吃就下山去，回到你妈那儿去。”嘿，又一个田菊英！她这小小的年纪，拿上她的书包，就顺山路走了，我一直追到巴东垭才把她追到，把她抓住了拽回来。我说：“山上全是老虎，你走到哪儿呀？”小女孩嘛，一吓，就把她吓住了。可这孩子的气大，像一个汽轮机。只在山上几天，她就得掉一层皮，山上的紫外线太强。她揭去了一层皮，过几天，又揭去了一层皮，嗬，那个油黑脸不见了，蜕了两层皮，细皮嫩肉了，脸红扑扑的。我说：“好哇，燕子，换了一层皮，就不再像你妈了。”“我要像她，又怎么样，不要你管！”她护着她的妈。她说：“衣裳是你给我们缝的啊？扣子是你给我们钉的啊？米是你给我们打的啊？早上去学校是你给我们热饭吃啊？”她这么说，我就没话了。我问她，是哪个指使你来的？是不是田菊英说的，要你死到你的神农架爹的山上去。燕子说不是的，是她自己要来的。她问她的妈，说，别人都有爸，咱为何没有爸呀？你看，两年不回去，连我的女儿都把我忘了。她这一说，她妈就说，你爸不是在神农架吗。这样一说，她就硬要到神农架来，要收拾书包去山上看她爸，看我。这样，她妈就给了她车钱，让她一个人到神农架找我来了。先是到我的局里，后来就让巡山员把她给带上来了。她说这个经过的时候我看着自己的女儿，泪差一点儿掉下来了。这么小一点儿年纪，还想着她爸，上山找我，还没被人拐走。人都说女儿恋爸，儿子恋妈，这真是没错的。

暑假结束后我把她送回了兴山的家去。我那滚得像泥猴的儿子正拿着手罾在江边捞虾子。就像小时候的我一样，一模一样。可是，我不能回来，不能带着我的儿子去捞虾子，然后，父子踩着慵懒的夕阳走回家去。那一次，我才真正感到了对孩子们的亏欠，感到为人之父其实应该有一种责任。并且，我还知道了，在两代人中间，真的有一种感情，有一种无私的、发自心底的感情。我在内心里说，我爱你们。可是我无法爱这个家。家对我太陌生啦，家使我觉得像住在别人家里一样，根本没有神农顶那个古堡似的石塔自在。我想，我是不是把自己孤立起来了？我是不是像个老和尚了？我的老婆数落我，要我一定调回来，我说我找谁去呀。我这样的一个守山人，又没有亲戚当国家干部，又没有门路。她要我去找那个小镇书记，我又不认识那个人。我害怕与人打交道。我的老婆也是个临时工，找那个不相识的书记要办调动那不是瞎子点灯白费蜡。没有谱的事我可是从来不做的，连试都不试。但有一会儿想，我是得调回来才好，我那两个孩子不能没有我。就凭着这一点想法，我与田菊英就去了，好歹把她喂的两只鸡捉去了。那个书记说，你调回来做什么呀。我说在码头上扛包都可以，扫街都行。书记说你在神农架还有工资发，我们这镇上好多单位都垮了，连吃饭的钱都发不出。人家一口回绝了，我还有什么话可说呢。我就说，菊英，我们回啦。我们出了门，那个瞟花眼书记瞟着两只鸡说,你们把鸡提走。我就把鸡提回来了。我那老婆想拦我也没拦住，说，人家一句话，你就真提上了。书记不晓得吃了别人多少鸡，那是个顺口话。我说，我哪知道呀，我以为他很清廉呢。她骂我是个苕，几十岁了还没开窍。我说什么呢？第二天我只好回到了神农架。我这么舒服地住在山上还拿工资，我凭什么要在那个瞟花眼书记面前低三下四求爷爷告奶奶地调动？而且，我跟我那老婆没有一点儿感情，我真回去了，与她住在一个屋檐下，天天睡一张床，我如何能受得了！我还记得我老婆骂我是个苕、几十岁了还没开窍的话。我想，算了吧，我还是离婚吧，她带一个我带一个；我带燕子。就这样，我跟她提出了离婚。春节时我是想带点儿什么回去的。大雪封山后的一天晚上，一只几十斤重的麂子因为饥饿和寒冷躲到了我塔底的柴堆里。那时我还有一支老猎枪。我见到了麂子，我就本能地拿起了枪。我要射杀它，那可是太容易了，在伐木队时我打过猎，特别是晚上射鸟，手电筒照到了，一枪一个准。可现在，当我一个人在这大雪封山的瞭望塔里，和一只饿得浑身发抖的美丽的麂子对视，四野无人，也许只有我们两个活物在此了，我失去了射杀的勇气。我端着枪还在想，我春节提几只麂胯回去，给镇上的书记两只胯子煮汤，谁不知道麂子汤是天下最鲜的汤呢，然而我不知为什么垂下了端枪的手。我已经与这山上的一切有了一种依恋之情，就像山下的单位一样，一个人要和领导同事搞好关系，我一个人在山上，谁是我的领导？天空。谁是我的同事？群山、树木、草甸、鸟和野兽，以及无边无际的云海，它们是我的同事。我感到了那隐隐之中它们的灵性、它们的知觉，我可不要跟它们搞反了，我要与它们相处，不能剑拔弩张，拔刀相向。我要在这山上平静，也得让这儿的一切平静。哪一个发了毛，都会发毛，你若害死了它们中的一个，其他的都会来暗害你，它们的魂，都会涌向瞭望塔，而我将多么孤立无助。就是这样，上山后我没再杀死一只野兽，它们是我的邻居。到以后禁了山，我就更没有射杀的欲望了。只是偶尔一次，在帮鲁磨匠守庄稼时，我打死过一头野猪，那是害兽，它要将我守庄稼的棚子拱倒，我才动了枪，那头猪，也作为我对鲁磨匠留下的孤儿寡母的一种补偿。就这么一次，我做了不少的噩梦。

我回到兴山过年，只带了一斤我自己采的蘑菇，还有我的女儿喜欢吃的一大捆天葱。可我的老婆埋怨我带回的钱不够，过年买肉、鱼，开年后两个孩子的学费。我有什么办法，我就那么一点儿工资，我在山上除了抽那么点儿烟外，又不嫖，又不赌，莫非让我连一条裤子都不穿吗？而我的老婆说，她跟着我几年都没有一套新衣裳了，两个孩子就是无爹的娃儿，穿得比叫花子都不如。我说："我又吃了什么，又穿了什么？我的头发还是自己对着镜子胡铰的呢……那就离婚吧，你再去找个男人享福去吧。""离婚是不可能的。"她说。我就买了一条红梅烟，在正月初五去了镇人民法庭庭长家。庭长要我把烟拿走，他给我敬的是长"健"烟，他说他只吃外烟。他说："宝良哥，别想那个美事了。我判你们离婚，镇上的街坊不骂我丧尽天良。看一看你老婆娃儿在家过的是啥日子吧。你老婆在家给你拉扯两个孩子，你照了一点儿闲？她又没什么坏名声，没偷人养汉，你凭什么要把她蹬了？你这个案件我受都不会受理，受理了，一街的人骂我，还以为你给了我多少好处。"我走上街就拆了那条烟来抽，我可没抽过那么好的烟。我抽着红梅烟，口里全是苦的。我怎么办呢？哪是我的家呢。我还是回山上去吧。

我永远记得那个正月初六的雪天。我坐车到了木鱼坪，还是一辆个体户的破中巴车，他们才有那个胆量在大雪天开。到了木鱼坪，没有车了，要翻过皇界垭到鸦子口，这段路十公里，然后还有十八公里到神农顶。雪足有一米厚，且又全是上坡，我背着个破旧的大牛仔包，在公路上跋涉，好不容易走到鹞鹰岩道班，一个值班的职工邀我进去坐了坐，烤了衣裳，并给我吃了一碗饭。他听说我要赶回神农顶去值班，便出来送我，为我背牛仔包。当时天已经黑了，北风呜呜地响，气温很低，公路上没有脚印和车辙印，雪越来越深。那人在前面走，他让我踩着他的脚窝。一直上了皇界垭，他已经送了我四五里地了，我要他转去，他却表示一定要把我送到鸦子口，但是天越来越黑，越来越冷，又下起了一阵雪子儿。我对他说："你不回去我就不走了。"他只好回转，把包给了我，要我一定注意脚下，慢慢走，不要走到悬崖边去了。我握了握他的手，他的手是那么的温暖，我的鼻子一阵儿发酸，我才想起我还不知道他姓什么，可是风雪吞没了他。我背上包，向皇界垭的南坡走去。我还后悔我没把竹雪橇带着，下山时放在了鸦子口。那竹雪橇太长，有一米多长，是我自制的，把箭竹砍来，用铁丝烧红了穿上，穿五六根即可，然后再配两个竹抓子，在神农顶的雪山上健步如飞。那一刻虽没有竹雪橇，我下山依然还很有劲儿。那个陌生的养路工给了我一股力量；我在神农架碰到了太多的好人，神农架给了我一种亲切感，在风雪弥漫的寒冬也不会有心寒的感觉，不一会儿就会补充一些暖意，看到的到处是和蔼的眼睛，连树木和天空的投注都是，我爱这儿，我不想到别处去，到哪儿都不如这儿自在，到哪儿我都做不好了。我还是只能做这种活儿，望望天空，守守山林，谛听它们的动静，分清楚云彩和烟火的区别，迅速地报告，或者自己把它扑灭了。

以后的两年我没有回去，一次也没有。虽然有人劝，家里也不断地写信来，但我对没有回去的那种心情扬扬自得，使我在这儿冷寂的山上打发漫长的时光有了一种刺激和亢奋。我因而获得了群山的支持。我仿佛听见了我父亲在念那本经书的祷语：疲乏的，他赐能力；软弱的，他加力量。我最初来到神农顶时，就感到这是神仙居住的地方，而阴峪河的农民说这神是当地的山神，肯定不是我父亲说的那个外国神了。反正是有神的，你看那高山上修剪得平平整整的草甸，那一蓬蓬箭竹大致呈长方形生长，每一蓬的间距几乎是一模一样的，连宜昌城里的花坛都没有布局得这么好，是谁精心栽下的呢？肯定有一个人，有一个神仙，有一群，他们居住在这里。我看不见他们，他们看得见我，我与他们比邻而居，难道这不是一件幸福的事吗？在黄昏时分，我看见过一队一队的“飞碟”打山尖而过。后来他们说是飞碟，我说是飞星，是神仙乘坐的玩意儿。还有许多晚上，我看见过那山野中出现的强光，刺人眼目，那光比电焊的光还强烈，肯定也是神仙们在玩什么花样。还有，我听到了各种各样的吼叫，是从山腹里传出来的，有时候像牛，有时候像人。这绝不是幻听，我知道，幻听是我熟悉的声音，不是鲁磨匠就是我死去的女儿燕子，要不就是我自己；我有时候发现总有一个人在我耳边唱歌，后来一细听，是我自己，在唱一首从阴峪河学来的民歌，哭一样的：“鹞鹰儿，飞得低，一双眼睛往下移，哪有鸡儿与你吃。毛老鼠，眼睛红，看见人，钻岩洞，好比媳妇怕公公。”这是小娃儿唱的血附身号子，解咒的。我女儿就问：“为什么媳妇怕公公？”这个小丫头，我如何能跟她解释呢，我就说：“她怕打嘛。”“可你从来不打我。”“我是你爸嘛。”“为什么别人的爸就打自己的女儿呢？”嘿，真是的，我真是从来没打过我的燕子。这首歌，就是我给燕子唱的，她死了以后，我还唱，在她的坟头，在闷头沟那长长的长满天蓼和木通的刺沟里唱。

我没有回去，我的女儿又来了，是第三年的暑假。她长高了，又变黑了，我就说：“嘿，到我这儿来脱皮的？脱得细皮嫩肉了又回去。”那一年的太阳却不见了，漫长的连阴雨，半个月见不到太阳。山上全是大雾，两米外就看不清任何东西。那可真不是人过的日子呀，人都快疯了，要不是有燕子做伴儿，我想我肯定会发疯的，加上整个身体的关节疼痛，一双膀子像泡在醋缸里了。天终于晴了，天一晴，万山青葱，萋萋可爱，暖风一吹，雾收了，空气也干燥了，燕子就嚷着要到天葱岭去挖天葱。我得清洗、翻晒塔里的衣物、被子，我得与山下联系——那时候已经有了单边带电台。我就说：“你一个人能去吗？”她说当然能去。她对这一带都熟悉了，而且胆子大得出奇。我让她带着砍刀，我还教了她许多对付野兽的技巧。比如，遇到老熊了，不要走直线，要弯着腰走“之”字形，在林中与老熊转圈，把它转昏，因为熊走直线。你若碰上大树，赶快拐弯，后面的熊不会拐弯，一头撞上大树，几下之后它就不会追赶你了；我对她说，遇到狼你也不要怕，神农架一般都是独狼，你要冷静，见了狼，站那儿不动，也不要后退，只管凶狠地把眼睛盯着它，盯它的眼睛。你千万不要掉头，不能转脸，不要搞小动作，抬手，抬腿，就那么死盯着它，它蹲那儿多长时间，你盯多长时间，最后，狼就会离开。所以，你只管不怕。野兽却是怕人的，任何野兽，老熊、老虎、野猪，从来不会主动伤害人，哈，不知道吧：一、你不侵犯它的地盘；二、它不在发情期；三、它不带幼崽。如果它在春天，它又带着小兽，它可能会侵犯人，这种时候很少很少，倒是，野兽见了人，往往早就跑了，包括毒蛇。

燕子出去挖野葱，回来对我说，她见到了一匹驴子。“哪儿来的驴子呀？”我笑她，“准是看走了眼。”“没，我听它呜呃呜呃地叫，就是一匹驴子嘛。”我没在意，我以为就是一只麂子，或岩羊，另外就是獐子。但燕子给我描述，没有角，只有耳朵，灰麻色的。恰好那一天鲁磨匠路过这里，我给他说了此事，鲁磨匠吓得碗筷都掉到地上了，看着燕子，说："她还没被吃了，那是只驴头狼！"驴头狼？驴头，然而是狼？鲁磨匠说："这不稀奇，还有驴头獐呢。好些年没见了，又回来了，这驴头狼可凶了，见什么吃什么，比老虎还厉害。"这一下吓得我和燕子都不敢出门了。我们就待在塔里，而外面正阳光灿烂，阳光可以晒掉人十几天的潮气、霉气。

接连的几天，我仔细谛听周围山岭的声音，除了有一两头麂子的叫唤外，什么都没有，山岭依然是岑寂的。这使我放松了警惕。有天上午到塔底下去抱柴，总觉得旁边坡上的那片冷杉林里有一双眼睛在注视我，刺得我惴惴不安，我直起腰，抬头往林子里望去，一头驴子模样的东西正坐在树林里，朝我看着。驴头狼！我操起一根大劈柴，瞪着它。因为我背靠着敞开的大门，我并不害怕，我见过了各种野兽，我于是大声吼它，要它"滚"，我慢慢后退到塔门的台阶上，这下我更有了胆量。我操起门口的一把柴刀，向那条驴头狼示威，半个小时后，那驴头狼才走了。第二天让我完全放松警惕，是在我与燕子到阴峪河去做客之后。路上我们带了枪，到了鲁磨匠家里，就听见村里人说发现了驴头狼。我就想，驴头狼只有一头，估计它现在到阴峪河来了。阴峪河是一条海拔较低的河谷，有东西吃，若老在神农顶，迟早要饿死。通过我多年的观察，神农顶不过是所有野兽的一条过道，它们并不扎在这里。我遇见过几次野人，都是看到它们从与竹山交界的那片原始森林，从南天门再到板壁岩，取道白水漂，然后向下谷坪的低山而去，低山有丰富的食物。不仅我看见的野人如此，一些山上的游客看见的野人，也是从白水漂那儿去了低山。因此，驴头狼也不过取了个道儿，到了阴峪河。又是一天，是个很凉爽的阴天，我和燕子一起到天葱岭去挖野葱，我要她紧紧跟着我，不要跑开一步。可那天，我的女儿竟爱上了马桑果。我知道马桑果能吃，却不知道吃多了会中毒，会犯迷糊。我看了看四周，好像没有什么危险，闻了闻空气，也好像没有野兽的味道，看地下，也无兽迹。我想我背着枪，我怕什么。我就对燕子说："我在那边挖葱，有什么事你就叫我。"女儿答应了。我挖了一筐葱，却还没见女儿过来，她究竟要吃多少马桑果啊，我就向那片马桑灌木丛喊："燕子，你别吃了，上来啊！"可是没有回音。我的心一阵发紧，我大喊："燕子，燕子！"还是没有回答。我连滚带爬地下到那片灌木丛，找我的燕子。燕子呢？燕子不见了，燕子吃过马桑果的那儿，遗了一地的马桑果柄儿和未成熟的果子。我真的快发疯了，我喊哪，喊，找啊，找，箭竹林子、灌木丛、刺沟，山上、山下，阴坡、阳坡，石头缝缝里都找遍了，喉咙都喊得滴血了，就是没有燕子的影子，也没有她丢下的东西。我又往塔里跑，以为她回了家。然而塔门依然紧锁，前前后后都没有见到她。山冈上静静的，而松鸦、寒鸦和老鸹这些清一色秽鸟的叫声让我感到大事的确不好了，腿一软，坐在了石阶上号啕大哭起来。过了一会儿，太阳悠悠地滑到了西边，我想我还得去找我的妮子，我就往阴峪河跑去，喊几个人来。太阳掉进西山，人才喊来，大家拉网似的搜找，打着手电筒，火把。找了整整一个晚上，第二天上午九点多，我们才在板壁岩下面的一条原始森林遮蔽的水沟底下找到了燕子的尸体。我们先是在一个瀑布的上面发现了一只燕子的泡沫凉鞋，然后在几十米深的瀑布下看到了燕子。燕子的身上几乎没有伤痕，就是喉管被咬断了，一点点小口，又没有血，血大约是被溪水冲干净了，脸上依然有红是白，神态平静，好像根本没有痛苦，也没有搏斗。这是怎么啦，她怎么到这儿来啦，这儿离天葱岭可是有十多公里。阴峪河的乡亲说，这是被驴头狼咬了的，前些年，有一个被驴头狼咬了的娃子也是这么死的。驴头狼会迷魂。驴头狼跟上了我的女儿，当她迷路后，它一口就把她咬了，咬了并没有吃她。可是，它为什么要跟我过不去啊，我在想，我究竟做错了什么？在这山上，我连一只蚂蚁都没掐死，我整天守护的就是它们生活的山林，为它们——这些野兽照看它们的家园，怕被盗伐了，怕被火烧了，然而到头来，这些可恶的野兽却恩将仇报，咬死了我的女儿。我在那儿捶胸顿足地哭得不省人事，还是阴峪河的乡亲们找来了我女儿的干衣裳给她换了，用绳子把她、把我吊上了瀑布。然后，他们又给我的女儿打了一口杉木棺材，把她给葬了，就葬在闷头沟。起初，他们还不让我知道我女儿的坟地，半年后，他们才告诉我。那时候，我女儿的坟已经被串果藤和楼梯草爬满了。

想到我的女儿就不是滋味儿，想到我的女儿，山上就大雨瓢泼，这是我试验了多次的；老天也在为我伤悲，为我不平。雨果真又下起来了，又电光闪闪，雷声如锤。我在想，我如何能给鲁娃子去还鋆子呢。现在的雨水如瀑，向山下汹涌地流去，一条又一条汇成的悬河，冲卷着山上的枯枝败叶和乱石，到处是树枝被风吹折的咔嚓声。华山松和巴山冷杉被这样的山地的暴雨冲刷得光秃秃的了，又被厉风唰啦啦地抽打着，阴绿得充满了愤怒和无奈。雨水从年久失修的木窗棂缝里潲进来，塔内一片汪洋，而风在天黑之后的怪嚣使四周的窗户变成了鬼魂的合奏，雨幕已经压到塔前，再也看不清什么了，山岭和小路都被一一抹去，世界又缩小在这潮湿的塔内。

我想清理一些东西。我打开木箱、纸箱，有燕子的书、衣裳，我的笔记本、多年的奖状（笔记本也是奖品）。从笔记本里无意间滑落了一张厚厚的纸，叠得好好的，然而已经发黄了，并散发出淡淡的霉味。

是一张判决书，一张民事判决书。

哈，这玩意儿。我凑在油灯下展读它，俨如一个旁观者、收藏者看它：

神农架人民法院民事判决书（××）民判字第09号

原告：苏宝良，男，现年四十九岁，汉族，兴山仙泉镇人，现系神农架林区工人，住神农顶瞭望塔。

被告：田菊英，女，现年四十一岁，汉族，兴山仙泉镇人，现系家庭妇女，住兴山仙泉镇。

上列原、被告人因离婚一案，本院依法组成合议庭进行了公开审理，现已审理完结。

原告苏宝良诉称：因本人长期一人在神农架工作，两地分居，婚前了解不够，经人介绍结婚，基本无感情基础，婚后苏很少回兴山，经常因经济问题、子女抚养问题发生争吵。致使苏常常几年不回家，特别是其女在苏处玩时因迷路被野兽咬死后，被告田菊英诬苏有故意让其女死亡之嫌，以便顺利离婚，苏十分愤怒，表示从此不回兴山。在此之前苏曾于××年×月×日向兴山仙泉镇人民法庭起诉离婚，但因苏无正当理由，未能受理，致使夫妻长期分居。被告田菊英称：

苏宝良确有故意杀女意图，因孩子由田带大，苏与孩子素无感情，并将其视为离婚障碍，加之有较严重的精神变态，因此，被告田菊英除不同意离婚外，并要求按《刑法》第二百三十四条第2款之规定，追究原告苏宝良犯故意杀人罪的刑事责任。经按法定程序审理，对被告反诉追究原告故意杀人罪之事实不能认定，即恢复了离婚诉讼程序。我院受理此案后，经多次调解和好无效，经依法公开审理，被告田菊英当庭曾向苏宝良承认自己的过错并保证不再提及女儿死亡之事，坚持不同意离婚。原告苏宝良以夫妻感情确已破裂，其心已寒，不能再过为由，坚决要求离婚。

本院认为：原告苏宝良与被告田菊英婚后不能和睦相处，至夫妻分居数年，原告苏宝良应负主要责任，只要双方各自改正不足之处，消除误会，夫妻感情完全能够和好如初。据此，根据《中华人民共和国婚姻法》第二十五条之规定，判决如下：

不准原告苏宝良与被告田菊英离婚。

案件受理费四十元，由苏宝良承担。

如不服本判决，可在接到本判决书的第二天起十五日内，向本院提出上诉状及副本三份，上诉于湖北省十堰市中级人民法院。

审判长　庄大峰

审判员　任光富

审判员　严家启

××年×月×日

书记员　高　辉

我收拾好这张判决书，那是过去的事了。我依然觉得滑稽，这世上之事。对于婚姻的好坏，我们为什么自己没有决定的权利，而要让几个与你素无了解的法院的人，来像煞有介事地、一本正经地对此宣判？他们掌握了我们的婚姻，他们让谁跟谁过，谁就得一辈子乖乖地过，不让谁跟谁过，那才能分开。

我上诉了吗？我并没有上诉。我知道上诉也是枉然。我决定不上诉，我回到了神农顶我的瞭望塔里。离或不离对我还有什么意义呢，多年来我就一个人，只是，我不想再见到那个女人，那个诬陷我故意杀死了自己女儿的女人。当时的情况就已经糟透了，当我把女儿的不幸用电话告知家中后，我的老婆就上山来了，拿走了女儿的部分遗物。接着，在一个晚上，两名警察把我从塔里带走了。他们把我带下了山，要我承认我是怎么杀死了我的女儿。我当然不会承认，我没有杀死我的女儿。但是他们说有人报案。我被关了三天三夜。我回来后听说警察去阴峪河调查时，阴峪河的老百姓一致为我做证，说我的女儿不是我杀死的，是迷路后驴头狼咬死的，虽然这事儿有点蹊跷，但苏宝良是个好人，他待他的女儿很好，绝不会害死她。在派出所的置留室，我在那三天三夜里暴跳如雷，头脑发炸，大喊大叫。本来我的性格在山上就变得孤僻了，古怪了，不能控制自己。我说我不是杀人犯！我用头撞墙，把头撞得鲜血直流，我还咬自己的手指。我说我出去了肯定要杀人的，他们问我杀谁，我说我杀田菊英。他们怕出事，就用一个车把我送回了山上。可是我出现了严重的幻觉，我每天看到我的女儿，我一坐下来，女儿就指着我的鼻子说："是你杀的，是你杀的！"我说："燕子，你可得把良心放在中间，不要学你那坏娘。"然而燕子不听，我只要一坐在椅子上，女儿就点我的鼻子了，为了躲避我女儿，我只有不停地走动，在塔里，走上塔顶，三十三级楼梯我上了又下，下了又上；我在山坡上，在雨雾里，在风雪中，在箭竹林和草甸的深处，木头一样的不停地走着，然后回到塔里，不吃不喝，倒头便睡。我拿着枪，对着天空、石头和森林"砰砰"地放枪，我甚至射击我自己的塔门。我对我的女儿说："燕子，你还不回兴山去上学啊！"我一直把她往山下赶，赶下了巴东垭子，赶下了小龙潭、金猴岭。可是，我回来，她又回来了。

真正离婚是在前四年，我的儿子已经结婚了。我的儿子来信说，你们要是不能一起过就不过了吧，反正已经没在一起过了，您把离婚诉状寄回来我让妈签字。我那老婆就签了字。我找了个代理律师办这个事，事就成了。我儿子、儿媳妇带着他们的儿子到神农架来看我，我说出了想下山的念头。他们说，那就跟我们一起过吧。我说，我上山时，儿子才一岁，而我下山时，孙子都有一岁了。我的孙子那可是个调皮蛋，把尿拉得塔里到处都是，非要往我的口里撒尿，说是给爷爷喝酒。说：“爷爷，来，喝酒酒。”那是能喝的吗，我的孙子没一点儿教养，就像个野小子，野人。他们走的时候，我真的还喝了一壶我孙子的尿，那滋味，嘿，还真不错。那以后，我老是回味着我孙子的尿，想着想着就笑了，就咂巴着嘴笑成一团。所以，我要下山啦。

我还清理出了一张病休证明单，是木鱼坪医院的钟大海医生给开的，证明我多处软组织受伤，左眼严重充血，四肢冻伤，需休息一个月。事情的经过当然得从那些从四川下来的采药队伍说起。这些瘦得像知了壳的四川人，总是鬼鬼祟祟地游弋在我们神农架的高山密林中，除了挖贝母、柴胡、破血子、活血珠、红景天这些药铺急需的大药材外，游方郎中用的小药材也挖，当然，他们更想在神农架的老林中挖到百年黄芪和党参，还想在峡谷的峭壁上采到一种名贵中药金钗。那个秋天我记得是异常地干燥，而人们的情绪也因为天气而变得不可捉摸。当我拿到法院的宣判书后，我的心已经冷了，但又无端地燃起一盆大火。我的心是冷的，而我的情绪却发生了火灾。我每天站在塔顶，望着白色的云海下面的山脚，那个人声鼎沸的遥远世界，那个世界我一点儿也没有为难过谁，我远离他们，可是，当我下山想告诉他们我不想跟一个女人过时，他们却粗暴地用法律的名义冷冰冰地拒绝了我。在这一点上，我认为我与山下的世界产生了敌意。作为一个一贯恪尽职守的护林人，我对从山下蹿来的人突然愤怒起来，是无端地愤怒，对那些浑身充满了山下人气息的人，不管是谁，只要他们踏过山下的泥水，抽着山下的烟，带着花花绿绿的山下人吃的方便面，甚至一揿就燃的气体打火机，都成了我的敌人，我无法接受的东西。那天，他们看见我端着枪，跟踪他们。他们拐到吞云垭那儿的一个隘口，我出现在山顶的一块石头上，对他们说：“滚，你们放下药袋子，滚下山去！”那些人站在一堆，他们一定看到了我居高临下，头发直竖，屹立在山上的怒气冲冲的样子。他们小声地说：“那个塔里的老头儿今天盯上了我们。来者不善，善者不来，我们把他搞死算了。”有一个人肯定地说他有办法，他说看我的吧，我不把这个家伙炸成两截我不是巴蛮子的后代。

“我们没有挖什么。”他们说。

“放下了走人！”我用枪头对着他们说。

“我们没有挖党参。”

“我们连猪苓也没挖到。”

“我们挖的是川地龙，当柴烧也没用。”

“不放下，我就开枪啦。”

“我们今天不升火炕藁本。”

“你们升火就是放火。”

“我们给您两包烟不行吗？”

“两条也不行，滚！我喊一、二、三，丢下了就滚，不然，我就开枪。”

我是怎么开的枪，我记不起了，是因为激动而走火？好在我的枪口在他们头顶，我的子弹滑过了天空，在对面的山壁上撞出了火星。连我自己都吃了一惊，那枪声是十分壮观的，并拖着长长的慑人的尾音，在松林间回荡，惊起了几只松鸡扑棱棱地向别处飞去。可是这些农民并没有退缩，一步都没有。其中，一个鼻子不知被什么东西啃掉了半边的人竟然上前几步，对我说：

“我们放下了，里面还有个猪肚子，是准备走亲戚的。”

他们说着拔腿就跑了。

我跳下石岩去拿那几个药袋子。我感到十分诧异，他们跑得如此之快是为了什么，其实我的枪里已经没了火药。我就打开了那个最前面的袋子，一摸，有个铁盒子，揭开盖儿，果真有个猪肚子，不过有些发臭了，但若是卤一下，是完全能下酒的，一半凉拌，一半煮懒豆腐吃。凉拌放蒜汁儿、野葱，最好放一把用盐漤了的紫苏，我的口水都出来啦，我很少吃新鲜的猪下水，我不自觉地用手去捏了捏猪肚，是硬的，我当然知道这是什么，这是炸野兽的！野兽一咬就炸！求生的本能使我如此敏捷，一摸到硬块就出手了，就扔向了山坡下。一棵华山松被拦腰炸断了，树叶和枝条四处纷飞，一块带石头的草皮直接击中了我的眼睛，一块石头击中了我的腰部。我被扑倒的时候不知从哪儿冲出来一群人，一把将我按住，对我拳脚相加，然后，捆住我的手脚，把我踢下山坡。我在一个山洼里醒过来时已是繁星满天，秋风劲扫落叶，连粗大的冷杉也凄厉地呼啸着。我浑身疼痛如榨。我当然想站起来，但我站不起来，脚已经是别人的了，脚被捆缚住了，手呢，手在后头。我想看一看我究竟在哪儿，我结果看见了我那熟悉的瞭望塔，像一根直通通的柱子，上面盖着个斗笠似的东西，那就是我的家。那就是我多年来住在那里，喝酒、吃饭、睡觉并且守望的家。它在山顶上，山上的斜坡全是茂密古朴的森林，它们簇拥着那个塔楼，使它显示出一种特别的、说不出的气概来，它与山峦和树林牢固地结为一体，又似乎不是它们，是另一种东西，另一种永远也估摸不透的、要与苍穹说话并将继续生长的东西。它温暖，它亲切，它有着空洞的眼睛，无声地瞩望我并召唤我，它的眼睛是女性的，有生气的盲人的眼睛。它站在那里就是一种召唤和激励。我就挣扎，翻滚。我想找一块石头磨绳子，我坐起来，背靠着一棵树，在树上磨，我把我的双手磨破了，绳子却丝毫不断。一种热切的回家的渴望，使我忘了疼痛，我把手背上的皮全磨掉了，血肉模糊，我还以为我是在磨着绳子。后来，咔嚓一下，绳子就断啦，我又去解我脚下的绳子，那是什么时间了，那是又一个早晨，万物覆霜，激流般的白云像洪荒里的大海，在咆哮，在翻滚，在往下冲刷，在驰骋，无数灰白色的鬃毛飞扬，无数条孽龙在搏斗。远远的山梁上，一棵树蓦然冲出了云海，在无缘无故地猛烈颤抖，摇晃。塔呢？塔突然之间出现在我不远的半山坡上，那是塔的倒影！那是瞭望塔的佛光，清晰地为云海打开了一道门，好像从此走进去，能一窥这云海深处的奥秘！我真的快流出泪来了，我忘了四肢麻木、青紫，甚至淌着血，我的一只眼睛也视物不清。可是，从云海中出现的塔柱的佛光真的给我注入了力量，真的使我从疲乏、软弱、绝望甚至错乱中醒过神来，好像一只手指，伸在我晦暗的目光前面，导引我，让我知道我该向哪儿走去。群山像巨人沉浸在聚散无定的云絮里，它似乎在沉睡，又像在翻身，我知道马上会有一绺光芒穿透过来，果然光芒就来了，从云隙间垂挂下来，在蜃气里飘曳着，群山的巨人拉开了他的蚊帐，下床来，招呼鸟鸣。这一切都表明我将活下去，与晨光、云海和太阳在一起，任何不测都打不倒我，因为，我拥有这一切，我住在那佛光的塔中，沾着千年的祥瑞，我依托着巨大的恩泽，看起来是正在光秃下去的山岭，衰败的荒草和季节，然而在云海之间，什么奇迹都将会发生。我对自己说，云海呀，我真的很爱你。灾难对于我这样的人似乎丧失了意义，它能说明什么呢？它恫吓我？威胁我？要我的命？要斩断我与那个山下世界的所有联系？要我把所有的过去都变成惨痛的怀念？这又有什么，嘿！就一个人，这又有什么？冻掉了我的四肢，这又有什么！炸瞎了我一只眼睛，这又有什么！我站在这无人之巅，虽然我伤痕累累，谁能看到我所见过的各种各样的景象？有一天，我从阳光灿烂的山顶下到红花营去，走出云海，才知道山下已经下了三天的大雨，电闪雷鸣，泥泞不堪，谁又能知道，在万里云海之上，那一轮太阳只照耀着我一个人呢？

我在想着那一次奇怪的云海——我只见过一次。那一天是雨过天晴后，当我从瞭望塔出来，站在塔前的大护坡上，天空万里无云，而神农顶一直到木鱼坪，却是一展平洋的云海，那云海一直在我脚下的护坡边，也就是说，只有瞭望塔浮在云海之上，仿佛一脚踏去，就是无底的大海。没有一丝风，世界是绝对静止的，这实在是太惨了，也没有鸟叫，云海一动不动，太阳照射在云海上，世界在这一刻凝固了，更令人惊叹的奇观出现了——就在这时，水平的云海上突然出现了一个巨大的气泡，它从云海深处钻出来，往上一冲，慢悠悠地破裂了，在破裂的瞬间冲出一个烟圈样的巨大的圆环，那圆环又悠悠地往上浮动，最后消失了，而云海呢，又合拢了，又静止不动。过了一会儿，不经意在另一处，又看到了一个同样巨大的气泡，从云海里出来，又破灭了，又幻化成一个大烟圈。这是真的吗？这是怎么回事？那一天，我站在这云海的孤岛上面，双脚久久不能挪动，就只晓得搜寻云海之上的那些奇怪的气泡——二十多年，就只见过这么一次，简直像神话！据我的经验，可能在云海下面——也就是大九湖、阴峪河下面说不定正在下雨，上面的太阳照射得太猛时，下面的气压产生一种蒸汽，往上冲，冲出云海，咚的一声破灭了。其实下面下雨，上面阳光普照的情景并不少见，可为什么都没有发生这种大泡泡奇观呢？像这么静止不动的、绝对平面的云海，我在小范围里见过，在某一个山谷，或是某一面背风处，但没有见过气泡；这样的云海一般出现在冬天。冬天的云海是轻柔的，动得缓慢，像猫子走过时的样子。而夏天因受暖湿气流和季风的影响，云海是流动的，变幻急遽，充满着惊慌和朝气，诡谲和疯狂。

有一种云海，是永远恭谦在山尖之下的，它总是让山尖露出来，当地人叫它“云山”。它依山势高低形成，绝不淹没山尖；这是夏日常见的一种流云，有风，无风，有雨，无雨，这云都留下一个山尖，从远处看，也就几米高的样子。当你看云时，云海里到处是龟背似的山峰，奶子似的山峰，巨人横卧似的山峰，好像水到了一定的水位，就不会再上涨了，山尖是浮着的，轻如覆瓢。

夏日的流云它又是对神农千峰臣服的一种云彩。那你说夏日的山是不是有一种煞气呢？我见到过一次万山覆没，而唯有白水漂的一块巉岩从云海里突出来，它并不高，它在山腰，为什么云彩无法吞没它呢？我看到巉岩脚下，小灌木们全都莫名其妙地倒向一边，露出惶悚。等云海散去的第二天，我去了那块石头那里，什么都没有，它跟周围的石头没有两样，也并不凸出，可为什么云彩那么怕它？这其中的奥秘说得清楚吗？只能说，这块石头有煞气。可是云呢，云也是有生命的，它并不是虚幻的东西，它生生灭灭，来去无踪，但它一样会有煞气、秀气、神气、怪气。

有一种云海，是在将雨未雨时，天上的云就下来了，是云，不是雾，雾是灰蒙蒙的，这云却是白的，纯白纯白。它们总是顺着靠阴峪河方向的山脊，一条一条地哗哗淌向山底，不断地滚动，像瀑布，一下没有了，一下又流来了。你永远也不会知道，它们是从哪儿来的，为什么会有这么多云。是不是在隘口的那边，有一条云河溃口了呢？这云瀑跟云龙有相似之处，云龙是潜龙，它又怪了，它是从远处的山谷向近处潜游而来的，它摇头摆尾，踢踏着云雾烟尘，吞吐着万千气象，可它只流动在山谷的根部，它在山谷里跟那峡谷的惊涛沆瀣一气，鬼鬼祟祟，使你感到山谷的惧怕和险恶。在阴峪河的峡谷里，在反音梁子的峡谷里，巨锯岩的峡谷里，都传说过有巨大的癞嘟（癞蛤蟆），有水怪，它们眼似铜铃，目光如电，伸出毛茸茸的大爪子，从深潭里跃出来要抓岩上行走的人，它们只要出现，便会妖雾腾腾，黄烟阵阵，整个峡谷都是一片呛人的硫黄味，然后，一定是暴雨如注。只要你拿石头砸它，不出三分钟，冰雹就砸下来了，砸得你浑身伤痕，虽然那时候在百步之外还是太阳如火。而这云龙与它们有没有关系呢？反正，我对那些潜踵而来的云龙是敬畏的，那白色的精灵会带来一股从山洞淌出的腥味，给人的感觉是黏糊糊的。

哈，我还看见过一种云海，也就是当地人说的那种云山形成后，让山尖露出峥嵘后，另外，会生出一层薄如蝉翼的云纱来，像一个玻璃罩子，罩住群山；它们呈弧形。有这样的罩子也一定是雨过天晴之后，而且你必须神清气爽，双眼明亮，你才会看见那一层罩子，如此严密地罩在山顶上，仿佛会有一只手把它揭开，（那又是谁的手把它盖上的呢？）美人似的山尖就躺在那个透明罩子里，啊，让她睡吧，这个睡美人。你在说，在心里说，并且祝福，让这样的“罗帐轻轻”心生柔情。你会记起年轻时在学校里读过的一首古诗，那陈谷子烂芝麻的朦朦胧胧的意境竟出现在你的意识中了，吃懒豆腐的意识，挖天葱的意识，独居的意识，荒无人烟并且衰老、哮喘、胡子拉碴的意识。这真是！罗帐轻轻，后面的词句是什么啦？是五更寒？是被翻红浪？是闭月羞花，沉鱼落雁？你都忘了，你好笑。后来，那个玻璃罩子无形地消隐了，在更远的山冈又形成了。你发现眼睛发酸，并且，使劲眨几下会眨出一颗颗的泪珠儿来。

你别看这云彩无根无基的，软绵绵的，可发起力来它能变成树，变成旋涡，变成喉咙，千千万万的喉咙。我曾看到过云海里的旋涡，那比三峡的旋涡大多啦，哗哗哗哗地就旋下去了，很深很深，深不见底，那不就是喉咙吗？那是云海的喉咙，接着你就会听见群山奔潮。有一天我真的听见了云潮的吼叫，是云潮，不是风，也不是树，它们往往向一个方向拉直了身子急驰，你看着看着自己的身子都会倒下，整个群山飞速地往后退，云绷紧了弦，云在疯狂地射向一个地方，就像亿万颗流星，横扫千军。云的惊恐是可怕的，它们一定受到了什么刺激。而最安详、巍峨、瑰丽的云就是云林——瞧，它们站起来啦，它们笔立千仞，它们也有强硬的颈脖和身子，跟巴东垭的石林比，云林更高大，高不可攀，直指青空；它们大大小小，千姿百态。早晨起来，太阳像一张喝了蜂蜜灵芝酒的乡长的脸，东边的远天一条条的浓云和薄云交错横陈，浓云成了赤金色，而薄云却是橘黄色，霞光轻歌曼舞地飘曳而下，这时候，云林就突然形成了，形成在山影的上面，你还以为山长高了呢？哪来的这么高的山呀，该不会又是蜃景吧？是陕西的山还是四川的山，是湖南的山还是云贵高原的山？都不是，是云，就是云，云被太阳染成了一根根高大的红柱子，它像是石林，又像是一个从未见过的远古的城市的废墟。看，在云林的最凸处，全成了泥金的颜色，而烘托它们的山巅的锐齿栎树尖，也像一支支燃烧的火炬，光洁的、蛋壳般的奶黄色在云林的衬景里，使得那低矮的山峦上的树全在混沌之中，既肃穆也惺忪，像期待的墨绿色。这时石林更高，更冲腾，更红，你仰视它，你望着，看它们悄悄地、慢慢地变化，高的变矮，矮的变高，胖的变瘦，瘦的更瘦，然后，太阳成了白金，云林成了絮团，成了奔马或红色的败鳞残甲，满天飞散，而且，它们排列整齐，间隔相似，转眼之间，噢，心境又不同啦。

不过，我最讨厌的是一种阴湿的云海，它们是从山褶里，从山洞里跑出来的，带着苔藓、蝙蝠屎的霉味，它们凝重，湿漉漉的，你碰到它，头发、衣裳就会湿透；它们从山这边流到山那边，又从山那边流向山这边，把山谷一条条灌满。这云海一出现，那就是十天半月的连阴雨了。不过在我看来，最大的云海奇观是头顶上阳光刺眼，脚下的云海里雷声轰鸣且下着暴雨。你怎么知道山脚下正且雷且雨呢？那就得看云海了，如果周围的云海波涛汹涌，焦躁不安，起伏剧烈，就算是你没听见雷声，山脚下也是雷暴成灾之时。如果雷声大，你可以听到闷闷的雷声，像云海里有人推动巨石。不过，你是绝对看不到电光闪耀的，我一次也没见过。我经常坐在塔门口，晒着毒烈的太阳，听着云海里的雷声，想着山下在田间劳作的农人，想着他们的蓑衣、斗笠、泥泞的村路和泥泞的田垄。这真是两个世界，天上人间。在这样的云海之上，我真的没有感觉到我是一个神仙吗？哈，我这样的神仙，一个即将步履蹒跚的糟老头子，抽着烟丝，衣衫陈旧，每天强迫自己打起精神来的看山人；双臂酸痛，不敢碰冷水，喝起酒来不要命的老鳏夫；我挑着覆满落叶的水上坡、下坡，我不停地劈柴和垛柴，我端着枪无缘无故地在山上像一头狼那样号叫，我常常学着野兽的样子把箭竹绞成一个窝躺在那里；在山上的四月到来的时候，可吃的只有箭竹笋，我就与各种野兽争抢竹笋，我混杂在它们中间，挖着，扳着竹笋，熊、野猪、金丝猴和岩猴，还有野人、棺材兽，等等。你说，这样的神仙不就是一个野人、山精吗？我爱云海，那是真正属于我的唯一的变幻莫测的、令人激动的世界。比起永远是一副不变面孔的山冈、巴山冷杉和箭竹林、高山草甸来说，云海是我的激励。它走了，而山还在，悬崖还在，每当我内心激烈地冲撞过后，看云彩散去，看渐渐清晰起来的近岭、远山、天空，大地是如此地清朗，山崖是如此地结实，我会突然找到便认知于一种支撑。是谁安抚我？与经常出现的幻觉和幻听搏斗，战胜它们，包括战胜想一杯酒把我灌死的那种自虐、懒惰和恍惚。看，云彩一朵一朵地擦过悬崖，就像人擦过岁月，生命擦过世界。这动人的云彩，它们被悬崖撕碎了，永远站在那儿的是山冈，你和我，嶙峋支撑的骨头。你让我站在这高高的山上，你能让我相信那些神啊，仙啊，还有父亲说过的什么复活吗？至少我的女儿是不会复活的，我就在天上，我与天空如此贴近，与天空的星星，与云彩为伍。我下山去，我要理发，买两三个好吃的肉包子和馓子，我说："今年的收成怎么样？我的工资又加了吗？"然后，我拆开信来，读着家书，一肚子的火，一肚子的牢骚和牵挂，一肚子的叹息，然后，沽好一壶地封子酒，喜滋滋地回到我的塔中家园。

我站着的时候，云彩漫漶到我的脚下，云的波浪舔着我的裤腿，我感觉到，我不是山，也是一块石头。

就这样，我炼成了石头。

什么都不能动摇我，我心似铁，一块死铁，有时候也会柔软的铁，看被谁，被什么揉搓和熔化。

有时候，我会被星空融化。

这冰凉的星空，可它会融化掉我。

雨住了。当我清理旧物的时候，星星出来了。星星出来的时候，就像突然结出的果子，就像我窗外的那一树峨眉蔷薇，伸手可摘。就这么近，就像床铺下的满满的一地金豆子，有时晚上外出，一脚踏去，生怕星星把我滑倒摔个四仰八叉。在漫长的总是难熬的一个又一个晚上，对星空的观察是我最美妙的乐趣。那些被称为飞碟的圆的、长的、草帽般的飞星我当然也喜欢，但并不是每天能见，而且它们稍纵即逝，我不太在意。我最喜欢的是看星星打架。哈，这些星星，它们如此地密密麻麻，就跟"文化大革命"时广场开批斗会的人一样多、一样挤。它们每天如此，为了争抢位置，它们总是大打出手，打群架，打得烟尘滚滚。在更远更高的地方，它们打架我看不见，可是那明亮的或模糊的星尘，就是它们整夜不停打斗搅起的尘雾。这就跟一群鸡在粪堆上打架有什么两样呢。你们打吧，打吧，我看见这里还在打，而那里又打起来了，整个天空都在搏斗，肉搏，脚拳相加，不分胜负。真是好看，我在想着它们是什么样的人，用头撞，用肩膀撞，这些圆溜溜的星星，独眼的或者肚脐发光的星星，太多啦，太多必然你啄我，我啄你，打吧打吧，打不赢的就站不住了，哗——滑下来了。有时候滑下来一颗，有时候滑下来几颗，有时候一个晚上一群一群地滑下来，好像整整一大块的星星都没有劲了，疲乏了，嘣嘣嘣嘣地往下掉，你伸手就能接到它们。有一天晚上，陕西方向的星星就垮掉了一大窝，半夜我起来解手时，看见它们还在三三两两地往下掉，我想，那边天塌了，肯定要黑一片了，可第二天晚上，别的星星又占有了那一块地方，又开始打，又满天的烟雾星尘，好像黑社会抢占地盘火并一样。当你看到夜夜满天的星辰你会忧伤无助，无望，惶悚，你会感觉到隐隐的疼痛，来自心上的，你不知道这种没有边际的若即若离的荒凉会发生什么，无端的恐惧会攫住你、牵扯你，它是如此难以化解，除非你有强大的自制力、定力。我必须面对它，躲是躲不脱的，我就直视它，直视这密匝匝的古怪的星空，寻找它的罅隙，寻找它虚弱的部分下手。我先是盯住了银河，那宽大的、流淌在头顶的愤怒的河流。我找到了那两颗母亲小时候告诉我们的牛郎织女星。我把它们想象成两颗眼睛，而银河就是一条大蟒蛇。“你就是一条大蟒，你能吃了我吗？”我大声地对它说。我对银河说。这条横亘在天空的僵死的大蟒，它正在游向四川，所以，我不能害怕它。它的眼睛紧紧盯着大九湖、巫山、万县、重庆、丰都或者涪陵，我被它忽略了，也许，它害怕神农架，它向另一个地方游去，或者，它正在冬眠。它被星星的乱石峡谷已经磨得气息奄奄了，它在溃逃；它的眼睛变得那么小了，有时候只有一只是亮的，有时候而犯迷糊。让星星的人流擒住它的尾巴，把它打死，剥掉，炖了！红烧这条巨蟒。我还发现了一个巨大的和尚头，我看见这个光溜溜的脑袋非常有气度，他禅定着，瞻望着十堰、谷城和陕豫交界的地方。这个伟大的和尚怎么跑到天上去了呢？

那儿就是西天乐土？和尚是安详的，没有苦脸，他长得如此得丰仪万端，胖胖的（胖人总是很可爱），后脑勺的赘肉也清晰可辨，鼻梁端正，嘴巴不大不小，人中长，眼睛炯炯有神，耳朵又长又厚。哈哈，多可爱的和尚，就像小时候我见过的庙里的和尚，和蔼可亲，举止不惊不乍，步态从容。他如何修得这么一副神态，他是我的榜样，是我的一面镜子，是我永远学习的楷模。沉着，冷静，安逸，不怕鬼，不怕死，毫不在乎，吊儿郎当，韬光养晦，能活下去就活下去。你看，我找到了老师啦。我还找到了女人。我找到了一个非常漂亮的女人，长发飘飘，像在水里游泳一样的，眼眸含情，秀气的颈子，大大的乳房，适中的屁股，修长的腿。我真的找到了，我仔细地把她从星群中剥离出来，我花了整整一个夏天，终于把她拽出来了，清清楚楚，正贴在长江、兴山方向。后来我真的很吃惊，兴山不是出美女吗？不是出王昭君吗？她就是昭君娘娘？她眼睛似开似合，她看见我了？她没看见我？她就那样一副样子，害羞的、若有所思的、心事重重的样子，可怜可爱的样子。有一段时间（甚至几年）我若不朝她看一眼就不能入睡，我非得要看着她，定眼看她的乳房、大腿、下身、屁股时有一点儿邪念，那只是一晃而过的，并不往心里去的邪念。虽然我一个人在山上，可以无所顾忌地看她，盯着她看，可是，犯罪感依然存在。因为她太美了，她是天上的女人，她可能是一个神女，跟昭君娘娘一样。有一次，我真的控制不住，就用瞭望火情的望远镜去看她，我抱着一种突然而至的下流想法，恨不得看到她肉里去，看个究竟，可是我那五千倍的望远镜里，她却突然不见了，散开了，混入一团糟的星星。再用肉眼看呢？又出现了。我知道她一定生我的气，说不定骂我是个老流氓。后来，我又看上了金磨子。金磨子就是北斗七星。是副手磨，鲁磨匠给我凿的那种。有手柄，很好使力，很灵活，因为那是一副金磨子，金光闪亮的。有一天我在天上发现了这一副磨子，我感觉我的人就在变高，手就在伸长，可以抓到那个磨柄了。我推起星空的金磨，我磨黄豆——那应该是金豆，流出的汁是金汁儿，我煮地白菜、蹦芝麻叶子，那是金地白菜，金蹦芝麻，然后，我放更高的天葱天蒜，放在星空里摘的作料，啊，哪一块星星生长的天葱天蒜？哪一块星星又可以掐一把香味扑鼻的紫苏？天上——那儿到处是金色的生姜和蒜头，还有黄灿灿的辣椒，用银河的净水来煮。我每天在塔里磨着沉沉的石磨，想着天上的金磨。金磨慢慢地往下垂去，往北方垂去……啊，冬天来了，一年又将过去了。

为了对付漫长的冬季，我得赶快准备啦，准备油、盐、腌菜、泡菜、大白菜，准备五千斤白炭，因为，至少有几个月的封山，山路上的积雪最厚处达四米厚。那自然不是因为下了这么厚的雪，而是山坡上的积雪被风吹下路基。在这样的高山上，下雪是没有雪花的，全是雪晶儿，雪子儿，它们下了就会簌簌地往路基上滚。这漫长难耐的冬季几乎就没有火险了，路断人稀。整天我就待在塔里，烤火，听听收音机。或者拿出竹雪橇到山上去逛逛。但是，路上也还是有一些行人，山下不远白水漂的路，是鸦子口唯一通往四川巫山和大九湖的路，不管雪多深，也还有三两行人，踏着深深的积雪，背着肮脏大牛仔包向山那边走去，特别是近几年，到了春节临近，就会有大批的人不辞劳苦跋雪而归。他们总会绕几步叩我的塔门，到塔里来坐坐，烤烤火。他们大都头发很长，蓬乱，神色倦怠，所有的故事都是被包工头克扣了工钱，春节回来，身无分文，饥寒交迫。还给我说，谁谁一同出去的，被瓦斯爆炸炸死了，谁塌死了，谁的一只膀子断了。我就把懒豆腐放在火盆上，邀他们吃饭。这些可怜的人，他们比我差多啦，我还能守着一个地方拿工资，可他们能守着什么呢？我让他们好走，我看见他们吃饱了饭，抹着很不容易被食物催出的汗珠，对我一声一声地致谢。我说走吧走吧，有人回来就不错了，钱就算了吧。这些人一碗汤汤水水的懒豆腐就把他们复活了，他们是些山外的野草。他们很容易满足，可是，他们辛辛苦苦地一年，连吃懒豆腐都不能满足。春节过后，他们又要沿着来路出去，他们会给我背来一些洋芋、红薯、芫荽，他们又将怀着新一年的希望，向山外走去。我目送着他们，我的心里既庆幸又悲伤；为自己庆幸，为他们悲伤。在另一个春节来临的时候，他们又会像候鸟准时出现在这大雪深厚的山路上，也会有一个、两个、三五个不能回来了，在山外死了。又是身无分文，又是吃懒豆腐，并说："苏伯，能不能把野花椒和山椒多放一点儿？一年都没有吃咱们山里的口味了，味寡淡得啥都不想吃。"

我当然得满足他们。

那我跟他们比快活多啦。我打发日子的办法就是盯着懒豆腐想主意。在开始的日子里，我真的不知道怎么度过日复一日，年复一年的日子，后来，我发现，懒豆腐总不能这么吃吧，我把它吃出了花样，我对我自己说，这一顿咸一点儿，下一顿又淡一点儿。第二天我就说，这一顿我要辣一点儿了。可是辣得我胃痛，睡不着觉，下一顿我就放弃了辣椒，然后抓起了花椒，说，这一顿麻一点儿。麻得我口舌不清时，到了又该做饭的时候，看着咕嘟咕嘟冒热气的懒豆腐，我就说，这次干脆酸一点儿，倒进了醋。哈，太酸啦，再下一顿，我就以酱为主了，放豆瓣酱，黑乎乎的，好吃。再然后呢，放地白菜，再放藁本叶，再放蹦芝麻叶，再吃山马齿苋清火，再煮洋芋果了……不知不觉，一个星期过去了，多容易混呀，找到了这个窍门，再下个星期又这么来，嚯，半个月过去了。我把日子一点一点分割着过，就像小时候跳房子，一步一步地跳。我的锅，如何不是热气腾腾，香味扑鼻？我的酒杯如何不是兴味盎然，碧波荡漾？我的脸膛如何不是红光四射，知足常乐？

我开始磨豆腐。

一宿无话。

早晨起来，太阳扫去了阴霾，阳光像干草堆一样黄灿灿的。我还有许多的东西来不及清理，我想趁天晴到阴峪河一趟，我收拾了一包半新不旧的衣裳和鞋子给鲁娃子拿去，他们出坡干活用得着的。我拿着錾子和包袱出门的时候听到了拖拉机的声音。哟，是养路的上山了，拖着碎石子。难得见到他们上山一趟。我在台阶上远远地朝那路上望着，驾驶室里跳下来一个人，竟然是田菊英，我的前妻！

我站在那里走也不是，不走也不是；锁门也不是，不锁门也不是。

田菊英越走越近，她是朝这边来的，我先是看见她的头顶，她的头上全是白发，在太阳的直射下像一堆冬日的茅草。她提着一个大黑的塑料袋子，里面鼓鼓囊囊的，我老远说：

“你来干什么？”

我的口气也不算生硬，也不算软和。

“我来看看燕子。”

她上了台阶，她径直走进塔里，她没朝我看，她很随便，仿佛这儿是她的家。

“我昨晚梦见了燕子，”她又说，“她说她在那边缺钱花。”

是不是我昨晚也想到了燕子，把信息传给了山下几十里外的她？她现在在咱们保护区管理局打扫卫生。

“我给她烧点儿纸就走的。”她说。在她拿出火纸、香签时，又说：“听说你要下山了。”

“这关你什么事？”我说。

“我只是问问。”她说。然后，她拿起火纸，香，又找我要了包火柴，出门向闷头沟走去。

她当然有权利来看她的女儿。这是一桩不愉快的事情。好在今天的阳光不错，整个山岭该黄的黄，该绿的绿，该雾的雾。

我就只好等她回来了。然后我看着拖拉机上面的民工往路上用锹抛石子。

算来，燕子应该是在这山上怀上的，在田菊英第一次来山上时。现在，我们把燕子还给了这座山，我将什么都不带走。我懒得想这样的事。

五年前，局里的领导念及我几十年一个人在山上艰辛守塔的功劳，说经研究决定，让我转一个小孩的户口来局里并安排个合同工。我就说，把我那前妻转过来吧。领导说，你们莫非要重归于好？我说算了吧，我是念及她也失去了女儿，既算是局里也算是我对她的一点儿补偿吧。我儿子在兴山有个副食门面，我那前妻什么都没有，家庭妇女。她过来了，算合同制工人，有工资，还有点小福利，加上打扫卫生捡拾的破烂，一个月可以搞到四五百块钱，而过去，她分文没有。这边的函发过去了，我的儿子上山来了。儿子说：“爸，就跟妈一块儿过算了吧。”我说：“你放嗝，不要放嗝了！人怕伤心，树怕伤根。我把她弄过来，是看在你妹妹的分儿上！”我儿子说：“那我们尊重您自己的意见。反正妈总是在念您的好，老说对不住您。”我说：“她为什么早不这样说对不住我？晚啦，我不稀罕啦。我不稀罕别人说对不对得住我、我也对不对得住你们。总之，过去的事别提了。”

现在，她来了，她穿着皮鞋，穿得干干净净，她拍了拍手上的香灰和泥巴，又去掏那个黑塑料袋子，掏出一件米黄色的毛背心来，好像怕我误解，马上说：“这是巧云给你织的，托我拿上来的。这儿还有一封信，我给你带上来了。”她把信和毛背心放在茶几上，然后她说：“我走了。”

我这才朝她的脸上看，因为我听见她的声音有点发颤，她的脸上泪水像雨后的山溪，哗啦哗啦地在流，脸上却没有多少表情。她是在女儿的坟上哭了吗？她是在哭女儿，还是在哭自己这一生的命？我的心有些乱了方寸，我忙喊住她，说：

“拿两包香菇、木耳给巧云兵兵带去。”

这是顺理成章的，媳妇巧云给我织了背心，我当然得给他们点儿东西，其实我是给眼前我的前妻的。我克制着自己的情绪，我很快就把东西拿出来并用她拿来的那个塑料袋装好了递给她，我说：

“这是阴峪河的人给的，前些天我去给他们照庄稼看了兽迹。”

“你这么会看兽迹，那时候就不知道有驴头狼来！”

她的话好突然，好噎人，还是那么噎人，一如既往，如年轻时一样。

“不要提那陈谷子烂芝麻的事了！”我怒吼。

我看见她踏上那条红石小路下山了，我看见她满头白发，我看见她浑身臃肿。

我忽然惶惑不知所措起来，我拿着錾子。我突然有一种无家可归的感觉，我突然虚弱不堪。我要下山吗？我将到哪儿去？这石头，这草甸，这二十多年来朝夕相看两不厌的疏疏密密的巴山冷杉和秦岭冷杉林，这华山松、匍地柏、枯枝梅，这满山遍野的朝雾夕岚，时晦时亮，时寒时曝的天空，现在都向我展示出它们疏离的情分，没有一桩东西是我熟悉的，我再来跟它们打招呼，它们一定不会理我了。而我，在这儿白白过了几十年吗？山啊，山啊，看，这几年满山的箭竹林也死了，它们开了花，它们结了竹米，它们在死亡中站着，混迹于那些碧翠的生命中间，可是，它们死了，多穗石松和七筋姑草正从它们密不透风的死亡手臂里伸展出来。它们六十年一个轮回，它们必须开花，然后死去。莫非这竹子也像人一样，也是有灵有性的。而我呢，我也将六十岁了，我将下山去，被这青翠的群山挤对走了，它们给我的信息就是如此？下山去吧，下去吧，你老啦。

我真的老了吗？我去年观察到的四川的那场森林大火，报告给山下，山下后来反馈的信息是：我比地球遥感卫星探测到的火情报告早了整整一个小时。我的眼睛还好使。而前两年因游客上山野炊而引发的火灾，那时电台没有电，老式单边电台也没有电，我只好噔噔地跑三十多里去报告，只有两个多小时就叫来了几十人，而我除了气喘外，身体没有哪儿不适的。在这三千米的高山上，我没有感到我的衰老，我说过，在四五月间，我会变得气壮如牛，暴烈如虎，在箭竹林里与老熊、野猪、猴子们大打出手，争抢竹笋。这算什么。又到春天的雁阵在凄厉地飞回来鸣叫时，冰雪乍裂，峡谷的河水苏醒了，开始瀑肆狂泄，我就做好了准备。我在吞云垭最后一片没有死去的箭竹林里，拿着一尺多长的开山刀，还有一摔即响的土制炸弹，占据了有利地形后，就见一百多只恒河岩猴从吞云垭的石林唰唰唰地从积雪未消的树冠上烟尘滚滚而来。它们稍微比我迟到了半个小时。我知道这群猴的猴首是只独眼，极其凶残，它们知道这山上只有我一个人，所以从不惧怕我。它在东西两边的隘口放了两个哨，与一群公猴嘀咕了一会儿，猴群就分成了两边，近三十只身强力壮的公猴决定把我围起来，其余的母猴下树抢摘竹笋。猴子们几个月的饥饿，面对鲜嫩的竹笋它们是不要命的。战斗从天上地下同时打响，那是独眼猴王的一个呼哨，天上的猴从树冠扑向我，地下的猴一跃而起抓住我。我用刀背砍，我用拳头砸，我摔炸弹，这当然只能吓唬它们，而不敢真炸，但炸飞的土石如急雨一样射向它们，打得它们哇哇乱叫。我的脸被它们抓破了，我抓破了它们；我的头发被它们拔掉了，我也揪到了一把把的猴毛；我想折断一只猴的爪子，猴也咬去了我的一块耳朵。两败俱伤，腥风血雨，在吞云垭我气势如虹地与一百多只岩猴搏斗，我踏着夕阳而归，背篓里是十多斤翡翠般的竹笋。虽然我两眼充血，面带抓痕，可那一百多只的猴子呢？它们什么都没得到。

这一场人猴大战不过是小试牛刀。我与一头棕黑的老熊争斗才是惊心动魄，有趣万分呢。那是四月底五月初，满山的杜鹃花一下子被阳光和春风点燃了，呼啦啦地燃着，鼓荡着，狂乱着。老熊从洞里醒过来啦，睁眼一看，嗬，好红的花花世界，它舔了舔冰凉的脚掌，把它舔热后，站了起来，它直指吞云垭。它在漫长的睡眠里醒来后还是哈欠不断，惺忪怠倦，所有的关节都锈了，需要阳光和饮食来润滑，还有嘴巴，要通过不停地咀嚼食物来唤醒身体的各种感觉与欲望。但是它想，那个家伙不会让我吃到刚刚破土而出的竹笋，那个家伙也是个食量惊人的东西，饕餮鬼。那个家伙是谁，是我，苏宝良。它一看，果然本人在此。

“滚开！”我说。

我端着枪，我知道此时那老熊就会出动了，这是有规律的。不止一头，可能会有几头。老熊那时还不太凶狠，还没有到发情的季节，虽然杜鹃花的花事在怂恿人，撩拨人干野蛮的勾当，但是毕竟肚腹空空，脂肪不多，筋骨松软，血液太凉。

老熊闻到了竹笋的美妙气味，它的黏涎从嘴角不停地流出来，几十米就闻得到那种十分冲人的恶心的涎味儿。我看见它站了起来。它的站立比我还高，身材宽大，两只前爪已经做好了刨人的准备——这就是攻击的前兆。它这么站立，胸前就露出了一个小碗大的白点，那正是它心脏的位置。

我举起了枪。

熊知道，它的致命的弱点被暴露出来了，它看见了枪，它认识枪。熊是通人性的，它知道什么东西对它有威胁，什么东西对它没有威胁。它知道我不会扣动扳机真朝它射击。这个家伙，它为何知道呢？

它没有发怒，它走了过来。

它把屁股对着我，它那肥硕的蠢笨的屁股。意思是：你掰你的，我掰我的。

可是整整一个冬天我也很少吃到蔬菜，就这一小块竹子了，我不能让它占有我的竹笋。我用枪挑它的屁股，我看它怎样。我并没有想到后果，因为我的心态并不老，我有时以为我还是个小孩儿呢。我就敢摸你的屁股！

我挑了它一下，它的屁股抬了抬，依然折竹笋往口里送。我又挑了它一下，我用枪捅它，捅它的痛处。那是头公熊。我看见它的脸扭歪了一下，感觉到了疼痛，可是它并不在意，依然在抢掰竹笋。最好的竹笋是不能让它吃掉的，我跑过去抵它的脑袋，用手去抓它手上的竹笋。一大把竹笋被我们抢断了，我抢到了一些，老熊却生气地把剩下的竹笋丢到了地下，睁着通红的小眼睛望着我。

"滚开！"我再吼，"你也配吃我的竹笋吗？你以为我真不敢开枪？"

我说。我在它的面前一根一根折竹笋，我用刀砍，一手拿刀，一手拿枪。老熊又站了起来！老熊扒住我的背篓！老熊把手伸进了篓里，抓出了我一大把竹笋。我甩不开它，我只好脱下背篓的背筋，老熊全身伏在背篓上，哗啦一声，把我的背篓压瘪啦，竹片全折断啦。它呼呼地喘气，嚼出笋渣滓来，还想寻那瘪背篓里的现成的竹笋。我用枪，用脚一把将它推下山岩。这可需要力气。老熊往山下打了好几个滚，它从一棵野花椒树下站了起来，它被激怒了。它呼呼地就蹿上了坡，简直比利箭还快，一巴掌打过来。我的衣裳被撕烂啦。嘿，你别看它还是筋骨酸软，可它的本相一露出来，它还是头真熊！我身手还矫健，我一让，衣裳掉了一块，我正想打一架呢，我憋了一个冬天，我想打，想喊，想发疯。我就不开枪吧，不让开就不开，我抓住枪头，用枪托劈它！我说："你踏了我的花篓啊！"我毙了它一枪托。它站了起来，我死死地抓住它的两个爪子，不让它的牙齿靠近我。我不能开枪，我就不可以用脚踢那个白点，它的心脏吗？我站得很稳，我反正是两只脚站立的，而它站着两个短短的、侏儒症般的后腿就不能伸展用力了。我进，它退；它进，我退。我们在竹林里翻滚，压断了好多清甜的竹笋。我反正不让它的牙齿靠近我，可我时不时地踢它的心脏。我说："你这个梦游的家伙！回山洞里做梦去吧！"老熊的肚子是空的，那儿一碰就疼，甭说心脏了。把我的衣裳全抓坏了，可是它抓不到我的肉，抓不到我的脸，后来它不想打了，它想跟我做朋友。它坐在那儿，向我伸出手，要我分一些竹笋与它。我收拾着踏烂的竹篓，把竹笋往篓里塞。我回去时，它就跟着我，一直跟到我的塔里，坐在台阶上。为了报复我不给它竹笋，摔坏了我三盆好不容易挖来养着的小丛红景天，然后，呜呜地跑了。它一定是还没有完全从冬眠中醒来，否则，早要了我的命。

面对神农架最凶狠的野猪我也是不怕的。有一次，在一个叫一碗水的山谷那儿，五头野猪带着一大窝猪娃拦住了我的去路。它们刚在一碗水的泥潭里滚了泥，浑身舒坦，一个个泥巴裹着硬毛，就剩下一对血红的眼珠和六寸长的獠牙。看我的吧，我像狼一样号叫起来，在几十年的与山中野物的交往中，我自己也变得像一头野兽了：我嘴巴宽大，黑洞洞的，牙齿外露，舌头猩红，我不停地发出比狼还恐怖的声音，足足号叫了一个小时，硬是把这群野猪给唬跑了。在这样的山上，谁能有我如此激昂、膨胀的生命？可是，一旦我下山去，我就彻底地衰老了吗？就一文不值，成了个臭皮囊了？

我拆开养路队捎来的那封信，啊，是河南写来的，一个学生。没有什么。又是不停地问候，又是问苏叔为什么不给他回信，又是感激恩人，并且说，我还要来神农架，我要来看您。可是我将走了，你到哪儿去看我。是哪一年的事，我记不住啦，我的记忆力真的差了，我是不是的确老了？我救了他，一个小伙子，学生，他只身到神农架来，遇到了冰雹，他穿得太单薄，他敲我的门，在晚上十点多钟，鬼知道我怎么敢开那个门的，难道我就不怕打劫的，不怕是野兽撞门？我记不得我是怎么开的门，我提一把斧头吗？我提着斧头，我说，说不定是个讨歇的人呢，我这里常有讨歇的人，我没有碰见过坏人，只要碰见过一回，别人干掉我非常简单，我睡觉死了一样，躺下就打鼾，把我杀了，把我剁成八块，我可能还在睡觉。我开了门，一个人直挺挺地倒了进来，都冻僵啦，真像一根柱子，就那么倒进塔里了。他哪知道神农架的气候呀，他穿那么单薄，一件薄薄的夹克，单裤，凉鞋，可外头下了冰雹，那还不冻成冰棍。就这样，我救了他一命，他在我塔里住了一个星期，复原了，走了，经常来信。

我且放下这样的事情，我去了阴峪河。

一路上的红桦向我翻弄着它们的卷皮，这秋天，到处是深紫色的风，遍山吹着，树上是守着果实成熟的椋鸟，树下是等着菌子和浆果落下后腐败的嗡嗡的苍蝇，在这往峡谷走去的路上，比起死气沉沉的山顶，真是热闹多了。庄稼呢？庄稼许多人都匆匆地收了，没有守庄稼的窝棚，没有出坡的人，没有羊也没有牛，甚至没有向生人狂吠的狗。鲁娃子的家紧锁了，有的房子拆掉了，瓦揭下了。我走进一家，总算遇见了一个老人和半大的少年。他们告诉我：“老苏，你都忘了吗，咱们村不是要搬迁吗？”

瞧我这记性！

的确，说搬就搬了，这里面是保护区的中心，这里的野兽太多，庄稼人无法生存了。有的守庄稼的孩子被老熊吃了，有一个守庄稼的少年半夜翻身，手上拽着的火铳扳机绳子扳动了，正好打到了来换班的父亲……

“鲁娃子呢？”

“鲁娃子不是搬到宜都去了吗？他没到你那儿去？他肯定要去的，他是太匆忙了，乡里派了车，从九道水和庙包那边上公路的。你要知道，牛他可是自己赶去的，走了五天五夜，听说牛蹄子全走肿了……”

“我是来给他还錾子的。”我没说我要下山了。

“錾子，谁还要这个东西呀，都搬到有电的地方去了，鲁娃子回来说，他们那儿的电是三峡的水电，才五角钱一度，都用了电磨和粉碎机啦。你看看，满村丢的都是磨子，不要那玩意儿啦，你想要，你背十副回去。”

我去村里转了转，果然，到处丢弃着石磨，它们将和这空无一人的村子一起慢慢地风化，长苔，被落叶和岁月覆盖。

可我还在想，我下山了会常来阴峪河村里走走的。假如我再来，除了老熊、野猪和虎豹还有什么呢？还有荒凉的鸟鸣和如火如荼的从堂屋里长出的白蒿吗？

我攥着那把錾子，还有无法送出的包袱，打道回府。

这更加乱了我的方寸。

我在来阴峪河时还在想，我还可以申请在山上待几年，我习惯了这儿的一切，我就这么干吧，而现在我在想，我待在山上还有什么意思呢？那些零乱的、闹哄哄的兽迹还需要我来看吗？我站在昔日被人簇拥的坡田里，老鸹在乱叫着，八哥和斑鸠在啄食没有收净的虫眼苞谷。当我还没有离开，这儿已经物是人非了，我到哪儿去寻找鲁娃子他们并串门呢？村里那苞谷酒的香味还从我的幻觉里传来，炊烟袅袅，人们大叫着我的名字：宝良哥、宝良叔、宝良伯、老苏，等等。他们不再需要我了，我也像一块曾经生长过许多沉甸甸的秋天的土地，现在撂荒了。

我回到塔里，没吃，没喝，在黑暗中坐了整整四个小时。

我打开电台，我对陶大沟说：

“算了吧，大狗子，帮我给局长说，我就待在山上吧，我死也死在山上了，都走了，我也不走。”

我不知道我为什么又变卦了。

“嘿，明天车就上山了，人家小赖一家三口都来了，你怎么像三岁的娃儿，屙尿变。”

“我……”

我只好慢慢吞吞地开始收拾自己的东西。

有什么东西呢？我发现我自己的东西好像都是为山上准备的，如果运下山，将一无是处，连我的脸盆、我的茶杯、我穿的长筒雨靴也是为这个瞭望塔而存在的，它们离开了这里，将不再是它们，是另外一些不中用的垃圾，比石头和朽木都不如。那怎么搬呀？塔楼底下的那一大垛木柴，我慢慢劈好积攒的木柴，当我细看它们时，我的天，它们至少可以充裕地烧上五个冬天！在它的里面，可能很有几个鸫鸟的鸟窝。另一些东西是国家的，电台、电机、望远镜，包括那露出填充物的沙发。每年的奖状都贴在塔里了，这算是瞭望塔的荣誉；最大的荣誉被称为“华中第一哨”，省里颁的；还有“预警先锋”“降火金睛”……它们都发黄了，陈旧了，新鲜的，也被我用糨糊牢牢地贴在了墙壁上。窗户朽了，雨潲进来时总是积水成灾，打雷的时候墙上带电，这也是要给小赖交代并要想法解决的，人家一家三口，有很小的孩子。

我等着接班的那一家上来，我每天惶惶地看着那条上山的公路，两天后，拖拉机拖来了那一家。

塔里霎时变得沸腾起来，几乎秃顶的小赖显得很兴奋。他为何如此兴奋呢？他忙前忙后，两块脸涨得通红，好像喝过了酒一样，两颗大金牙龇出来笑得合不拢嘴。他以为上山来就像到北京做驸马吗？这有啥可高兴的？这让我难以理解，对他产生了严重的反感。他的老婆呢？一个小女人，瘦瘦仃仃的，要模样没模样，要肉没肉，就像一个上山偷挖药材的四川女人。

“老苏还没有收拾。”小赖对拖拉机上的师傅说。他们不知道把东西放在哪儿。他们把东西放在厅里了，有多少东西呀，全堆在那里，好像把一个家全搬来了，完整的家，甚至还有一副小钢磨、一个小粉碎机。而且，还有两头猪！

猪现在占据着柴垛的一个位置了，猪的叫声和他们一伙腾木柴的吵闹惊飞了好几只鸫鸟。一时间，瞭望塔里的情形全部乱了。还有一个脸皮糙黑得像驴皮的小女孩在塔里疯疯癫癫地乱跑，从楼上跑到楼下，又从楼下跑到楼上。怎么，这儿俨然变成他们的家，他们的乐园啦？我就大声对小赖说："伙计，管好你的妮子，不要让她扶着墙上楼，小心雷电，这墙上打雷的时候都带电！"小赖不屑地对我说："都快冬天了，哪儿来的雷呀。"我说："冬天也有雷，你知道什么，这山上的事情你什么也不知道。"

"我们晚上住哪儿呢？"他说。他只关心这个。

我说："我没想到你们来得这么快。莫非要我今天就走，我什么也不教你？领导是怎么给你说的？领导没交代什么吗？"

"领导什么也没交代，要我上山，要你下山。"

"胡闹，"我说，"你会使用电台吗？你会看山火？你知道从哪里到哪里是归瞭望塔巡视的路线？……"

"老苏，"他说，"你歇歇火，苏伯，那你就让我学嘛，你就教我嘛。"

他们站在我的对面，小赖、他的老婆、他的女儿，还有拖拉机师傅。那个师傅之所以不走，是因为他等着我把东西搬上车去。

天就渐渐黑了。他们做他们的饭，我做我的饭。他们叫我过去吃，他们带了酒。我不过去。我对来客是非常热情的，可是今天不行，我感觉不舒服。我与他们保持着距离。

有一个房间是空出来了，就是鲁磨匠死掉的那个房间，他们全偎在那里面，叽叽喳喳，过一会儿就没有声息。那个晚上我很久才睡着，脑子里全是群山，我好像在群山之间飞翔，像一只鸟，巡视着神农顶的周围，沟沟壑壑，就像翻一本书，一本巨大的书。我飞翔的时候，好像群山就是我的身子，哪儿都是我；树，悬崖，一望无边的死去的箭竹，都是。

早晨，我像无数个早晨爬起来，打开房门，心态一如既往。可一见厅里的情景，我才记起来我所面临的事情。我往外走去洗盥，上厕所，等我一出门，我看到的一切突然使我改变了我已经作出的决定——它本来就很脆弱。

小赖的小妮子正蹲在我的磨子上，泥泞的双脚踏在上面，上面好像全是湿的，那小妮子正在捋裤子——她在磨眼里撒了一泡尿！

“这是干什么？好大的胆！小赖！你管不管你的妮子！”我发现我的声音是咆哮着的，我突然变得激动甚至愤怒。这妮子，我的天！她比得上我的娇娇宝贝燕子吗？

小赖清理着他的东西，他一准儿被清早这巨大的吼声弄蒙了，他跑过来怔怔地看着我说：“看您……您……？”

“那是磨豆腐的磨子，看她在上面做了些啥呀！”

他终于明白是怎么一回事了，他终于极不自然地哈哈大笑起来：“您还要这副磨子？您不是已经把它掀到外头来了吗？您生这么大的气。”

“我为什么不要这副磨子？我磨了几十年豆腐的磨子，竟让她一泡尿给污了。你去叫领导来，让他们来说说。去呀，你们都去呀！看我的磨子是不是尿罐！”

都应声出来了，一共四个人。我在那儿嚷嚷，驱赶他们，把他们赶出塔外，毫无商量的余地。我看见他们诧异而绝望地向拖拉机上面爬着，他们肯定以为眼前的人一定是一只野兽，他们四个人，空着手，开着空拖拉机慌慌张张地向山下去了，像一群逃兵。

过了一会儿，塔里又寂静了下来，跟往常一样。我站在那里，像一根树桩，一动没动。我笑了吗？我笑了一声，像母鸡的打鸣。然后我用发抖的双手在墙角里拿起了扁担，挑起水桶。我迈不动腿。我感到我的一边的腿和一边的手在慢慢地麻去，半边脸也突然麻木了。我无法控制住我的愤怒和委屈。我站不稳啦，我扶住墙，我问我自己：“我这是怎么啦？我……”

我的手松垂了下来，两只木桶离开了扁担，骨碌碌地向山坡下滚去。好半天，它们撞击石头的声音还在晨雾里沉闷作响。

图书在版编目（CIP）数据

望粮山 / 陈应松著 . -- 南京 : 江苏凤凰文艺出版社 , 2019.12（2024.2重印）
（陈应松文集）
ISBN 978-7-5594-4122-5

Ⅰ . ①望… Ⅱ . ①陈… Ⅲ . ①中篇小说 – 小说集 – 中国 – 当代 Ⅳ . ① I247.5

中国版本图书馆 CIP 数据核字 (2019) 第 231603 号

望粮山

陈应松 著

出 版 人	张在健
责任编辑	张 倩 王 青
特约编辑	王美元
装帧设计	WONDERLAND Book design 仙境 QQ:344581934
出版发行	江苏凤凰文艺出版社
	南京市中央路 165 号，邮编：210009
网 址	http://www.jswenyi.com
印 刷	三河市同力彩印有限公司
开 本	650 毫米 ×920 毫米 1/16
印 张	12
字 数	177 千字
版 次	2019 年 12 月第 1 版 2024 年 2 月第 3 次印刷
书 号	ISBN 978 - 7 - 5594 - 4122 - 5
定 价	42.00 元